安意如◎著

世有桃花

【全新修订版】

浙江文艺出版社
Zhejiang Literature & Art Publishing House

果麦文化 出品

序

——石上桃花

传说中，一位叫安期生的神仙，某日饮醉，遗墨于石上，石上便长出了绚烂桃花。这传说引我无限遐思。

写作之人，无论生存之世多么恶浊动荡，心底要有仙意，唯此，文字才可皎然出尘。醉后泼墨于石上，生出桃花来。醉是无意，无意才得见天机。写作之人心应似磐石，求证不息；生出文字却要似桃花嫣柔，能撩动人心柔软。

石不生花，桃花却又绚美，种种无稽正如文字组合，显出这因缘错乱的美。这世界一如迷幻醉痕。

安期生，道教传说中的仙人。他原是秦汉年间山东的一位药农，生活在海边，终年跋山涉水采集草药，故而身体硬朗，老年时依然很健硕。这在短寿的古代是令人称奇的事，时人皆称他为“千岁翁”。秦始皇统一中国后，巡游各地，来到山东地界，听说世上竟有“千岁翁”，又听闻海上多仙山，产长生不死之药，便派人把安期生请去，畅谈三昼夜，赐以金帛，命安期生下海采药供他服用。深知世上并无长生药的安期生不受金银，留书始皇：“后数年求我于蓬莱山。”安期生怕始皇寻他问罪，便隐遁了。

据传，秦始皇三次东巡琅琊，三次到天台山，都是为了再访安期生。一心追求长生不死的秦始皇，未能驱使安期生为他下海采药，一直不死心，始皇二十八年（公元前219年）又派徐福“率童男童女数千人入海”采集仙药。徐福辗转于海上，遇到风浪阻隔，没有找到蓬莱仙岛、采到长生药。传说他怕始皇怪罪，就率众东渡瀛洲，到达今天的日本。徐福带着他的童子军们去开辟新的天地，留在陆上痴心守望的秦始皇，在徐福还未回京复命前，就病死在巡游途中了。

另一个好长生之术的是汉武帝，对安期生同样迷恋不已。那曾经为他招魂的方士李少君为彰显自己神奇，对他进言：“臣尝游海上，见安期生。安期生食巨枣，大如瓜。安期生，仙者，通蓬莱中，合则见人，不合则隐。”——这明明就是为自己的大话埋好伏笔：假如你找不到，不是没有仙人，是仙人不愿见你。另一个备受汉武帝宠信的方士栾大（汉武帝的女婿）则自称：“臣常往来海中，见安期，羡门之属。”同样是假借传说，自高身价。反正君王好这口，那就投其所好好了。秦皇无计觅仙方，换作汉皇，一样无计。这世上若真有仙人，也不会轻易屈从于帝王的威势，赠予满心欲望的人长生不老药。他们总是超脱地看人世兴衰，王朝迭替。仙人漫游于东海之滨，笑谈沧海已经三次变作桑田，千年的光阴只是一瞬。

安期生隐居的地方，就是现在舟山群岛中的马秦、桃花、普陀山等处。他在此间采药济民，安度晚年。因有醉墨石上生桃花的传说，人们便将他隐居的岛屿称为“桃花岛”，将他炼药的山峰称为“安期峰”。传说虽不可考，但安期生来此隐居的记载确凿。唐宋建县以后，还把六横、桃花附近诸岛划为一个乡，取名为“安期乡”。

一生好道慕仙的李白，曾多次游历天台山、安期生故地，并作诗言：

我昔东海上，劳山餐紫霞。亲见安期公，食枣大如瓜。
中年谒汉主，不惬还归家。朱颜谢春晖，白发见生涯。
所期就金液，飞步登云车。愿随夫子天坛上，闲与仙人扫落花。

他灵活地借用传说，对仙人有着溢于言表、深深的敬意，要追随仙人左右，为其闲扫落花。他更钦羡仙人的自由洒脱，不为世俗所拘。

五鹤西北来，飞飞凌太清。仙人绿云上，自道安期名。
两两白玉童，双吹紫鸾笙。去影忽不见，回风送天声。
我欲一问之，飘然若流星。愿餐金光草，寿与天齐倾。

桃花岛，在金庸的小说里是东邪黄药师的隐居之地。1994年，金庸探访此地时曾言，以前他虽没有到过这里，但这里确实是桃花岛的原型。桃花岛的美景一可春日自游，二可由文字观，三可借古人诗作赏之：墨痕乘醉洒桃花，石上斑纹烂若霞。浪说武陵春色好，不曾来此泛仙槎。

诗人感慨着，许多人漫赞桃源、苦心寻觅桃源，却不知此地真实存在。古代交通不便，信息不畅，旅游资讯也没有如今发达，有许多人没有机会到此游历。若来到这里，他们会发现这里就是人间的桃源，比臆想的更恬静、悠然。就如那诗中所叹：桃花流水窅然去，别有天地非人间。

自《诗经》初嫁，到秦汉飘摇、唐之明艳、宋之清丽、明清艳俗，桃花的意象在古典诗词中繁花开谢、绵延不绝。桃花与桃花互相遮蔓、轮回，在诗与词、小说、电影、话剧、歌舞之间接壤，最后呈现出一个个独立的意象。对于外国人来说，他们很容易了解松竹梅兰和牡丹在中国文化中的意义，却不是很容易弄明白桃花这样东西的文化内涵。桃花在中国，太复杂，但凡想起，先有一言难尽的暧昧。

美到极处，便成苍凉。

桃之简静、桃之轻灵、桃之凄婉、桃之艳媚、桃之贞烈，我倾尽所有寻找。记忆开阖，是不坏的盒子。有些关于桃花的诗词轻易就浮现，有些却隐匿得非常深，需要费心寻找。

如长路行至倦怠，写得我恨不得弃笔骂人。桃花乃大俗大雅之物。你知道古人也是在不断重复，重复诉说着一些意念：桃花源、仙人、红颜。滚滚红尘中的婉转风流，走马章台时轻艳凉薄的邂逅，颠沛离散后心头不愈的血痕……能搜罗的都搜罗了，该挖掘的亦都挖掘了。将一朵桃花看开，它就自成世界。

文字中显现的桃花，已不仅盛开于春。随季节轮转，它盛开在时间的最深处，打败了时间，恒久不谢。活泼，轻佻，宁洁，孤独，艳丽，凄美，壮烈，深邃。桃花时而娇艳如初嫁少女，时而闲静如隐士仙人，时而沧桑如英烈美人。有时高杳如神话，有时平易如井畔乡邻。你面对着同一个它，千娇百媚的它，要尽量找出不同的标签，以鲜亮迥异的语言来形容。

主题的重叠，语言的重复在所难免。这是一件让写作者自耻，暗自悲伤，灰心的事情。也许你们不会相信，我每写一本书，都会对自己厌弃、彻底怀疑、失望一次，要过许久才能恢复元气。写作的过程，是由无数次大大的难过和小小的喜悦组成。写作是叩问神迹的事情，才华的迸发和经典的诞生都是偶然，更多时候，是漫长的建设，建立之后推翻，中间充斥着对自我的否定——之所以坚持下来，是我意识到，桃花是古典诗词中不可回避的概念。它是我深入探究古典诗词最动人的线索。借由抒写桃花，会让心沉静下来，投入一只邮筒，递送给茫茫无涯的未知。

许多情绪似是而非，许多故事似幻似真。追忆着似水年华，俯拾皆是的精雅诗句，如万千星辰交相辉映。看见月下的桃花，听见心里的琴声，相信知音不远，甘心沉到那样的寂寞温柔里。

此时我分明感觉到，文字有着放生的作用。一个被困多时的意念得到新的诠释，一如重获新生。

重来我亦为行人，那年春，除却花开不是真。桃花会是新系列的开始，在此之后的主题书，我已想出，它们关于明月、碧山、烟柳、脉脉黄昏——关乎中国人心底最熟悉、温存的念想。古老的春天到来的时候，花开的时节，像古人那样赏花、玩月、弹琴、饮茶、赋诗、作歌、宴乐。生活是用来感知的，可以有更简单、微妙的方式。即使不能全然做到，也要接近那种心境。生活的质地，生存的乐趣，只有从容和缓的心才能体会到，也唯有保持敏感、坚定、通透的心，我们才能不丢失传统、本我，在日复一日增加的压力中自得其乐。

更新和守旧一体同源。时代要变就让它变好了。身外之物日新月异都好，只要我们的心还固守清静，那么桃花源就一直都在。

我渴望，能写出泉水一样甘甜清冽的文字送给你们。无须赘言，你们的心，是最好的品鉴师。

看花人未老，相知语难频。岁月沉沉，我只是希望，可以逐日修习成简静的女子。心似繁花艳照，身如古树不惊。

旧人面，新桃花。如此，或可与你们相看不厌。

这次，又和以前一样。我的序总在最后写成。日子，亦都清明静好。

目　录 | CONTENTS

第一卷　缘生缘死

第二卷　情终情始

第三卷　何许何处

第四卷　人生如此

第五卷　浮生如斯

第一卷
缘生缘死

爱之初，桃夭

激情与勇敢

河岸边，第一树桃花开了；人世间，又一对新人成家。你听啊，是谁在唱：桃之夭夭，灼灼其华。

“妖童媛女，嬉游河曲。或振纤手，或濯素足。”无意间看到这句话，怦然心动。他和她，年少的清怡，令我，想到初生桃花。

潺潺河水近旁，少年仰起脸庞。日光流转映照之际，他容光，竟如枝丫上抽出的桃花一般，虽没有后来的饱满润泽，却因天真而更显清媚，不被风尘浸染。身畔美貌少女竟因此顿失颜色，沦为陪衬。

我想啊，希腊神话里，爱神阿佛洛狄忒所喜爱的人间美男子阿多尼斯，他所拥有的，正是这种让人无法逼视又不能移目的俊美。看到他，就会想起世上一切美好而又短暂的东西。

爱神赐予世人象征爱的诸样鲜花，他却是爱神心上那朵桃花。阿多尼斯酷爱狩猎，爱在密集的丛林里奔跑，追逐心爱的猎物。娇柔的人间少年所热爱的，正是与外表形成强烈对比的激烈运动，驰骋山林，猎杀猎物。

他心中潜藏和向往的，是成年男子所拥有的勇敢、征服，以及由此衍生的自由。显然，阿多尼斯并不愿意被人当做玩宠或是娇弱小孩去保护。狩猎，是他执意证明自己能力的方式。

爱与美之神阿佛洛狄忒，是美艳绝伦青春永恒的象征。当她从大海中降生时，凶恶的波涛为之平息，暴风骤停。世界为她的到来而静默，被她的美折服。

众神的盛宴上，她以光的姿态傲然出现，她点化世间万物，令它们流芳溢彩生机盎然。她使人世懵懂的男女懂得享受爱的甜蜜。她是众神爱慕的对象，但她只专注阿多尼斯。

为了阿多尼斯，阿佛洛狄忒可以忍受一切原本不属于她的艰辛、苦难。她伴随他，出没在不见天日的丛林，在那里，野兽和植物腐烂后形成的腥臭经年累月不能散去，形成瘴气，弥漫在四周，令人窒息。

危机四伏。最令爱神辛苦的，是她心中时隐时现的不祥预感。她预感到阿多尼斯将会死于非命，这是命定的劫难。唯有守在他身边，寸步不离，她才有可能帮助他避免死亡的厄运。

可是有一天，阿佛洛狄忒有事必须返回奥林匹斯山。临行时，阿佛洛狄忒叮嘱阿多尼斯千万小心，阿多尼斯始终不明爱神所指。脱离了爱神的呵护，犹如脱离了母亲的保护一般，他甚至感觉前所未有的快感在胸中激荡，自由在召唤他，于是，他更加无所顾忌地奔跑在丛林中。

阿多尼斯发现了一头野猪，轻狂的少年又岂会轻易放过眼前的猎物？他要证明自己的勇敢和能力。爱神的告诫被理所当然地置于脑后。跃跃欲试的少年意识不到死亡的危险迫在眉睫。急于证明的后果是，阿多尼斯挺枪刺向野猪，被反扑过来的野猪咬死。

当心神不宁的阿佛洛狄忒返回人间，她看见的是阿多尼斯血流满地死去多时的惨状。荆棘和石块刺破了爱神的脚掌，淋漓血迹，蜿蜒了迷茫的寻觅之路。比身体之痛更难言明的，是痛失所爱之后无法挽回、不能言喻的悔恨，它们像惊涛骇浪无休止地重复涌来，将她彻底淹没。

从得知消息的那一刻起，泪水从未停止流淌。爱神光彩照人的脸庞，因悲伤而失去了神采。此刻，有谁能分担她的绝望和无助呢？她可以主宰世间男女的爱情，带给他们希望，却无法避免丧失自身所爱带来的哀恸。

回忆里的那个少年，叫我如何不想念？因你是无可替代，所以失去了你就无可倾诉。天地万物都不能给她安慰。神的苦痛更甚于凡人。虽能预知，但无力改变降临己身的悲戚宿命。明知结局不可更改，却依然要无望地继续……然后，惴惴不安地等待结局到来。

希腊神话就有这样的痛快决绝，在命运面前，没有人或神，可以绝对高高在上。

阿佛洛狄忒亲吻着阿多尼斯，他金色的鬈发和苍白的脸庞，他丧失了血色桃花般芬芳的唇。爱神所经之处，滴落在地的血化作了玫瑰——深爱与痛苦孕育爱之花，将尖刺包裹在娇艳繁复的花瓣和芳香之下。

在这个故事里，爱神亦如人间的痴情少女，面对生命的意外，除了狠狠咒骂这该死的命运之外亦束手无策。甜蜜，美满，相较于痛失所爱的伤害都是短暂的。

爱是值得追求的，可是快乐总是易逝，永世不忘的是痛楚。这或许才是爱神留给人的启示，是她自身痛苦的流露和凝结。

也许，在看到阿多尼斯尸体的那一刻，她情愿自己是狩猎女神，这样就可以守护着他，让他不受伤害，活在自己身边。

她对阿多尼斯的思念无处不在。他灿若晨星的双眸可以驱散丛林的雾瘴。他偶尔展露的笑容可以令她眼前春暖花开。他遗落在水面的身影可以使河水清甜、清澈、欢快流动。

河水温柔地漫过脚背、手掌。嬉游于河畔，曾一起度过无忧无虑的时光。少年的美，无论男女，都有一种淡定的、含苞欲放的娇柔。

初爱，不被惊扰，如此妖娆，一如初绽的桃花。初爱所必须面临的考验，与之后的经历一样，凌厉，致命。若开始时，对这降临己身的美妙感觉充满感激，就必须有准备领受失去之时的锥心之痛。就如我们欣喜花开，就必须面对枝残叶败的颓唐，感伤。

爱越甚，痛越深。这痛楚，除了自己领受，除了走过千山万水后，期待有朝一日放下、释然，别无出路。

如今，读到一些婉转的诗句时，我心总是在欢喜之后怅然，因为已经能把握到欢悦之下隐藏的悲伤的脉搏。有些词，的确蕴藏魔力，一眼望去就让人低回不已，譬如："桃之夭夭，灼灼其华。之子于归，宜其室家。"

天长地久、与子偕老不是没有，而是太少，横亘在中间的，更多是生死契阔。无论生活将人锻炼得多刚毅，就算你武装齐备，当这些柔如春水的词漫溢过来，依然能使人丢盔弃甲。心，不知不觉柔软、松懈下来。

"之子于归，宜其室家。"多么温柔有力的词啊。时光慢转，容颜老去，它始终坚贞地存在于那里。光阴沁凉了它，坚固了它，不能使它毁灭，只能历久弥新。每一次，无意间看到，依然在眼底熠熠生辉。

提醒着，不要觉得自己老去，内心深处要留有一块芳甸，其上终年芳草依依，落花染衣。依然记得，第一次被打动的感觉，第一次牵手，第一次轻盈如蝶的亲吻，第一次靠在一起，第一次说好要在一起。

桃花终要再开的，就在阳春三四月，灼灼地，漫山遍野，火一般燃烧，只是比火更柔静，更持久不熄。此时你要迎娶的，也许不是儿时嬉戏的“小新娘”；也不是，曾经以为非他不嫁的人。

懵懂的人都被幻象捉弄了，桃花微笑着，不动声色地调戏了心怀爱意跃跃欲试的人。就像那首贺新婚的歌。其实桃花不过是婚礼的注脚，主角是那红裳灼灼的男女。只是，桃花开得那样好、那样娇，好到我们都以为它是主角。

旧日柔软时光，并不曾在回忆中变成化石。很长的时间里，它被人为封印着。然后，在某一个关口，喷薄而出。只是如今，除了你自己，再无人知道心潮是如何汹涌的。前尘总要羽化归去。

当年的你我，舍生忘死地交好。我以为，你是我天长地久的主角。过了很久，我才知道，我不过是你命中匆匆一笔注脚。

我们都渴望收获更多，于是便各奔前程。最好两两相忘，各安天涯。

真的，真的，绝口不提。没有谁对谁错。年少轻狂。偶然的驻足，感动，冲动，许下相爱相守的愿望。要过了很久才知道，不过是彼此路过的风景。既然注定是过客，当初的邂逅，请当做误会一场。

Love is over…时光匆匆如流水，谁也不要再提起。

郎骑竹马来，绕床弄青梅

纯真与坚守

生当此时。尽得愉悦，未尝哀苦，比年方少艾更轻省，是连情窦都未开。天地无亲，相悦也是无情。萌生的情感是青翠的，未及衰败。

很自然的，从初爱就写到了两小无猜。感情的状态是顺延的，从年少到了适婚的年纪。结了婚就要好好地在一起。若桃花只是让人想到昭彰的诱惑、妖娆，那也不尽然美好，桃花最妙的是让人觉得此生悠然静好，诱惑你想和一个人相守到老。

说到两小无猜，先说一部英国电影，*Melody*。直译是好听的、动听的、悦耳的声音，也可以理解为心动的声音，不经意发生的怦然心动，如花如露的轻颤。中文译名是“两小无猜”，正契合诗意的美学。

“两小无猜”常与“青梅竹马”并提。青梅竹马的妙处应该是，命中注定的那个人，毫不设防地接近了，省却了成年以后千山万水、烟尘满身的跋涉，无望疲惫的寻觅。

1971年，漂亮的小男孩Dandy爱上了美丽的小姑娘Melody，那一年，他们十岁。他和她一样，月光般皎洁，肌肤吹弹可破，眼神无辜天真，两两对望时，清澈见底，没有哀苦的痴缠。

Melody说，虽然我很喜欢地理，但是，如果能和Dandy在一起，我会更开心。

是的，和我所喜爱的任何东西与任何事情相比，我还是更爱和你在一起。

他们才十岁，他们不说喜欢，直接说爱。他们想结婚，因为结婚以后就可以在一起，一直在一起。

原来如此。是我们复杂了婚姻的意义，还是婚姻的混乱和始料未及，使我们忘却了婚姻最原始的真意就是：让两个人，好好地在一起。

最后，两个向往婚姻的孩子在铁路边的旧房子里举行了简朴至极的婚礼。全班的同学都来参加。孩子们用这个稚气的集体行为宣告了他们对爱的珍重。我坚定地记得这个细节，不管是有心还是无意，这看来是对成人世界价值观的强烈反讽。

长大之后的我们，对于结婚的对象，会不计身家，不理出身，不管是否有人反对，不计较婚礼的形式吗？几乎可以悲观地断定：不可能的！就算我们不想，身边的人也会替我们打算，现实的种种也会提示人思前想后，顾虑重重。

精明的男女，相信冷静算计用心排布是必要的谨慎，是现实需要无可避免。于是，算计、计较的同时，也被别人算计、计较着……心意越来越悲凉，这就是用心机去爱的悲凉报应。

他和她的婚礼，简陋庄重。全班同学都参加了，给予祝福，老师们赶来阻止、破坏，两个孩子私奔了。在灿烂的夕阳下，那灿烂的金黄一直延展到天尽头，像一个未完结的梦。孩子们嬉笑着朝金色的远方奔去……

不用担心，他们一定会回来，回到成人操纵的世界。伤心之后顺从，或许随着成长，还会忘记这一段浪漫的风波。对抗以大人们获胜告终——这是必然的，这是爱的代价。如果童年的爱是童话，如梦境般艳柔、静美，那么柔脆的童话与枯硬的现实对撞，注定以美梦灰飞烟灭为结局。

有一天，不得不悲哀地发现，青梅已衰，竹马已老。Love is over...只是现在，当他们还满心喜悦不思回转的时候，不要阻挡，就算是暂时纵容又何妨。

谁不曾年少，情愫悄生，心藏一个喜欢的人。仰望漫天星光只如凝望他的眼波，全部的愿望加起来只求和他在一起，牵一牵手就觉得看见了天长地久。

当世界还都那么小，让我们单纯好不好？何况，除了年纪太小，谁又能否认他们彼此登对呢？

那些被允许任性的年代，叫做青春。我选择记得孩子的笑，明媚鲜妍如春阳。田野里茂盛麦穗撩拨流阳，照耀年轻的眼眉。哼一首简单的小情歌。不用理智去评析判断他们可能遭遇的将来。不去想一切行为是否合理。*Melody*是一部过去式、现在时的电影。唯独，是的，唯独不指向将来。

青梅，竹马。既轻且媚，有青梅初露、柔嫩不可攀折之感。念想这女童与这男童欢愉相戏的场面，心头便冰雪消融，春暖花开。看他们在海边嬉戏，堆沙堡，一起坐在长椅上讨论喜欢的科目……

灼灼的桃花又在眼前闪耀，那句无名的话又显现："妖童媛女，嬉游河曲。或振纤手，或濯素足。"我不知这句话的出处，偶然看见，只觉得动人无比。生当此时，尽得愉悦，未尝哀苦，比年方少艾更轻省，是连情窦都未开。天地无亲，相悦也是无情。萌生的情感是青翠的，未及衰败。

同居长干里，两小无嫌猜

欢喜与忧伤

是谁，在河岸种下第一树桃花？那年，骑着竹马的你来到，姿态怡然。见到你，我手中青梅悄然低垂，一如我，柔顺眼眉。

妾发初覆额，折花门前剧。郎骑竹马来，绕床弄青梅。
同居长干里，两小无嫌猜。十四为君妇，羞颜未尝开。
低头向暗壁，千唤不一回。十五始展眉，愿同尘与灰。
常存抱柱信，岂上望夫台。十六君远行，瞿塘滟滪堆。
五月不可触，猿声天上哀。门前迟行迹，一一生绿苔。
苔深不能扫，落叶秋风早。八月蝴蝶黄，双飞西园草。
感此伤妾心，坐愁红颜老。早晚下三巴，预将书报家。
相迎不道远，直至长风沙。

——《长干行》 李白

在关于爱的故事里，我最爱听矢志不渝；在关于婚姻的篇章里，我最爱的是忠贞不移。

古老中国，许多事情都是被明令禁止的，譬如不经允许不得私相授受，不得随意恋爱，不能思慕与己不门当户对的人，唯独对婚姻中的早婚早育，多子多孙，由上至下，一直是持宽松放任的鼓励态度。

所以就有了那么多青梅竹马、指腹为婚的故事。男孩和女孩邂逅在年幼时，嬉闹间相见相亲，原以为只是玩伴，却不料被安排做了偕老的人。命运如此果断，不容反抗也好。成年后自己炼成了火眼金睛去找，也未必找得好。

我信有缘人终归有缘，不是所有的包办婚姻都悲苦愤懑，便如这首《长干行》描述的夫妇。李白的诗有许多，豪迈的，激扬的，落拓的，清简的，不必一一列举。这首《长干行》是心头大爱的一首。一开始，是爱它童趣盎然，渐渐是为它细致深婉，道着了心头隐秘风流。

“十四为君妇，羞颜未尝开。 低头向暗壁，千唤不一回。十五始展眉，愿同尘与灰。”——一语未了，心弦暗动，由是疑惑，这感情层层递进，深入发肤。这等深情转无情的话，身为男子是自何处得到暗示，有如此精准的体味和表达，真是令女人汗颜啊！

《长干行》实质是回忆的诗，以一个女子的语气，回忆与丈夫自年幼生活至今的经历，一个女人的一生尽在一首诗里头。十四为君妇，不谙人事的忐忑；十五始展眉，初解风情的喜羞；十六与君别时，已有誓同生死的信念……

男和女都在成长，逐年褪去青涩。时光流逝，换来的是成熟。

《长干行》描述了一种温暖、稳妥、持久的婚姻状态，开始的时候，总是男人显得成熟。虽然年纪相差无几，但男人沉稳、耐心。显然，开始的时候，他对身份的转变比她适应。

也许，她就是他从小喜欢的人，所以，他才有耐心去守候。一个人，在另一个人的护持中觉醒。好像一觉醒来就看见那个人在身边，心里安定沉着——幸福，应该就是无声胜有声的状态。正如桃花的粗糙枝干，承托出花的娇媚，没有男子的承托，女子不可能顺利成长，也不可能感受到婚姻的幸福。

无可否认，男性的存在至关重要，即使是唱着“桃之夭夭，灼灼其华”，被磅礴祝福簇拥，迎娶回家的好女孩，也不能一夜长大，迅速进入妻子的角色，成为宜其室家的女人。女人需要时间、耐心的鼓励和温柔的包容。如桃花身在春天，被暖风吹，方可初绽，方可艳放。

感情深长缓慢，建立需要契机，维持需要耐心。漫长的婚姻生活，所带来的不一定是无休止的痛苦。时机不至、所遇非人，才会痛苦。

年幼时的相遇，少年时的成婚，婚后的相处。生活如在眼前，每一个环节都丝丝入扣。后来，是女子紧随其后，变得成熟，变得坚定，仿佛要把丈夫多年赋予的深情悉数回报。她在朝夕相处中学会温柔、谦忍、坚贞，同时，热烈的性格也不曾磨灭。

“十五始展眉，愿同尘与灰”，感情姿态已是由被动转为主动。即使身化灰烬尘土，也不要与君分离。虽然诗中没有直接描述两人山盟海誓的情形，但由“常存抱柱信，岂上望夫台”可知两人感情深厚，绝非那等勉强凑合在一起的夫妻。两人如胶似漆，相信彼此坚贞不渝，女子深信丈夫有尾生的赤诚，誓不分离，自己又怎会像化作望夫石的女子那样无望凄惶呢？

不久，男子随商船出外讨生活，女子守在家中担惊受怕。生活霸道地隔绝了两个人平静厮守的愿望。倚门遥望他走过的道旁，已黯然长起了绿苔。苔深叶落，窗前黄蝶飞。独守空闺的女子暗惊季节变换、时光迅逝的同时，也心忧寂寞催人老，青春易逝。

而她最担心的，不是自身的衰老，还是他的安危。行船艰险，凶吉难卜。他前往的地方，要经过长江至险处的瞿塘峡，瞿塘峡口有巨大的礁石名滟滪堆。农历五月长江涨水，滟滪堆淹没水中，仅露出顶部一小块，触礁丧生者不计其数。白居易有诗《送友人上峡赴东川辞命》，提到此处亦对友人的前途安危深表担忧：

见说瞿塘峡，斜衔滟滪根。难于寻鸟路，险过上龙门。
羊角风头急，桃花水色浑。山回若鳌转，舟入似鲸吞。
岸合愁天断，波跳恐地翻。怜君经此去，为感主人恩。

此地凶险至极，古代船只航行又无预警探测措施，全凭经验和运气。过往船只行至此处，都不寒而栗，如同闯鬼门关，需要高超的行船技巧，还需天公作美，方可死里逃生。

白居易写友人为报知遇之恩甘冒奇险。长干里的男子却是为生计所迫，不得不出门远行。女子以往也曾听人言及，种种艰难，谋生不易。唯有当自己的丈夫亲身犯险时，她才知言语根本不足形容内心担忧纠结之万一。

恐惧无法与人分担。坐在家中，江水的咆哮，两岸猿声凄厉如匕首，在耳中割出一道道血痕来，心里有种隔山隔水的恍惚，想着风高浪险，恨不能腋下生双翅跟随他去……

她以为感情牢固，生活安稳，自己不会成为望夫台上的女人，谁知生活还是开了大玩笑。在无奈枯守中忆起年少，依赖回忆取暖，汲取力量。他对她的点滴好处都渗透进记忆深处。

情事青葱，旧事温存。但回忆终是冷淡，无论人放置怎样深重的感情进去，都悄然沉没。沿着女子的回忆触摸到思念的韵律，是缓慢、深长、不为人知的暗涌激流。随着诗中人物年龄增长，情感也日渐加深，情感的节奏由最初的清新平缓，变作深沉汹涌。

是否可以这样看，李白的《长干行》对《桃夭》有种浑然天成的承接。原本模糊、飘浮于半空的赞颂，变作能够捕入手心的生活。《桃夭》予人联想，《长干行》却将婚姻生活细节呈现，进入一片更开阔的时光，幸福和辛苦都真实可信——也不叫人绝望。

胡震亨在论唐诗的体制时言道：“衍其事而歌之曰行。”《长干行》就是把发生在长干里的事，用诗家笔法铺陈演绎出来——这也是李白的《长干行》高于崔颢的《长干行》的原因：此比彼深细。

崔颢写年轻船女多情与人嬉戏，是桃花运。虽然深得民歌风致，风流可喜，活泼真实，相较之下却失于仓促，难及青梅竹马两小无猜耐人寻味。崔颢的诗，是后来深入边塞后才见风骨，有气度。

感情萌生，携手之初是桃花般艳柔，而后来，却变得深隐、漫长，甚至陈旧、凋零。也有枯败不振的时候，就像季节不对不能开花。然而，只要爱不朽坏，意不绝，终有华枝春满的一天。

得知商船回来的消息，她难抑心喜，奔到很远的地方相迎。等待如不见边际的汪洋深海，思念让人沉没，不见天日。她会因看不见他而日夜焦灼不安，可她从未后悔，嫁他做一个商人妇，承受聚短离长的压力，将等待变成终生姿态。这是上天的安排，自幼种下的善缘。

当你选择去爱一个人，既然享受他带给你的幸福，就必然要接纳爱他的辛苦、煎熬。这是真心的代价。

遇仙记

——欢从何处来，郎行去不归

短暂与永恒

挽留不住你，伸出手去，握住的只是虚空。在天与地的另一端凝望、分离、等待，是宿命。比漫长更漫长的虚妄，得到的是短暂，失去的是永恒。

关于桃花，有个非常美丽的传说。

东汉明帝时，会稽郡剡县（今浙江嵊县）有两个采药人刘晨、阮肇，结伴到天台山采谷皮（一种草药）。不幸的是两人迷失路径，不能返转。在山中挨了大约十三天，粮食吃完，饥饿疲累欲死。这时远远望见山上生着一株桃树，树上仙桃殷红，结实累累。

桃树远在绝岩之上，中间有深涧隔阻。若在平时，两人很可能也就望难生畏就此作罢了。此时两人濒临绝境，远望有食，求生意念压倒恐惧，不顾一切攀着藤蔓爬上去，采摘到桃子，狂吃一气之后才觉得稍微恢复了力气。

绝处逢生的两个人重新找路下山，在溪边取水洗漱，看见从山腹那边漂过来芜菁叶，接着又看见一个杯子里盛着芝麻饭。两人兴奋地说："瞧，有吃的！看来这里离人住的地方应该不远了……"于是缘水而上。

过了一座山，看见一条大溪，溪边有两个姿容艳绝的女子，见到他们，很欢悦地说："瞧，刘、阮二郎拿着漂走的杯子来了。"刘、阮二人并不认识这两个女子，但听她们说话的口气，好像与自己相识已久那样。

两女子笑说："为何来得这样晚呢？"两个男人尚在疑惑间，便被邀请回家。女子的家甚是华丽，看起来不似山野之居。南壁和东壁各放了一张大床，床上有红色罗帐，四角挂着金铃，金银交错。床头侍立着数十个婢女。二女吩咐婢女说："二位郎君一路辛苦，虽已吃过仙桃，但身体尚虚。你等赶紧做饭送上来。"

很快有人备好芝麻饭、山羊肉、牛肉脯送来。饭食丰富，香甜可口。吃完饭饮酒，有一群婢女手捧仙桃翩然而至，嬉笑说："恭贺你们的郎君到了。"大家在一起调笑饮酒作乐。刘、阮二人至此，又惊又喜，完全听任摆布。到了晚间，女子各随一人就寝，女子娇媚清婉，相处之妙令人快乐得忘了烦忧。

如此过了十多天，刘、阮二人想回去。女子劝说："你们来到这里，我们彼此成就姻缘，是多世修来的福泽，为何要急着回去呢？"不允。如此又挽留了半年。到了春天，花繁惹思，鸟鸣添愁，刘、阮二人思乡情切，多次恳求回去，女子苦留不住，叹气道："这是你们的尘缘牵绊，不让你们回去又能如何呢？"于是召集了先前的女伴们来，一起奏乐送行，指点他们出山之路。

二人出山之后，发现原来住的地方面目全非，人事亦非。他们完全找不到家在哪里，亲友故旧更是凋零难以寻觅。两人四处打听，见到一个小孩子（经询问知是他们的七世孙），自言长辈传说先祖入山采药，不知所终……

原来，二人在山中半年，而人间已过了七世。此时已是晋太元八年。

这故事的后半段，是说刘、阮两人怅然返回天台山，在山中四处寻觅。采药处，邂逅的溪边，经历如梦似幻，再寻不见仙妻踪影。那溪沾染了惆怅，那桥便叫做惆怅桥。

我是觉得"惆怅"两字太清浅。试想，刘、阮二人心中惊愕岂是"惆怅"二字可以言尽？短暂艳遇的代价是亲友俱亡，他们滞留人间，而亲人早已不知轮回转世到哪里去了。

白云苍狗，世事浮沉，他和他，转眼竟然成了时空的坐标，突兀地伫立着。

两个寻常凡夫，遽然间变得绝不寻常。这升格不是自愿的，他们只不过是在寻常的一天入山采药，连探险都算不上。无意间在山间逗留半年，以为是艳遇，就算是桃花运吧，却也没有忘乎所以，享乐之余总念念不忘家人，心心念念要返回家中。

这段奇情艳遇，可以留待以后的庸淡岁月细细回味、咀嚼。假使真的念念不忘，也可以来此山中再续前缘。

谁知，出山之后，一切早已面目全非。时日惊飞，在世人眼中他们是早已作古之人。亲朋凋尽，人世间已无任何亲密关系。仙缘又绝，走不回遇仙之路。茫茫天下，从此该何去何从？骤然间得到，又骤然失去。得到是短暂的，失去的却变成了永恒。

两个再世为人的人，身份的双重性就足以使人迷惑——我只不过是一个平凡人啊，可现在又变得际遇不凡了！世事真是难以预料，变故又非人所能想象承受！陡然无根的凄酸，孑然无亲的惊恐，走投无路的困境。只要肯设身处地地想一想就知，他们的感受绝非后来辞赋里所附会的浪漫，而是足以置人于死地的凄惶。

有道是，“山中方七日，世上已千年”。时间是吊诡的相对论。人生百年，浮生一瞬，他们被命运抛掷到一个始料未及的高度，落地时却极狼狈惨痛。他和他，就像是不舍轮回、恋恋尘世的游魂。那么认真，煞有介事。经历的一切还都无比真实，自以为真切，孰料早被命运抛离了原有的轨道。

一切的眷恋也成了妄念。

若此刻，能重回秘境，从此泯灭尘缘，笑看风云沧桑，亦不失为解脱之道。可惜的是，桃源难觅，仙凡永隔。曾经一见倾心、两情相悦的她们一样以莫须有的罪名裁决了他们。

凭什么？这一切难道是他们的错吗？若换作我也会愤懑，是仙女就有权力只爱陌生人吗？你说什么是什么，要爱就爱，不爱就不爱，先以姻缘来勾引，又以缘尽来推搪。

始乱终弃原来不是男人的专利。轻率地将一切归结于缘分，难怪缘分总伤人。

后来的唐诗宋词里，总有人借他们的身世抒自己的情怀。词牌《醉桃源》，又名《阮郎归》，情怀伤感，其调多半哀艳。

大唐元和十年，长安玄都观，残春。满树摇红。刘禹锡足踏点点苍苔、碎红，望着那凋落的桃花朗声吟道：“种桃道士归何处？前度刘郎今又来。”——是人都读得出来，刘禹锡落寞中暗藏兴奋、欢欣。他的意态激扬，是示威，跟权贵叫板：你们击不垮我，我又回来了！

我怕刘晨见到此句会失笑垂泪，别有一番滋味上心头。桃花，又见桃花。怎么同是刘郎，流水浮生，一样历经坎坷。他十年播迁，青云路未绝，而自己，恍惚一刹，就再也找不到归家的路了。

如梦，如梦，残月落花烟重

相思与相忘

等了这么久，等得都忽略了时间，你看我娇颜如桃花，可知我苍老了心，只是为你苦撑着不肯凋零。

接着说桃花运。中国古代的男性文人，尤擅长为女性代言，借传说中仙子情事，浇自己心中块垒，更是常用的手段。和凝作《天仙子》：

> 洞口春红飞簌簌，仙子含愁眉黛绿。
> 阮郎何事不归来？懒烧金，慵篆玉。
> 流水桃花空断续。
>
> 柳色披衫金缕凤，纤手轻捻红豆弄。
> 翠蛾双敛正含情。桃花洞，瑶台梦。
> 一片春愁谁与共？

张先作《醉桃源》（又名《阮郎归》）：

> 仙郎何日是来期，无心云胜伊。
> 行云犹解傍山飞，郎行去不归。
> 强匀画，又芳菲，春深轻薄衣。
> 桃花无语伴相思，阴阴月上时。

咱不是狗仔队，不好捕风捉影说这些词都影射了词人们自己的恋爱经历，但这些词情深意美，颇有值得玩味之处，确实足以打动有相似经历的人。

痛惜爱之别离，是人之共通情怀。情逝如水，往事难追，词人的注目焦点在分离之后，仙女们思念忧愁，相思切切如仙子自语。

清人张惠言有一阕《水龙吟 · 瓶中桃花》，专咏其事，为词中上品。

> 疏帘不卷东风，一枝留取春心在。刘郎别后，年时双鬓，青青未改。冷落天涯，凄凉情绪，与花憔悴。趁红云一片，扶侬残梦，飞不到，垂杨外。
>
> 看取窗前细蕊。酿幽芳，几多清泪。六曲屏风，一痕愁影，搅来都碎。明月深深，为花来也，为人无寐。怕明朝又是，清明点点，看他飞坠。

轮回中情深缘浅，天上人间逃不过这结局。当你还在我身边，我就开始怀恋，因为我知道你即将离去，每过一天，结局就逼近一分，我深知这结果，却无从改变。

固执地不肯承认你是我生命中的过客，最终还是，成了过客。

你曾活在我所有的守望里。而今你真实地来到眼前。我欢喜如天地初开，日月新生。当你执意要离去，我多么想流泪，对你明言：等了这么久，等得都忽略了时间，你看我娇颜如桃花，可知我苍老了心，只是为你苦撑着不肯凋零。

终于，守得一线天开。我倾尽所有待你，原以为你会留下，可你，依然坚持离去。

> 曾宴桃源深洞，一曲舞鸾歌凤。长记别伊时，和泪出门相送。如梦，如梦，残月落花烟重。

你知道吗？你会了解吗？这一别，天上人间，永无见期。此后茫茫无涯岁月，我是否能长生不死已不重要。最可怕的，不是记忆会消失，而是铭心刻骨，拂拭不去，清晰永如昨日。我将在失去你的岁月里无人怜悯地活着。长生，是对多情人最重的惩罚。

桃花见证了你我相逢，亦见证了离伤。我终于死心。留不住的，费尽心机也留不住。你转身离去，寂寞覆盖了我的天空。我看不见日光明照，繁花沉坠。

从此堕入暗黑的思念当中——但愿还有以后。但愿你我还有机会相逢于温软红尘，那柔媚的春光下，陌上相逢早。我不是仙子，是普通的妇人，遇见了普通的你，采药的你。置一个温暖的家，一起生活，慢慢老死。

晚唐流行“游仙窟”类的诗文，把往来各路的女神仙都意淫了个遍。由于经历有限得很，取材更多来自逛青楼或窑子的经历。可恨是那不入流的诗人曹唐，作了大量游仙诗，津津乐道于遇艳，怪责刘、阮二人不识好歹擅自离去，枉送了大好姻缘。把仙子写成了人间失爱怨妇。

瞧瞧吧，这格调真是一流的低，一路艳情小说笔法，其俗腐恰如贾母所批：“这有个缘故：编这样书的，有一等妒人家富贵，或有求不遂心，所以编出来污秽人家。再一等，他自己看了这些书看魔了，他也想一个佳人，所以编了出来取乐。”虽然曹先生借贾母之口批的是说书编故事，编诗道理也是一样，有一类诗无情无绪，纯粹为作而作，做作的作。这样的人，红尘落魄，一生一世也遇不着仙。

虽然我也惋惜他们离去，情缘难续，然而，设身处地想一想，刘、阮二人要求离去不是合情合理的要求吗？他们还忧心着家人，怕久久不归会叫家人不安，即使是自己过得无比好，也从没有忘乎所以，担忧着家人依旧生活困苦。

难道为色所迷，乐不思蜀，更兼顺水推舟做了负心人才是正确的人生态度？攀上高枝就要与昨日一刀两断，将自己连根拔除？世上有太多这样的人，所以刘、阮二人拒绝做这样的人。

前生后世，有太多太多见利忘义、见色负恩的人，有时为一个虚名、一分薄利尚要斗个你死我活，何况这实实在在，眼前的好处？

连仙女们的温柔乡都有毅力抵御，心醉，神不迷。面对长生不老的诱惑不曾放低了信念。采药人的意志力实不弱于习惯了官场争斗的骁勇斗士，更让无数醉心名利的人汗颜。

回想史上帝王迷恋炼丹升仙之术，服食丹药致死的数不胜数。可知山野村夫的清决犹胜坐拥天下的君王。如果他们驻留不归，那不过是一段轻佻的艳遇罢了！

我知道，这正是他们被后世传诵的原因，有多少人借他们的故事抒发自身情怀，又从他们的故事里获得力量，知道坚持信念必然是辛苦的，然而着实是可贵的。

算不算巧合呢？与那武陵渔人一般，他们渡迷津入秘境，一样有桃来做引。行将饿毙之际，远远望见山崖上果实累累的桃树。仙桃先是浓郁的生机，而后，才是遇仙的契机。

他俩食饱之后，才有气力继续前行，见着了仙女。成就姻缘之前，又有仙子衣袂飘飘，手捧仙桃来贺。此时仙桃不止是果腹之食了，更是一种欣然的诱惑，意外之喜。

在陌生的地方，生死未卜之际，骤然受到女子的爱慕，以夙缘牵引的名义，不容抗拒，以他们当时的状况，也没有抗拒的余地。

等他们再回到山中，兴许还能看见那桃树。这时，绝崖上的桃树不再笑脸迎宾，而是一个看尽离合兴衰的冷眼旁观者，暗笑他们曾经沉迷、自以为是的绚烂荒唐！

很多时候，做了正确的选择，不一定能得到正确的结果。没有绝对无悔的人生，得此而失彼，再正常不过。

生命无常，是一条汹涌无声的河流，波澜起伏间潜藏着无数温柔或凌厉的秘密。

过往如尘，尽随阵风。后来，刘、阮二人黯然返回山下，刘晨再次投入人世娶妻生子，繁衍后代。阮肇则看破红尘，入山修道去了。

没有什么忘不了，没有什么放不掉，你放不下，只是因为还不到想放下的时候。

纵然一无所有，也有再次启程从头开始的一天。无论是再度热切地投入红尘，还是经此一事了却尘缘，它所指向的结果是一样的：让人更清醒、深入地认识到生命的本来面目。

桃红柳绿的邂逅，爱恋情浓转瞬成空。也许，有一天，当老去的刘晨携儿带女回到山中，他会把这段情事当成一段传说对孩子们说起；又或许，他只是望着那树桃花，望着这座山，微笑不语。

他会记得年轻的时候在这里的奇遇，得到与失去，有时是千里鸿鹥，有时仅是一念之差。

吉光片羽的背后，隐藏着一个擦肩而过、黯然老去的秘密。

桃花源

——炼一丸桃花源

错过与过错

他一生编织了许多梦想，大多数都悲壮地折戟沉沙，难以实现。桃花源是最美妙和被人传诵的。连他自己也不知道，无意间炼就的一丸桃花源，抚慰了多少人的心。

“桃花源”三字落笔便有一种仙意。你是否还有时间，能够不厌其烦，容我为你讲述那武陵渔人的奇遇？就让我们一起回到理想中的胜境。可以的话，长居此地，此生不离不弃。

除了那曾短暂逗留的渔人，再没有第二个幸运儿到过那里。卑小如我亦难知它在何处。但我相信桃花源真的存在，只是，到达那里的契机很微妙。苦心寻觅相隔万里，若安然处之，兴许一梦之遥，一盏茶之冥思就可以抵达。

我还知道，自从这个地方从陶公的笔下幻化成形，它就不再是一个传说，而是梦不完的长梦，回不去的乡关，千百年来引无数人为之魂牵梦萦，寻寻觅觅。

除了《桃花源记》，有多少人还知道“桃花源诗”呢？那一样是陶渊明的作品，并且，《桃花源记》就是为此诗所作注解式的序。结果是，诗渐湮灭不闻，反而是这序，经久流传，几与时光同在。

“桃花”这个词，开始是有些妖娆、浮艳的。无论是在《诗经》里，还是在前篇所提及的传说里，它传达的意象无不与美貌年轻、妖娆多情的女子有关，直至到了陶渊明的笔下，桃花才别开新境，开始与富饶、丰足、明媚、安然的生活状态联系起来。

魏晋时人尚清谈，重玄异。宽袍大袖，身披大氅，脚蹬木屐，飘然若仙；又或穿行于街市之上，视衣衫躯体为负累，放浪形骸、醉生梦死之事不胜枚举。风气使然，时势使然。

《世说新语》中每见奇人奇语奇行迭出。初读令人莞尔，细读令人心酸，再读催人泪下。魏晋风流逸兴，乱花渐欲迷人眼。初尝清甜，细品都暗藏涩苦。

人人看来都凛然不可犯，卓尔不群，实则懊郁不安，忧生忧死。清高如五柳先生，能远俗，憾亦未能忘忧。他虽不满士族官宦，重清谈，轻实务，耽于宴乐，不理国事，无视民生疾苦，自己何尝不依赖酣饮，饮必醉，醉避世。诗文品格越高，内心越是负累重重。

世人爱读陶公，爱他归隐田园诗酒风流，躬耕自足，以物质的清贫换取精神的自由。

为官处处掣肘，眼看无能士族子弟盘踞高位，自己既无力重振家声，更无力扭转现实，又不愿同流合污，唯有挂冠而去，落得清静。“不为五斗米折腰”是公开对外的宣言。难与人言的，是壮志消磨后身心的倦怠。

陶公曾写过这样一首诗：

少时壮且厉，抚剑独行游；
谁言行游近？张掖至幽州。
饥食首阳薇，渴饮易水流，
不见相知人，惟见古时丘。
路边两高坟，伯牙与庄周。
此士难再得，吾行欲何求。

他虽无名利之心，然长存救世之念。现实不允，这矛盾遂成了他终身隐痛，精神上的症结。每一位萧索的隐士都曾经历壮心不已的年代，不然，也无所谓失意。

陶公也曾生猛年少，仗剑远游。自负才华不输于古往今来的圣贤，只待时机一至，必能扬帆而起，辅明主，济苍生，成就一番功业。孰料，事与愿违。乱世难遂良人愿，处处枭雄起烽烟，又有几人真心留他实现济世理想，救万民于水火。

回望来时路，往来无相知。浩大无垠的寂寞袭击了他，无助，无力。

他虽未被惊涛骇浪击溃，却不免要转身寻一处净土去检点自己。自己认为是对的，应该坚持的信念，就不应舍弃。哪怕世所不容，亦要找一处地方安放，留存。

时时勤拂拭，勿使惹尘埃。所以才有了那么多警心的诗文。

在不远的后来，他如宝藏被人挖掘。先是昭明太子萧统的推崇，逐渐有人理解、追颂。后来的后来，他升腾成读书人的精神教父。人们忆念他，玩味他的生活、他的言语，属于他的每一点细节，他躬耕自足的精神状态。

他的诗文、他的理想，都成了众人共同的精神图腾。

一切，一切，又如何少得了他笔下的桃花源。

看见了他的闲适就更须领会他的悲愁。他的悲愁长伴南山，隐于南山月明，潜于菊香深处。必须要明白，桃花源是美好的。美好依然是逃避，避居理想中的世界，生生切断与现实的距离。

我和一个朋友谈起陶渊明。她语出惊人："他笔下桃花都静美，看来他性生活一般啊！"莫以为她是信口胡言。我惊怔之后细思，又重读《桃花源记》，发现她说的不无道理。陶公笔下花是落英缤纷，人是和睦相处，整个世界是一团和气。而性是一种征伐，长期处于这种精神状态的人，确实不可能有强烈的性欲。

这当然是题外话了，我们接着说桃源。那渔人入得桃源来，见有良田美池桑竹之属，阡陌交通，鸡犬相闻。其中往来种作，男女衣着，悉如外人；黄发垂髫，并怡然自乐。此情此景如斯熟络，宛然是生命中有过的最隐秘的渴望。

就渔人在其间短住几日所见，村人自给自足，乐善好施，不分彼此，与外面杀伐不断、苛税连年的世界有天壤之别。

到了无何有之乡，却是回到了真正的欲望家园，和自己的理想打了个意外的照面。东方国度的读书人以此为归宿。桃花源国度是美好无欺的大同世界的样板。生产力倒退，在这里，人们只要生产出能够满足生活所需的产品就够了，不需要剩余产品，不需有剩余价值。一种引而不发的观点是："一切的罪恶来源于社会财富不均，人们拥有除温饱之外过多的贪欲就会引发动荡、混乱。"

这就是陶渊明基于当时的现实对现实的理解。实事求是地想，自给自足适合于小范围，不适宜推而广之成为全社会的经济模式。

综观中国的历史，沿袭几千年的经济模式，你该知道何以读书人失意时更容易将此奉为圭臬，因为他们的脑子里想不到，他们所受的教育更使他们想不到更合理先进的解决之道。

那渔人去而思返。兜兜转转方悟此处是寻觅已久的家园，外面的世界太混乱、太劳苦。他怀念如仙境般静美的桃源。在那里，他也会拥有自己的一方土地，一处宅院。他可以拿着自己捕来的鱼，送给街坊四邻，换来稻谷满仓，有鲜鱼下酒，仙桃佐食，真正可以日出而作，日落而息。

他不用害怕缴不完的苛捐杂税，也不会有劳役苦差。

所以，即便他离去时，老人苦苦叮嘱，叫他不要将此地说出去，他依然忍不住说出去。幸好，没有多少人相信，人们只当他发梦，长久身处苦难的劳苦大众，早已失去梦想，对步伐仓皇的生命不再想象。

南阳有一位高士，听闻他的话，便请他带自己去寻找。高士和他一样向往此地，这样美好的地方达到每个人对生活期许的标准。

他们当然找不到。高士不久病死了，临死前他忍不住问渔人："你是骗我的吧？"

渔人痛苦地摇头，他也希望这一切是他骗人，可是偏偏不是，他明明到过那里，还住了几日。

那里桃花还艳红，落英缤纷，芳草萋萋，桃源人欢声笑语萦绕耳畔，叫他怎生忘怀?

幽幽桃花随风，当时就在召唤他还乡：归来吧，迷失在外的孩子。如今桃花落满了衣襟，暂借花香引你返转路径。

既来之，则安之，不要再走了。

一切的隐喻，他当时不能领会。如今，他只后悔自己当时没有留下来，既然人间还有如此纯美的地方，又回到这污浊的尘世来受苦受难做什么?

如今，桃花遮断了归途，天上人间。他的过错不在对外人说出了桃花源的存在，而在于，没有及时果断地留下来。

有些际遇是一生一次，错过不再返。到不了的地方都叫做远方，回不去的名字叫家乡。

桃花源中人自云为避秦之乱世来此，孰料，乱世之后又乱世。人能得享几个太平春秋?

魏晋人好黄老之术炼丹服药。世界对他们而言，像无所不在的镜子，处处是幻象，欲进无路，欲出无门。

守着袅袅青烟，幻想着有一日服下仙丹驭龙登天，就此挥别这个令人失望的、危险重重的人世。熊熊炉火照不醒他们长醉的脸。一张张醉颜堆积着对现实的厌倦，对长生的渴望。

那晚，陶渊明也生了一炉火，热了一坛酒，他饮醉了。于是，连他都不知道，自己无意间炼就了一丸桃花源。

桃叶渡

——无奈与君绝，梦里几番哀

舍弃与记取

我归隐在没有你的寂寥天地里，为你固守一座空城，恩爱前生梦，梦里几番哀。

昨夜渡江何处宿，望中疑是秦淮。
月明谁起笛中哀。
多情王谢女，相逐过江来。
云雨未成还又散，思量好事难谐。
凭陵急桨两相催。
想伊归去后，应似我情怀。

旧时王谢，裙屐风流。魏晋的山高水长，不期然被苏轼的一阕《临江仙》勾动。似江月随波，潜回我心里来。

早年读《世说新语》，多半是冲着狗血兼八卦去的。看名人逸事看得欢乐无比，未尝解古人字中意，也不晓得人世悲欣交集、人生的大悲大喜大起大落，往往就掩于几笔闲谈，浅浅淡淡墨痕中。

近来再读《晋书》，翻看《世说新语》，激动失笑之余，总会想这些得天独厚的人真的快乐吗？为什么，我渐渐在他们的任性纵情里、举止言谈里品出了人生的不如意，是我多心太敏感了吗？还是我已不再过分天真？

譬如今夜读到《晋书》里王献之临终遗言：“不觉有余事，唯忆与郗家离婚。”一时感触，竟潸然泪下。

“想伊归去后，应似我情怀”是苏轼感慨世间恩爱难久，思忆死去的爱人吧。一语道破的，何尝不是王献之的心声？古今情事一般同，仔细品读苏轼这阕《临江仙》，竟像是合着他二人的事而作。

梦里几番哀，王献之和郗道茂，这一对千载之下犹令人叹息扼腕的佳偶。

时隔多年，在一生的尽头，他介怀的仍是和她无奈的分手。“云雨未成还又散，思量好事难谐”，说的何尝不是他呢？他曾因为内心动摇而背弃了她，又因为内心的坚持，终生放不下对她的愧疚。

王献之是书圣王羲之第七子，书法造诣与其父并称“二圣”。王献之风流为一时之冠。史载他极重风仪修饰，虽闲居终日，然容止不怠——这不同于“伪娘”，是世家修养出的绝不怠慢的生活态度——精致。

翰逸神飞，精雅自持，亦是魏晋时人钦敬的风流的一种。一次，献之和兄长去拜谒谢安，两位兄长多言俗事，献之寒温而已。阅人无数的谢安由此评断王献之在二兄之上：“吉人之辞寡，以其少言，故知之。”——小者佳。

除却言辞谨慎，王献之临危不乱的风度也与谢安相近。

某次，王家失火，王徽之来不及穿鞋拔脚就逃，王献之面色如常，由仆人扶着慢慢走出。不过，我觉得这个稍显作态，想来火势不紧急，万一火烧屁股了，还是像徽之一语不发拔脚开溜比较实际，别坐等着仆人来扶。

又某夜，王家失窃，小偷入室，王献之悠然睡卧在床观望小偷们忙碌。眼看人家都快忙好准备收拾包裹撤退了，他方才悠悠然说出一句：“偷儿，青毡是我家旧物，留下吧。”吓得心理素质比较差的小偷们落荒而逃。

这个就比较狠了，他可以淡定到连机敏的小偷都不曾发觉他的存在，心理素质的确非同一般。

即使是在人才辈出的王谢子弟中，王献之无疑也是出类拔萃的。他自幼得人赞誉，也确实不负众望，勤奋自持。连王羲之都觉得此儿日后必成大器，对他嘉许。

王献之成年后与其表姐郗道茂成婚，两人青梅竹马，夫妻感情甚笃。郗道茂也是名门世家女，郗家虽不如王氏显贵，当年也曾显赫一时，王羲之本人就是郗鉴的东床快婿。因有这层姻亲关系，郗王两家都乐见两人结亲。

郗道茂端庄娴静却不刻板，是个颇具生活情趣的女子。王献之与她性情相投。他原本宦情淡泊，不耐俗事，得此贤妻美眷后更加淡泊名利，只愿流连山水清静度日，潜心书法造诣。

本就不是醉心名利的人，因着王家的显贵，他俩原可以就此清闲度日，做一对世人眼中的神仙眷侣。孰料，命运偏要幸福不得善终。

王献之生命中，猝不及防出现的桃花是简文帝的女儿司马道福。司马道福钟情王献之久矣。她原本嫁给了桓温的儿子桓济。桓济后来欲篡兵权被废，司马道福就势与桓济离婚，提出要改嫁给王献之。此时她已贵为新安公主，加上东晋皇室也颇为认可王献之的人品声望，认为他堪为佳婿。所以由皇太后做主，皇帝下旨诏命王献之为驸马。

“竹外桃花三两枝”，哪个出色男人生命中不曾飘过两三朵桃花？很出色又完全零绯闻的人，恐怕是很少见的。面对生命中猝然出现的桃花，多数人可以安然度过，神魂颠倒一番之后，最终拐回正道上去。而王献之不同，司马道福这朵深情款款、来势汹汹的桃花，打乱了他未来的全盘计划，由于种种原因，他拒绝不得。

司马道福心意坚决，即使王献之烧伤自己双脚以跛足为由拒婚也无济于事。司马道福摆明了姿态非君不嫁。这貌美的公主以不屈不挠的姿态挟着深情而来，她是侵略性明确的强势入侵者。

王献之可以无视她，却不能无视她身后整个东晋王朝的压力和期待。她的到来，是局势飘摇的时候，不能断然拒绝的示好。王献之一旦矛盾、摇摆，首当其冲受害的就是郗道茂。

说句题外话，写这篇文章的时候，我反反复复听一首老歌《梦里几番哀》，总觉得这歌中无可奈何的别离契合了太多悲哀故事的基调。

问你可知否
你追我逐去将河山改
聚了百般怨
令到深心难载
恨有几多种
你争我夺那恩情不再
梦要几番追
竟需要断爱
独霸高处心中可有感慨
在你心里
是否空虚难耐

梦里几番哀
叹惜痛恨你身沉苦海
梦里几番怨
惋惜失去热爱
梦里千番叹惜朱颜改

王献之固然不是君王，但他一样要追逐更高的名利。清冷女声幽幽在叹，似怨似怜。古往今来，多少争名逐利的男子为达目的，不惜割恩断爱。多少女子被无辜连累、辜负，贻误一生。这歌者虽痛恨男子绝情，又哀怜他为野心名利所缚，一朝独霸高处正是身陷苦海，日后不免空虚，后悔也无人倾诉。其曲一唱三叠，似唱足了郗道茂曲婉心声。

知道吗？这世上最不能考验的是感情，因它注定要被其他因素左右。王献之可以不为自己考虑，但作为世家子弟，他有与生俱来的责任和荣誉感。

一个从小傲视群伦的世家子弟此时却必须屈从于命运的安排。逍遥如谢安都要担负起家族责任，为重振谢氏家族出山。被家族寄予厚望的王献之注定不能置身事外，不能置家族利益于不顾。

一个男性朋友和我聊过，在家族利益面前，爱情永居其次。我失语，那一刹我心凉如冰。我想，我更明白了男人们的想法。那些被指责为负心人的男人的心里，不是没有感情涌动，只是，爱情很少能排在第一位。人生有更多待实现的价值。即使，他知道做出的，会是一个让他终生追悔的决定。

舍弃一段真挚的感情不是毫不犹豫的，但是，该舍弃时，一定会舍弃——这就是男人和女人的分别：女人是可以用感情取代很多东西，男人是可以用很多东西取代感情。

人生注定有一些你不想做又不得不做的决定。壮士断腕还是轻的，就算是从此身心割裂不再活过，又如何？

在大多数人的生命中，爱情都不是第一位的。

但渡无所苦，我自迎接汝

背弃与坚持

我湮没在没有你的孤独里，如海繁华，不与我相干。怅然回首。桃叶渡，孤舟望断，看不到你殷切的笑颜。

事态逼人。王献之不愿背弃却不得不背弃与郗道茂的婚盟。我想他不能把自己的小幸福建立在整个家族的庞大危机上。能够不顾一切的情痴毕竟是少数，王献之不是贾宝玉，他的责任感不允许他为爱冒险，为爱痴狂。

如果他这么做了，王氏家族会被其他的士族借机打压。万一一蹶不振，他就是家族罪人。情圣不是人人可以当的。更何况，覆巢之下焉有完卵？一旦周围危机四伏，两个人的长相厮守只是痴人说梦。与其现在一意孤行，日后让郗道茂和他一起背负罪名，不如独自承担痛苦。

或许是我美化了他的私心。这男子也可能有自己更精深的算计。驸马的身份能给他带来更大的名望。魏晋之人重自由，更重名望。即使内心再不屑仕途经营，他也不能拒绝这名望带来的好处。他也不会意识到日后会有多痛苦。

利益权衡后他决定与发妻离婚。郗道茂早年与他生有一女玉润，未几夭折，其后未有子嗣。她没有理由留在王家，面对进退两难的尴尬局面，我想她会选择有自尊地离开。

看不见十八相送，长亭话别；看不见涕泪交流，依依不舍。离别之际，谁也没有说出决绝的话，心知此生断难再见。

真正生离死别、两心空寂。像磐石迎头砸下，压得人粉身碎骨，魂飞魄散。

是我亲手送你走——勿相忘。怎相忘？她乘船离开，他隔河相望。清浅的一道河，星汉迢迢难渡。天上的银河不是传说，它真实地存在于离别人的心里，你头也不回，如那桃花随流水远去了。生命中有一部分的我跟你走了，像影子依附你，不会再回来。

是你亲手送我走——不要说，不舍得。愿你尽早将我忘记。此生已矣，相见无期。我可以强迫自己放弃，却无力再自欺。

郗道茂与王献之离婚之后，回到郗家不久郁郁而终。王献之与新安公主成婚之后，官运亨通，官至中书令。骄纵的新安公主对他因深爱而顺从，王献之却始终郁郁寡欢，中年之后两人才生了一女神爱。

荣贵已极的他快乐吗？可以确定地说，他不快乐。最崇尚自由的他不得自由。

年轻的时候会以为自由是想做什么就做什么，年老以后才知道真正的自由是想不做什么就不做什么。他做不到！

“虽奉对积年，可以为尽日之欢。常苦不尽触额之畅。方欲与姊极当年之足，以之偕老，岂谓乖别至此！诸怀怅塞实深，当复何由日夕见姊耶？俯仰悲咽，实无已已，惟当绝气耳！”

《晋书》中这一封没头没尾的信，言辞极尽哀痛。观其语气，相信是王献之写给离婚之后的郗道茂，诉说自己的疚悔，以及对她持久不息的思念。

别后经年，他说，最好的时光仍是我和你生活在一起的时候，曾经的爱刻骨铭心，即使它不美满，在我心里亦灿美不可比拟。你的一颦一笑占据了我的心，吸附着我的记忆。想忘也不能忘，你离去越久，我越发沉湎在对你的怀想中不能自拔。

这可能是王献之写给自己的、一封永远都不会寄出的信。过去的事像残损的梦，一往情深是无处投递的信。

这封信郗道茂看到过吗？看了会作何感想？看到了又能如

何——纵然她明了他一腔深情未改，但事已无可挽回。爱过，就算了吧。怨憎无益，哀恨无益，痴恋更无益。

王献之，傲世的杰出男子，生来仿佛就要处在那万人中央，享受着万丈荣光。我不知道，他的眼睛，会因偶尔思忆起旧事而泪光隐现吗？

你离我太远，远到我看不见。但我清楚，我感情的城池既被你攻陷就不可能再有别的占领者——即使我，只是你改朝换代的遗迹。

我回到我的天地中寂寂老去，不去侵扰你。这一世木已成舟，覆水难收。

一世清浅，你的爱载不动我的离愁，到不了我们约定的彼岸。恩爱薄凉，一声叹息未落，我的一生已泛黄。此后，我是谁已不重要，你是谁才重要。此后，漫漫寂寂岁月冷冷清清凄凄不能相忘，只有长长怀想。

王献之与新安公主成婚之后纳了一妾。妾名桃叶，深得王献之宠爱。《乐府诗集》载，王献之为桃叶作歌，民间传说王献之爱桃叶甚笃，曾为之迎送到渡口，作歌曰：

> 桃叶复桃叶，桃树连桃根。相怜两乐事，独使我殷勤。
> 桃叶复桃叶，渡江不用楫。但渡无所苦，我自迎接汝。

据说，桃叶感王郎深情，作《团扇歌》答曰：

七宝画团扇，灿灿明月光。与郎却喧暑，相忆莫相忘。
团扇复团扇，持许自障面。憔悴无复理，羞与郎相见。
桃叶映红花，无风自婀娜。春风映何限，感郎独采我。

今之南京仍存“古桃叶渡”的石碑，风景自然不复旧时。据说在东晋时河岸种满了桃树，起风的时候桃叶桃花落于河上，时人笑谓之“桃叶渡”。后因有王献之在此作歌送渡，此地声名大噪，引得历代文人墨客歌咏不绝。宋人曾极作《桃叶渡》：“裙腰芳草拒长堤，南浦年年怨别离。水送横波山敛翠，一如桃叶渡江时。”清人吴敬梓则作五律《桃叶渡》：“花霏白板桥，昔人送归妾。水照倾城面，柳舒含笑靥。邀笛久沉埋，麾扇空浩劫。世间重美人，古渡存桃叶。”

后人都在追慕古人，看不穿往事凄凉。男人仰慕他的风雅，女人羡慕他对桃叶的爱宠，我更愿意把他对桃叶的宠爱，理解为一种移情。爱是一场戏，他太全情投入去表演了，反而叫人看出虚假的端倪来。以他历来的清高倨傲，何至于如此啊！

王献之的《桃叶歌》，品度曲意，更似是为郗道茂所作。说得残忍点，桃叶这貌美可爱的少女，只不过是王献之借以抒情的道具。桃叶固不能简单比之洛丽塔，王献之也绝非怪叔叔之辈。但是，在这个故事里，心满意足深感恩宠的幸福少女是依附着一个中年男人不能启齿的恋旧之情生存。她无须知道她的可悲。

在他的幸福里，她只是一个替身，他追忆的始终是另一个人。

知道你不能再回来了。我找到了另一个人，只为她身上有一点点你的影子。我舍弃了你，我耿耿于怀，没有一刻忘怀。

对郗道茂的思念和亏欠拖垮了他。负疚之心使后半生的王献之平添几分令人心醉神迷的悲怆。曾经真实的灿美已经消失，记忆中绝美的光华却永不凋零。他在送别的桃叶渡，迎接的不是桃叶，而是，那永远回不来的郗道茂。

伊人远走。我不能随你而去，唯有将念想的心魂留守这里。它早已为你伤痕累累负累不堪，却固执地不肯离去。

外人眼中的我高不可攀，我花团锦簇的生活，唯有故人才知它破败凋残，不堪重游。

你知道吗？我到现在才知道，全世界的仰望，不及你一个回眸。

你是我心中不堪重游的禁地，我把对你的爱沉没了，有生之年都不敢回顾。只有临终之际，我把对你的感情打捞起，放开怀抱，追随你渡江而去。

穿过冰冷的繁华，回到你身边，寻回那为数不多的温柔时光——这是我闭目之前仅余的念想。

那年春，除却花开不是真

慷慨与悭吝

旧人面，新桃花。爱的慷慨和悭吝，像桃花美得叫人无可奈何，无可捉摸。世上有太多人，惊鸿一面，彼此错过。最是伤怀，来不及说，我爱你。

春光妖娆。她时时感到寂寞，心意浮光掠影。说不清自己在期待什么。日子就在静寂的辗转中，昼夜相承，抬头又见一年春，时间可以过得惊心动魄，却不着痕迹。

那一日，她听见有人叩门环。声音遥遥传来，不大。心中无端一惊。心想这个辰光，有谁造访？

出门去，见门口立着一个陌生男子。对视，复又暗惊。怎么这样眼熟。他清亮的目光似有千斤重，压得她险些抬不了头。

稳住心神，不能失礼于人前，半天才款款行礼问道，何事？他清颜俊貌，秀洁的眉目如春光伸展开来，微微摇曳。

他说，姑娘，在下行路口渴，可否见赐一碗水？语速轻缓，不紧不慢，是有修养的男子，他的恳求真叫人无法拒绝啊！

她不知怎的，心中一动就脱口而出，你进来吧。说完又悔，忒不矜持了！况家中无人，他要是个坏人怎么办？偷眼看他，赶紧又自我安慰，看他读书人斯文样子，不像是歹人。

便引他进了院，自己到厨下打了一碗水端出来，临转出时，对水照了照，自觉仪容端正，虽未来得及修饰，好在尚可见人。其实，可以更好看一点的。

他站在那里饮水，看来是渴坏了。她倚着桃枝看他。温暖地注视，猜想他的身份，这时节长安城里多是应试的士人，他也该是其中之一吧。

他喝着水，原来也忙里偷闲看她。他目光清透，锁住她的心，如一泓温泉注入，使她周身温暖。两下里目光相撞，他倒不见有异色，只她腾地双颊飞红，但愿他没看见。

他有意将水喝得慢些，可惜再慢都会喝完，待他饮尽最后一口，两人心里都有些讪讪的。她不接空碗，只说，放在这里吧。并不急着送回厨下，怕转身，他就走了。

他仿佛也有意，不着痕迹地拖延着，好像仍需休息。

静默。终是他先开口道了谢。她反倒不知应什么，只是笑着摇摇头。

又站了片刻，闲话了几句，都是他在说，算是挑逗吗？听起来并不轻薄。她只觉得心里欢喜得很。欢喜到了极处，又只是笑，事后想想真懊丧，觉得自己像个傻瓜。平日在家，总被夸是伶牙俐齿，不晓得为什么，见了他，连话也不会说。

他看她，倚住一枝盛放的桃花，着一身颜色素净的衣裙，寂寞而柔美。她的美不是倾国倾城，只是浑然天成。不是诱惑的诱惑更叫人猝不及防。

他心中珍重，竟不忍再多言唐突，借口天色不早，便告辞离去。

见她关了门，他站在门外，望着墙内那株桃花，想着她。直到日落西山，暮色浮起，染黄了青衫才动步。心里浅浅的惆怅，如影随形了一路。

偶然想起她，又放下。京华倦客，在长安月下流离。他是前途未卜、功名未遂的士人，有什么权利去胡思乱想。

她站在那树桃花下，手里拿着空碗，直到夜凉风起，直到有人敲门。

心喜心慌去开门，期望是他折返，不是他，是家人踏月归来。

她送家人回房，看着他曾站过的地方。那桃花在月下收敛了媚气，净洁如他。

是这样皎如清月、妍如桃花的男子。她忽然间明了了自己的怅惘。她微妙的心事，在这月下陡然现了原形，其实一直以来，就希望在这里，遇见这样的一个人。只不过今日见了他，原本朦胧的念想，得了灵性成了真。

思来恍如一梦。只不过半日，思量却似半生已过。

在她眼中，他亦如桃花般静好。他的一言一笑，现在想来都值得回味。看得出明显是倦累的，但仍从容。他是忧伤的，却不脆弱。她后悔没有留他坐下，没有烧热水请他饮茶，没有与他多谈几句。兴许，谈笑能化解他的愁容，闲聊能为日后留下更多回忆。也许，该多问几句……一切都还没来得及。怎么当时就那么被动，那么蠢！

今日一别，转身两不相识，何年何月能再见？相思却不请自来。相思搅乱人心，它是个坏东西。

对一个只有一面之缘的男人产生无可名状的倾倒。究竟为什么？我也不明白！可笑啊，无助啊！我爱上了偶然经过的你！是否我本性轻浮，你的到来只不过凑巧揭露了我本相？千百年后，一定有人笑我痴傻、轻狂、易爱。可他们不会知道，我们的邂逅不是春光乍现的偶然，是蓄意已久的重逢。一个人，遇上另一个人。两个人成为一个人。

你原就是我的心事，潜伏心底的影子。虽然模糊却一直在我心里。山长水远，我找不到你，我看不清楚，终有一日，我等到你。我看到了你，你又离去。我的思念追不上你转身的步伐。

星汉迢迢。分别的日子，我总忍不住思量，你还会记得我吗？仅有一面之缘的我。也许你早已忘了我，你是如此优秀，在繁华的长安城中，你身边有那么多人来来去去，不似避居郊野山庄的我，长日幽深，心中只藏住一个路过的你。

桃花淡淡的香气，你唇间淡淡的笑意，还未来得及绽开。我心开始不安分，为你蠢蠢欲动，又为你蛰伏不安。你眉间淡淡的愁绪，像遮住青山的白云。我多想，像春风拂过桃花，吹散它。我们之间，心有灵犀，淡淡温暖。你知道的，一眼万年。

寂寞年华里，对爱情的渴望，犹如在沙漠中行走的骆驼对绿洲的渴望。我是爱你的，你也会爱我吧。可惜，还没来得及说什么，我们就分开了，失散了。

是谁错手划下的银河？你我不是牛郎织女，只在尘世有过一面之缘，还来不及相许。神仙尚有一丝可能渡河相聚，凡人就只能黄泉碧落，生死永隔。

遇上你，才会为情惆怅。我的每一次呼吸里都有了你，想念是会呼吸的痛，遗憾是会呼吸的痛。你，是潜入我血骨生生不息的暗涌。

想见不能见，最痛。

我听人说，只有溺于绝望的爱，人才会死去。我原瞧不起这般死去活来。可是，爱人，现在我明白了。如果死亡能换得来生再聚，我情愿舍弃此生，清静死去。

就让我，用一生的时间，来纪念浮生中的匆匆一面。

这一年，他一直心有所忆。常常恍惚，说不清暗藏愁绪。恰是因为无心，不经意考取了功名，遂了心愿。

世事蹊跷，着意失去，无心反得。

是年春色又来撩人。他又想起，长安郊外的桃花，桃花树下脉脉含情的她。带着茫茫的期许，他又踏上了前路。

前路似归途。小院依旧，桃花依旧，他叩响门环。心中预备下无数说词，叩门，再叩。

无人应，周身冰冷。春光霎时凋零，心凉若寒秋。

他久久伫立门外，直到天边露出一抹晚晴的橘子色。临去时，提笔在门上写下：

> 去年今日此门中，人面桃花相映红。
> 人面不知何处去，桃花依旧笑春风。

墨迹淋漓，是他无声的泪。写下心意，不为别的，只为教她知道，他的心意，愿她能看见。

过了几日，他又去，谁知佳人已逝。也许，不是什么都没发生，该发生的已发生。莫非邂逅只是邂逅，要到此为止？

桃花笑人痴，笑他来迟。遗憾她不知，为她写诗的人叫崔护。

爱这样慷慨，忽然就让我遇见了你；爱这样吝啬，短暂的，容不得我多说一句，我爱你。

错过的，不是一段感情，而是一生。

在唐人孟棨所著的《本事诗》中，记载结局略有不同，崔护抚尸恸哭深情疾呼，女子死而复活，其父将她许与崔护为妻。崔护于贞元年间考中进士，官至岭南节度使。若记载属实，女子与他有此结局，诚是有情人终成眷属，但我仍偏爱残忍结局。

有一阕词，亦是写他们的事：

重来我亦为行人，长忘曾经过此门。那年春，除却花开不是真。空拈花枝空倚门，空着眉间淡淡痕。那年春，记得奴家字阿莼。

爱得到，得不到。还未绽放，就凋零。身后残红纷飞若雨，为谁悼未了情缘。情繁如梦，唯花开是真。

第二卷 情终情始

桃花水

——桃花流水窅然去，别有天地非人间

清静与自在

对于他，我总是心存念想。如果早一点，能在唐朝与他相遇，哪怕是相遇不相识都好，让我做一个经过他身边的人，一个只有一面之缘，却因他心花怒放的人。

> 问余何意栖碧山，笑而不答心自闲。
> 桃花流水窅然去，别有天地非人间。
>
> ——《山中问答》 李白

他独自漫游山中，看桃花飘落，随清流远去。心里非常清静。放下繁杂的思虑，让奔腾的念头停歇下来，任它像桃花一样随水漂远，意识得到控制，便见山是山、花是花、水是水，整个天地入眼清明。

很多人会觉得，这时的他，应是受了现实很深的冲击，带着强烈失落的心意归隐山中。产生这种见解实则是基于先入之见形成的无意识的强加，认定一个人的归隐总包含着对现实的不满和遗憾。“安能摧眉折腰事权贵”的李白应该是这样的，所以他就成了这样的。

但或许是他意识到自己准备得不够充分，或许是他觉得倦累了，要暂时转换心境。他从不曾因为逃避而退却，也没有想过要放弃。无论漫游到何方，每一次的归隐，都是心灵的沉淀和清理。储藏精神给养，为下一次的游历作更充分的准备。归隐之于他，等同飞鸟或长或短的栖息，下一次的出发，会比上一次更积极、更长远。

终其一生，他都是个积极入世的人，不会轻易失望失落。他有自在悠然的内心、磅礴的才华和见识。野心催逼他，促使他施展其才，就像不能阻止大鹏去展翅遨游九天外，同样不能勉强李白只看到脚下的一块地方。

若他有束缚和压力，这冲击更多源自他的内心正在重整、扩张，而非外界的影响、压力。

李白的一生，常处于漫游的状态，精神层面的呼应，让我对他自然而然就心生亲近。读他的诗我会莞尔，会像个男人一样血如火烧，意气飞扬，会黯然神伤……他如我的隔世故人，忍不住有想伸手去拥抱他、亲吻他的冲动。

隔着迢迢的时间，透过诗章去感知他的情绪，一样心摇神荡。

幸好，他的每一点喜悲都无所遁形，悉知悉见。

我总是在想，如果早一点，能在唐朝与他相遇，哪怕是相遇不相识都好，让我做一个经过他身边的人，一个只有一面之缘，却因他心花怒放的人。

看他踏花入酒肆，对着美貌的龟兹少女吟出动人的诗篇；听他在山中抚琴，送别友人；看他对月清歌，逐影起舞。愁也罢，喜也罢，他的才华从不枯竭。令人叹绝的诗句就如春日枝上的桃花，自然地喷薄而出。

真的，我只要默默地跟在他身后，远远地看着，不介意山长水远，四处流离。若是能更亲近一点，我愿意为他当垆卖酒，为他洗尽风尘。假如还有更亲近的机会，我愿随他登山临水，看流水桃花，辗转天涯。只是知己，不做爱人。

同是热衷浪游的人，内在是一个容器，旅行是自我清洁的方式。喜欢一再地自我清空，通过不断接受新鲜的刺激来获取更广大的精神力量。如花承接雨露，夜间微微闭合，白天又皎然盛开。

李白绝非一个不善言谈交际的人，他的内心亦不固守封闭。除却官场上的交际应酬是他不屑分薄精力的。生活中，他的社交能力毋庸置疑，彰显的强大个人魅力令他四处都有朋友。他亦从不为生计愁，是那个独一无二开放富足的时代成就了他。我曾笑说他这个人好像随身带着不限额度的ATM机似的，一路走来，有游侠之风，丝毫没有小文人的酸愁。

他是个精彩的人，善于发现身边的美好。无论走到哪里，都可以让生活变得明艳生动起来。这样的人，我的记忆中只有两个，另一个是苏东坡。

无论是楼前的流水、河岸的垂柳、杯中的美酒、乡间的胡麻饭，还是窗前的明月光，入他眼来都别有意趣。他有世人无法企及的才华，哪怕是最平常的景物，经由他描摹，亦会动人心弦。

他又不曾矫饰自己的心性，不曾高高在上，刻意隐藏。他醉饮高歌，放浪形骸。对朋友说："我醉欲眠君且去，明朝有意抱琴来。"丝毫不刻意敷衍。天真而睿智的他，赤子之心从不曾失，洒脱地把所见、所闻、所感悉数落笔。心性自在，所以才华蓬勃。

李白以桃花入诗有多首，我最爱这一首，爱他此时的心境。此时的他，心中的愉悦和宁静难与人说。面对友人来信相询，殷勤探问，只能回复一句"别有天地非人间"啊！

真的不是寂寞，亦不寂寞。你可知这样清静的状态，是多么难得，入眼能看见多少似锦繁花吗？

山中的生活，肯定不如红尘中热闹，可这正是此刻我心中所求。若你坚持问我山中有什么乐趣，是什么值得我留恋，我无可言说，只可借前人的诗来答赠你：

山际见来烟，竹中窥落日。
鸟向檐上飞，云从窗里出。
——《山中杂诗三首》（其一） 吴均

山中何所有，岭上多白云。
只可自怡悦，不堪持寄君。
——《诏问山中何所有赋诗以答》 陶弘景

我可以拿什么来证明我快乐呢？快乐就是逍遥！山中所有，清净为第一要义。所拥有的一切，仍是这个世间之物，不被惊扰、动摇。当人放开执念，思虑不再冗沉，就会感受到自在、清净、坚定、自足。

容纳是天地间最持久的力量。日色清明时，青山被照耀妩媚；暮色浓酽时，青山消隐于黑暗之中；阴雨滂沱时，山溪激荡汹涌；大雪纷飞时，山石松柏亦会冻凝。这一切变化，无损于它的本来面目。

别有天地，并非说此处脱离了人间，变作了仙境桃源，而是因心境转化，领略到另一重天地后豁然开朗、恣意怒放的喜悦。

清溪象征着心性的宁静以及流转、变动的状态，桃花则象征着热烈的心性和一串串璀璨连续的念头。不要心生哀婉，不要强留，只要顺其自然，任其来去就好了。

那明末的柳姓才女说，我看青山多妩媚，青山见我应如是。

受到打击、伤害、挫败，人会很自然地灰心、低落。然而，这一时欠佳的情绪，它真的强悍到可以左右心的方向吗？不是这样的。情绪可以被调服，人可以学习拥有很多智慧的方法，使心变得安然，像山一样坚定、博大。

换一个角度去想，此时未达到的理想，是由于时机不至，或自身的积淀未够，越发要沉心以待。每多一分磨砺，就会离理想更近一步。

此心安处是吾乡

洒脱与磊落

一个人，若放不开自己的心，即使富有四海，也是徒然困居一隅而已；若放下，即使颠沛流离，身无长物，也可挥手自兹去。

李白有个与众不同的特点，他诗中很多意态都是动的，连停顿亦饱含急切飞扬之态。譬如：“欲上太行雪满山，欲渡黄河冰塞川。”“两岸猿声啼不住，轻舟已过万重山。”简直俯拾皆是，不胜枚举。这首《山中问答》却是动中有静，尽显其悠然。

这首诗，我是当禅诗来读的。虽然禅历来主张不立文字，道破语言是滞障，但是思想许多时候还是需要依靠语言文字来传达。语言文字如摆渡的舟筏，借此接近真理。至于登岸之后舍弃舟筏，那是另一重境界了。

李白的诗，天然就生动艳美，真正是丽质天成，效颦不得。我有时不免掩卷怅然，汉字语言的魅力被他用得出神入化。这就好比习武，武功高到了极处的高手，差距只在毫厘，但个人天分所致，中间苦修登顶的过程，差距是不言而喻的。你从不见他如贾岛般苦吟，就像你看不见吴道子皱着眉头涂改画稿。遣词如作画，他是随心所欲皆成佳篇，信手拈来自臻化境。

他赋予桃花别具一格的意象，以嫣红桃花来比对苍茫碧山，以桃花的热烈来映衬清溪的明净，意蕴却比字面上能够感知的更为清远。桃花落后“窅然去”，象征纷繁热闹的念头消弭于自在本心。与许多人流露出对桃源的渴慕不同，他指出自性具足，不去依恋传说，妄求桃花源——这正契合了禅宗强调“不假外求”的思想。寻常的诗，能做到意在言外就很好，李白的诗不单意在言外，其境更超拔于语言。

决意要扶济苍生的人，首先要学习胸藏天下，所以他会一次一次归隐山中。他是注定要出山入世的，建功立业是他的毕生意愿。归隐不是他的归宿，似谢安那样东山再起指点江山才是他追慕的风采。他所追求的境界是游刃有余，来去自如，而非汲汲以求。

他的等待和自我节制终于有了成效，这绝顶聪明的男子，他不是一个不懂得依照世俗法则去经营自己的人，他很懂得去经营自己的名望。这一点他很类似谢安。天宝年间，他因道士吴筠、玉真公主、贺知章等朝中权贵的引荐入仕。

入仕之初，明皇对他极尽礼遇。到后来君臣之间有了龃龉、不谐。他也明了及时抽身远去的道理，被体面地赐金放还，没有与恩主反目成仇，引火烧身。

他只是不甘心，不甘心就此了断治世之心。他一直自认是治世之能臣，匡扶天下之才，只可惜不为所用。明皇认为他更好的职业是去做个名满天下的诗人，发发清论也就罢了。

我一直觉得明皇这么做是对的。他洞悉了李白天真放诞的本性，他任性，容易被利用和伤害。虽有热情，却不适宜在政治的旋涡里玩刀头舐血的凶险游戏。

他不是个政客。说到底，明皇这么处理他，是基于对他的保护，爱惜他百代不遇的才华。

他恢复了自由身，回到了山野，携一把锈剑，骑一头青驴游走于红尘，遥望长安一钩残月，月如霜，满心寂寞一身风尘。

有太多人为他抱怨不公。可这样的结局对一个天性浪漫的伟大诗人而言，委实是最好的结局。

李白这样的人，你忍心他在政治斗争中不明不白地枉送性命吗？我连想都不愿想，他是死于某一场政治谋杀，尸骨不全死不瞑目。我情愿他在家人身边病死，情愿相信他如民间传说的那样是太白金星转世，酒醉之后在船头捞月失足落水而死。

他的后半生，依旧潇洒却不再逍遥。经历了安史之乱、牢狱之灾、流放、赦归，他渐渐老去，眼看昔日明主仓皇西逃，情意两心知，不会不黯然吧。帝国坍塌了，盛世转眼翻成断锦。黎民奔逃，辉煌化劫灰。那份惨痛，不是亲身经历，又如何能够心知？

好在他失意却不消沉，诗风由激扬转苍劲，与杜甫的沉郁遥遥相应。不得不说，是他年轻时的游历、在山中的自省帮他奠定了厚实的精神基础，让他历经离乱而不倒。

他努力过，至死都在坚持。他想到的，做不到；做到的，改变不了。那是悲壮的事实，是命运，再强大杰出的人都必须学会甘心，遵从命运。

我想起另一个人，苏东坡曾写给好友王巩《定风波·常羡人间琢玉郎》这样一首词：

常羡人间琢玉郎，天教分付点酥娘。
自作清歌传皓齿，风起，雪飞炎海变清凉。

万里归来年愈少，微笑，笑时犹带岭梅香。
试问岭南应不好，却道，此心安处是吾乡。

王巩受“乌台诗案”牵连，被贬谪到地处岭南的宾州。王巩南行，歌伎柔奴不计艰险毅然随行。元丰六年（公元1083年）王巩北归，与苏东坡劫后重逢。席间请柔奴为东坡劝酒。苏东坡问及岭南生活的感受，柔奴不言生活之酸苦，答道："此心安处，便是吾乡。"东坡闻言深受感动，作《定风波 · 常羡人间琢玉郎》一首赠给柔奴。

数十年后，东坡被贬岭南惠州，身边亦有侍妾朝云追随。朝云对他的情意绝不逊于柔奴之于王巩。想他身处岭南，看着相伴在侧的朝云，亦会常常忆起多年之前，那纤弱慷慨的女子含笑应对他的问话："此心安处，便是吾乡。"

回过头看，当年的赠词竟成了他今日的自况。王巩经历的，他又来经历一遍。日光之下，岂有新事？无非是上演过的桥段，换上不同的人再演一遍。他的柔奴即他身边的朝云，是了，道理多年前就有人为他言明，天地为家，此心安处，何惧之有？

一个人，若放不开自己的心，即使富有四海，亦如徒然困居一室；若放下，即使颠沛流离，身无长物，也潇洒磊落。这样的人，是乐游原上纵马远游的五陵年少，挥手自兹去。

鬓发染霜，少年子弟终老于江湖。笑送春归，心无悲戚。

春思

——草色青青柳色黄，桃花历乱李花香

沉迷与惊忧

眼看草青柳绿，曲江桃浓李艳，游人依然如织。谁会相信，这会是盛世的回光返照，是某些人一生中最后一个春天呢？

红粉当垆弱柳垂，金花腊酒解酴醾。
笙歌日暮能留客，醉杀长安轻薄儿。

——《春思》 贾至

这城中寻欢作乐、昼夜不息的轻薄子弟们，我的愁绪，你们能懂吗？

安禄山的叛军已逼近潼关，这城已摇摇欲倾，不复辉煌。国破在即，而你们丝毫不觉。覆巢之下，焉有完卵？是该及时点醒，还

是放任？就这样吧，无知无觉混沌度日未尝不是一种幸福。既然欢乐注定苦短，何不抓紧时间及时行乐？

无药可医之时，逃避也不失为一种积极的人生态度。

危险总是以一副无害讨喜的样子逐渐逼近，潜藏在春日的煦暖之中。眼看草青柳绿，曲江桃浓李艳，游人依然如织，谁会相信，这会是盛世的回光返照，某些人一生中最后一个春天呢？

春愁犹如晨起时弥漫阶前的一阵轻雾，达官贵人眼中的良辰美景，是感慨人生变幻的时髦话题。春愁是用来赏鉴赞叹的，哪里就真的，真的成了深恨。

公元736年，一个叫安禄山的胡人因罪被押往大唐的都城长安。对于大唐乃至整个中国的历史而言，这都是个重要的分水岭，一个不容忽视的转折。没有人知道，这个锁在囚车里的犯人会给大唐帝国带来一场深重延续的灾难。

由于善于逢迎，安禄山不仅免罪，还迅速获得了唐玄宗的宠信，短短数年之间屡获升迁，成为大唐最有权势的封疆大吏。安禄山获得玄宗宠信最主要的原因有两点：一是他乖巧圆滑的性格，二是他超凡的舞技。肥胖的安禄山跳起胡旋舞来毫不滞重，令人叫绝。他对杨贵妃也极尽讨好之能事。

凭借天生卓越的公关才能，安禄山逐步攫取更大的权力，直至被封为郡王。是唐玄宗一手缔造了盛世，亦是他亲手埋下了帝国衰败的祸根。

深层的危机深植于国家的肌理里，缓缓生长，等待破土而出的时机。唯有时时保持警惕、清醒谨慎的人才能察觉。这种机敏得来不易，注定要牺牲欢愉去换取。大多数人没有那么敏感，也不愿活得草木皆兵。即使偶尔会有所察觉，担忧也不过如一阵春风，轻拂过耳畔。

帝国已经处于鼎盛时期，曾经生机勃勃积极进取的朝堂渐渐走向浮华。富贵麻痹了大多数人的神经，没有人意识到衰败的危险。

对艺术和爱情的痴迷已经取代了昔日治国的热情——连这个国家的君王都耽于逸乐，何况他人？偷生于快乐，总是比较容易的。

贾至，这今人不甚了解的文学家，在当时可是赫赫有名，备受世人推崇。贾至在玄宗朝任中书舍人，供职于中书省，负责起草皇帝的诏书。《新唐书 · 贾至传》称，贾至以文著称当时，其父贾曾和他都曾为朝廷掌执文笔。玄宗受命册文为贾曾所撰，而传位册文则是贾至手笔。玄宗赞叹“两朝盛典出卿家父子手，可谓继美”。除了御用文人运笔时必须要有的华美端严之气，贾至的绝句同样写得雅妙动人。可以读得出，他深具情致，绝非因一己荣贵自鸣得意的轻薄文人。

需要说明的是，贾至的《春思》，并非因安史之乱产生的伤时之作。有学者考据认为此诗作于贾至在肃宗朝被贬谪时，而非安史之乱前。我觉得，是否了解这首诗的成诗背景对理解本意没有太大影响，至少不会南辕北辙。无论是安史之乱之前还是之后，将时间展开去看，他的忧愁深植心河，从未停止摆荡。

身处流亡的时代，所有人都不可避免地有了流人之愁、逐客之恨。在变故面前仓皇失色的，又何止贾至一人？

离乱之后，长安贵胄并未收敛轻薄，风流放任一如既往，骄纵肆意倾泻。俗话说“好了疮疤忘了痛”。对于历史的教训，哪怕是以无数条命换来的，一旦时过境迁，人们总是习惯性地选择遗忘。

大家都有避难情绪，甚至，因为欠缺了安全感，自觉朝不保夕的人们，为了摆脱内心的恐惧阴影，会更加忘形地投入到制造快乐和麻痹的运动中去，以欲望对抗恐惧，欲望如洪水肆虐。好像如此这般，恐惧击打过来的频率就会变慢，强度就会减弱。

我无数次地想，长安的春天是什么样？长安月下的桃花是什么样？那些唐人的诗带我回到千年前的帝都，繁华生动得仿佛我亲身经历。想念时间太久、太多次，久到怀疑，那种美好无关他人，只是盛开在悠远念想中的风景。

提起唐人所爱的花卉，很多人会第一时间想到牡丹。其实，唐代长安的初春，繁盛的桃花也是人们喜闻乐见的花卉之一。大明宫中有大量桃树，皇家御苑中，有专种桃树的桃园。

每逢春日，灼灼花开灿若云霞。杜甫在写给贾至的和诗《奉和贾至舍人早朝大明宫》中赞美大明宫的春景，亦有“九重春色醉仙桃”之誉。

时值好春，绿柳荫浓，桃花艳放。每一日的清晨，钟声由大明宫金色的阙楼传出，渐次回荡在帝都的上空。红色的宫门缓缓打开，成千上百的官员鱼贯而行，行走在白玉铺成的台阶上，御香缭绕，旌旗飘扬。此时，晨露未晞。

太阳缓缓升起。“凤毛”制作的掌扇在香烟雾霭中移动，那是皇帝的仪仗。盛大的朝会即将开始，帝国的官员和异邦的使节等待着朝见皇帝。

每当入夜，月色清朗，桃花在长安月下减退了娇媚之气，更添梨花的清寒。那花下还有酒，有对坐浅酌清吟的人。那人感慨着东风不单不帮人遣散愁绪，漫漫春日反而把恨牵引得更长。

他说：

> 草色青青柳色黄，桃花历乱李花香。
> 东风不为吹愁去，春日偏能惹恨长。

我心有一种忧伤，无法向外人道出。属于全世界的春天，总还有人不能尽兴狂欢。

风流才子多思春，肠断萧娘一纸书

离乱与安然

我要你，在这世上安然老去，直至白发苍苍，与我相逢不相识都好。只要你此生静好，不被这乱世烽烟湮没。

有这么一种人，既耽溺于世俗的深谷，又出离于尘世的悬崖之上。心恋那盛开的妖娆桃花，又爱慕繁花闲落的静美，难以忘怀长安的繁盛。

每一天的凌晨时分，穿戴好冠冕朝服到大明宫的宣政殿去上朝，那时候贾至曾邀约王维、岑参、杜甫，一同写过《早朝大明宫》这样生机勃勃的诗：

> 银烛朝天紫陌长，禁城春色晓苍苍。
> 千条弱柳垂青琐，百啭流莺绕建章。
> 剑佩声随玉墀步，衣冠身惹御炉香。

共沐恩波凤池上，朝朝染翰侍君王。

皇帝居住的大明宫在长安城的东北方向，和官员们居住的地方有不短的距离。许多人朝思暮想，要死要活想当官，可是，实事求是地说，上朝是件再辛苦不过的差事。尤其在酷寒的冬日，五更点卯的时候，天还没有大亮，长安城依然在熟睡。冒着严霜雨雪上朝的官员，承受的辛劳不是普通人可以想象的。

大唐的律制规定，官员无论品级高低都要按时上朝，不得迟到，不得早退。朝会时不得举止失仪，否则惩罚将非常严厉，轻则罚去一月的俸禄，重则丢掉官职。五更时分，天刚开始放亮，衣冠整齐的官员就必须等候在宫门口。

官员们大多骑马上朝，品级高的官员可以带一两个仆役随行，为主人掌灯引路，品级较低俸禄有限的官员只好只身独行。

骑马穿过料峭的街道，进入内城，御街静寂，上朝的灯笼络绎不绝，如繁星点点。清冷暗香扑鼻，春的气息无所不在，闭起眼亦知禁城春至。此时往来于此的皆是朝中要人，天朝的端严气象又岂是没有身临其境的人能够妄自揣度的呢？

看似寻常的陈述之下是淡淡的招摇，言辞之间不乏被天子所重的自得，身居高位的欣然。这点骄傲是人之常情。贾至和好友李白当时都意气风发，躬逢盛世，一心报效明君。

当时圣眷正隆，没想过有朝一日会辞帝都，别凤池，出长安，成为千里之外望京难返的罪人。无论是贾至、李白，还是杜甫，这些曾经进入到权力中心的文人，他们的政治生涯或长或短，际遇也不尽相同，可这种政治经历使得他们的心胸、气度不同于终生不第的寒士、文人。他们更甘愿把自己的才华和命运与帝国的兴衰紧紧相连。

有谁料到！谁料得到！有朝一日，有朝一日……会天崩地裂。大唐帝国的文武百官、万千子民心目中当之无愧的圣主明君也会仓皇西逃。

洪昇在《长生殿·闻铃》一折里写了一支《双调近词·武陵花》：

> 万里巡行，多少悲凉途路情。看云山重叠处，似我乱愁交并。无边落木响秋声，长空孤雁添悲哽。……袅袅旗旌，背残日，风摇影。匹马崎岖怎暂停，怎暂停！阴云黯淡天昏暝，哀猿断肠，子规叫血，好教人怕听。兀的不惨杀人也么哥，兀的不苦杀人也么哥！萧条恁生，峨眉山下少人经，冷雨斜风扑面迎。

平心而论，遣词造句真不差，但意境真逼仄！丧气！脱不开文人的酸朽气。我抵死不能认可洪昇创作的唐明皇形象。他写的唐明皇太乡气，失了身份。

一个只晓得谈情说爱的男人，遇事就一筹莫展，考虑事情全无要领。譬如戏里写他闻知安禄山叛变，第一时间是忧虑杨玉环娇贵，怕她辛苦难以随行……我看戏时都要晕，这是什么思路？

洪昇写唐明皇马嵬坡兵变之后一路赶往成都，感叹着情势凶险，路途难行。又哀伤红颜已殁，此身良苦，全然没有帝王气度，一副丧妻兼丧志文人的心态口气。这种凄切之情，用来描摹随行扈从的文人臣子是可以的，用在李隆基身上实在贻笑大方。

想了解接近真实的历史情况，应该看贾至写的《自蜀奉册命往朔方途中呈韦左相文部房尚书门》，这首诗起笔就提到了安史之乱时公卿们随驾避难的狼狈，以及后来唐王朝内部为了应对这场危机而做的权力调整——唐玄宗禅位于太子李亨。李亨即位后集结人心再作应战。这就比较公允了。李隆基耽于情爱纵然有错，何至于似洪昇写的那么猥琐不堪！

沦留在蜀地，午夜阑珊时回望长安，梦想着何日还都。长安是破碎的明月光，一触即碎华美的梦。长安已是浸没在血海里的孤岛，大明宫宫室颓坏，梨花如雪，桃花染血，血色沁漫开来，望得再久一点，血艳已化作遮天蔽日的浓黑。人是孤魂野鬼，长安城，是望乡台上前世的乡关。

贾至是不幸的，亲眼见证了这盛世倾颓；他又是幸运的，身为玄宗西逃幸蜀的随行大臣，起码没有流落故都沦为叛臣，或身化劫灰。这在当时，是很多薄命才子的遭遇。同样名满天下的王维，安史之乱时流落京师，不幸沦为伪官，日后虽然脱罪，声誉难免受损，最后无心仕途潜心修佛，隐居于辋川别业，难说与此波折无关。

王维清楚地知道，大唐的春天过去了！他笔下的山水田园、云光月影从来都细腻得让人心醉，他对自然变化的感知从来都是这么细致敏感。

“桃红复含宿雨，柳绿更带朝烟。”——这个春天不同于以往的春天，大唐的盛世之春不会再回来。隐居并不只是单纯的心灰意冷。这一劫死了这么多人，劫后余生的他，只能为死难的人祈福，忏悔年轻时的浮华——懂得珍惜生命，以更温存的心、更恬淡的态度去生活，答报故人，而不是在官场流离，仓皇老去。

“春思”之题，李白也写到，而且出手不凡，落笔即成名篇。“燕草如碧丝，秦桑低绿枝。当君怀归日，是妾断肠时。春风不相识，何事入罗帏。”这清浅、俏丽、通达的诗，有不加雕饰的天然美态，读来恰如风拂清荷，风流自生。

李白诗中未曾言明的轻薄儿，贾至在诗中点明了，是那个时代的年轻人。佳人妖娆多姿，顾盼之间勾引住打马经过的多情少年——亦是风流子弟留情不返才惹得美人日后遗恨、伤情。

“风流才子多春思，肠断萧娘一纸书。”每一个故事都各有前身，每一段爱恋都自成身世。

“春风入罗帏，何事太牵情？”回不来的，希望回来吧。迟归也比不归好。我要你，在这世上安然老去，直至白发苍苍，与我相逢不相识都好。你我如同对峙的两座城池，永不靠近，默然相对，情愿这样。只要你此生静好，不被这乱世烽烟湮没。

长安乱

——他年我若为青帝，报与桃花一处开

失意与杀戮

喜欢菊花的他背弃了推崇牡丹的大唐帝国，他差一点就推翻大唐，建立起一个推崇菊花的帝国，尽管这帝国不似菊花的坚忍耐久，反倒如昙花一样短暂。

长河冷月，是日如旧。翻过大唐盛世那一页，往后看，会有锦缎成灰的心凄。

公元755年，安史之乱爆发。大唐王朝步向衰败。公元762年5月，唐玄宗李隆基在孤独中死去，一年之后，持续了八年之久的安史之乱也落下了帷幕。

盛世已成过眼云烟，凄风苦雨笼罩着整个帝国。噩梦并没有就

此结束，安禄山虽然消失了，藩镇割据却愈演愈烈。唐玄宗统治的后期，地方节度使的权力越来越大。安史之乱之后，藩镇的权力非但没有消失，反而日益坐大，拥兵自重的节度使眼中根本没有朝廷。

江山在风雨中飘摇，到了韦庄生活的年代，繁盛如唐也回天乏术，将要亡了。先是他入京应试的时候，黄巢起兵，攻入了长安。本已多难的长安城再遭兵火洗劫。虽然安史之乱后藩镇割据，军事冲突已成家常便饭，但黄巢的兵乱无疑是最致命一击。一旦攻陷京师，如利刃直插帝国心脏，上至君臣，下至黎民，感受到的是天塌地陷的惶恐。

这场动乱的起因绵延深长，自开元盛世以来，实在是一言难尽。悲观且短视地想，它源自一次失败的科举考试。

黄巢下第后赋诗一首，那首诗趾高气扬：

待到秋来九月八，我花开后百花杀。
冲天香阵透长安，满城尽带黄金甲。

简直是冲冠一怒，不过为的不是红颜，为的是这个鸟朝廷太不给俺面子了。最常见的落第的举子伤怀时运不济，自愧才薄，羞见乡亲父老的颓丧情绪，在这首《不第后赋菊》中一点也看不见。有的只是冲天的霸气、扑面而来的杀气，以及不握极权誓不罢休的戾气。

若说诗以言志的话，黄巢的志向无疑惊人地远大。这种不安分或许跟他贩卖私盐的家世有关。很多乱世枭雄，出身和经历都不循正道，剑走偏锋。

黄巢不是一个普通的下第才子、失意秀才。这种野心勃勃的人一旦对现有的国家丧失了改良、温和治愈的热情，和许多就此退却或百折不挠一定要金榜题名的纯良文人不同，他会选择铤而走险，不畏惧成为反贼、叛将，更愿意采取暴力的方式去推翻再造，以彻底的反抗去宣泄内心的失望愤懑。他绝不仅仅是蜷缩在角落里，舔着自己的伤口，小声地哭泣。

对于一个野心勃勃的人而言，乱世才是茁壮成长的温床。唐末深重的社会矛盾给黄巢提供了施展抱负的机会。年年天灾人祸，土地兼并，与南诏国长达十五年的战争积累的民怨，这一切都让人有了揭竿而起的勇气和理由。

当人们意识到辉煌的时代已经过去，黑暗不可避免地降临，并且是并非指日可待的漫长，强烈的失落感会促使人们抱住回忆取暖，怀想当初光明的、朝花夕拾杯中酒的年代，可以无忧无虑地清谈，乘兴访友，踏月还家。

尽管生如逆旅，光阴明媚的时候并不多，可是当日子过得一天不如一天，人们会越发起劲地怀念起昔日幸福的小细节。咀嚼这些微小如花蕊的温暖，它所散发的甜香，可以使人心怀惆怅地继续生活。

过去的时光因为业已远离变得妖娆丰润，距离会为我们修补细节，时间仁慈地为我们疗伤，最好的时光永远驻留在记忆里，不是现在。但现在又如影随形，无所不在，它卷挟着我们。

郁积的绝望会使人们痛苦躁动，渴望能出现一位英雄。这个人他会率先呐喊出心底积压的不满，他知道大家心里的欲望窝藏在哪里蠢蠢欲动，他清楚看似软弱的愿望聚集在一起时会拥有什么样的力量，他善于引诱它们出来作乱，号召大家一起反抗。

枭雄之心犹如彩蝶，要趁着民变的东风破茧而出。尽管那个人的个人目的可能并不单纯，可是每一次起义、暴动公开的口号只有一个，改变现状！

黄巢即是这种乱世枭雄。他不似菊般清高离俗，他半点隐逸之心也没有，却实如菊般耐得起霜冻磨砺。黄巢终生爱菊，他为菊花写了好几首脍炙人口的诗。他为菊花鸣不平：飒飒西风满院栽，蕊寒香冷蝶难来。他年我若为青帝，报与桃花一处开。

在他看来，菊花不单是独立寒秋，更应该是占尽春光的。

菊花是否值得和桃花争艳且不论，各花入各眼，黄巢的论调带有明显的个人喜好。他的菊花诗为当代的著名导演提供了创作灵感，虽然他最终拍成的是一部内容空洞、徒具色彩冲击力的宫廷言情电影。

喜欢菊花的他背弃了推崇牡丹的大唐帝国，他差一点就推翻大唐，建立起一个推崇菊花的帝国，尽管这帝国不似菊花的坚忍耐久，反倒如昙花一样短暂。他犹如一把冲天大火，轰轰烈烈烧得残唐成灰。

在他谢幕离场之后，五代十国血雨腥风的大幕已缓缓拉开。

有这样一首著名的诗：

昔年曾作五陵游，子夜歌清月满楼。
银烛树前长似昼，露桃花里不知秋。
西园公子名无忌，南国佳人号莫愁。
今日乱离俱是梦，夕阳唯见水东流！

——《忆昔》 韦庄

黄巢攻陷长安的动乱中，有另一位读书人韦庄，他的仕途受到影响，命运亦被这波折改变。大难当前，唐僖宗像一百二十年前的唐玄宗一样，一路向西，流亡蜀地。皇帝弃都避祸，长安城一片大乱，原本准备好的科举考试自然无从谈起。身陷战乱之中，韦庄侥幸不死。数年之后才得以走脱，逃往洛阳。

他不能怨恨国君临阵脱逃致使他功名落空，就像一个参赛者，无法指责裁判因故离场，他更有理由怨恨的是那个冲进来捣乱，导致比赛无法正常进行的肇事者。

黄巢就是这样的肇事者。更何况身陷孤城之中，韦庄所看见的，是这些所谓义军的暴行。即使是打出“均贫富，等贵贱”的旗号，中国历代的起义也是高尚的少，凑热闹的多，犯罪的多。一时为义气所感，揭竿而起，自发性有，自觉性却不高。

经过几年的征战，时间到了公元881年，昔日落第的秀才如愿以偿，握住了至高无上的权力。黄巢在含元殿称帝，大赦天下。可惜的是，新皇帝赦令也无法阻止泛滥的腥风血雨。

局势早已失控，农民军在成功之后暴露的残暴贪婪、无知短视的真面目与他们曾经试图反抗的人一样。黄巢军绝非秋毫无犯的仁义之师。在孤城里，这群失去理智的人烧杀抢掠无恶不作。他们和流氓强盗、杀人犯、强奸犯一样，甚至更坏！

韦庄不能相信他们替天行道的口号，那是拿出来愚弄世人的。如果当初这些人是为了打倒压迫他们的人聚集在一起的，那么，现在他们反过来欺压良善，荼毒无辜，和那些人是一丘之貉。正义离他们而去，这些人的灵魂已被魔鬼侵蚀，他们的到来不是拯救，而是破坏、毁灭。

凄苦的人们原本勉力维持的平静生活被残酷地打破，变得更凄苦无依。

易主楼台常似梦，伊人心事总成灰

割舍与追忆

纵然他后来身居前蜀宰相的高位，内心深处，还是有缺憾的。他眷恋的是，那个锦衣堆雪、繁华如梦、豪情万丈的时代。

到达洛阳的次年，回忆当时一路耳闻目见的乱离情形，韦庄写下著名的叙事长诗《秦妇吟》。这大概是现存唐诗中篇幅最长的一首。后人把《秦妇吟》《孔雀东南飞》《木兰诗》并称为“乐府三绝”。

我将它看做晚唐分量最重的一首唐诗。

韦庄一生的播迁起于这场长安乱。他很难不对造成动乱的人反感。尤为难得的是，他在诗中对官军和黄巢义军的暴行都没有偏袒、粉饰。此诗因此具有了“诗史”的价值。

韦庄托言长安兵乱的幸存者，以第三者的角度来记述离乱。诗中男子路遇一个美貌女子秦妇流落道旁，忍不住驻马相询。秦妇感其关心，两人攀谈起来。

秦妇心有余悸地回忆起乱军到来时城中烧杀抢掠的可怖情景。那一天，她还如往日一样生活在深闺，生活悠闲略显寂闷，浑然不知外面风云变色，转眼就要大难临头。黄巢军的到来那么突然，官军掩护权贵们溃逃，留下满城百姓面对残局。

长安城顷刻沦为人间地狱。繁华的城池被洗劫一空。兵荒马乱中人们惊惶奔逃，无数人死于乱马践踏，刀下亡魂亦不计其数，妙龄少女惨遭戕害。秦妇所言东邻女被掳走，西邻女不从被杀，南邻女姊妹自杀，北邻少妇逃上高楼被大火烧死。这些女子未必实有其人，但她们的遭遇是真实的。

秦妇本人被黄巢军中将领掳走，委身贼将，所以她侥幸得生，更得见这些沐猴而冠的人是如何溃败。黄巢军败退后，秦妇趁乱逃出长安，沿途所见荒烟蔓草，断壁残垣，十户九亡。秦妇托言在华山中看见庙宇凋敝，她与神灵对话，不止是人，连唐玄宗御封的金天神都无能为力入山避难。这里也隐晦地表达了丧乱飘零的人们对唐王朝的失望。

黄巢军落败后，人们的劫难并未到此为止。公元883年夏天，黄巢军退出长安之后，官军又拥入城内，“争货相攻，纵火焚烧，宫室里坊，十焚六七”。

秦妇在洛阳所遇的新安老翁亦诉说自己的遭遇。他原本家境富足，家财即使在被黄巢军掠夺之后，也犹有余存，但“自从洛下屯师旅”之后，官军比叛军掠刮得更厉害。老翁罄室倾囊，一家人骨肉离散。风烛残年，如今又是孑然一身，老翁只能含泪嗟叹：“一身苦兮何足嗟，山中更有千万家。”——能苟全性命已属万幸，可是活着也只是凄凉地苟活。乱世之中如他这般遭遇的人，实在是数不胜数啊！

男子问秦妇今后有何打算，秦妇说，听说金陵安康，准备去江南之地安身，希望可以逃避战乱。

于是提到了江南，望江南，梦江南，忆江南。每个人心中都有一个堪入诗入画的江南。无论时局怎么动乱，江南仿佛国人有意保留的精神净土。春水碧于天，画船听雨眠。江南富庶，似乎是永恒的安居之所，明艳的桃花源。

韦庄本人亦有江南情结。他早年游历江南，从此对此地有缱绻不息的眷恋。因为依恋，他词中的江南分外明媚绵软温柔。在清醒中沉醉，在沉醉中醒转，一次次从江南的甜梦中醒来，旖旎风光黯然销魂，回望中原，看世事又苍凉了一层。

中原板荡，江南山水清幽，佳人明艳多情。可惜终非故乡。他就像一只孤雁，眼见此地风光绝胜，奈何心中仍有牵念，只能栖息片刻，不能停留一生。留得再久一点，远行的意志就要被这多情眼波、绵绵杏花春雨浸软，消磨殆尽了。

韦庄目睹了各路军队烧杀抢掠的暴行，见证了承载了万千繁华的帝都如何变成了一座不堪回首的废墟。这些都令他感到悲愤、心悸。

《秦妇吟》因忠实抒写了战乱中人民的丧乱飘零之苦，写成后不胫而走，流传天下。许多人家都将诗句绣在屏风、垂幛上，韦庄本人也被称为“秦妇吟秀才”。 韦庄在写了《秦妇吟》十一年后才进士及第。后来的当权者多为“剿灭”黄巢起义过程中崛起的功臣。《秦妇吟》里诸如“内库烧为锦绣灰，天街踏尽公卿骨”“入门下马若旋风，罄室倾囊如卷土”之类敏感的话语是会触痛新贵们的神经的。

所以，恐怕也只有在成名作被淡忘之后，他才能不为公卿权贵所忌。韦庄后来事蜀，蜀主王建是当时官军的将领之一。为尊者讳，韦庄自然讳言此诗，竭力避免此诗流传。他在《家诫》内特别嘱咐家人“不许垂《秦妇吟》幛子”，亦不准将此诗收入他的《浣花集》，作者有心隐匿，导致此诗一度失传，直到近代才重见天日。

天祐四年，朱温篡唐自立，国号“梁”，史称“后梁”。就如伍子胥决意灭楚而申包胥矢志复楚一样，朱温灭唐，韦庄就力劝王建称帝，与之对抗。王建建立蜀国，史称前蜀。韦庄所做的一切努力本身就是“忆昔”的明证!

残阳染血。蜀地是令人心醉的江南，长安是叫人心碎、回不去的乡关。

是否，当我们开始回忆的时候，已经意识到无可挽回的失去。无论是《秦妇吟》《忆昔》《台城》，还是他所写的关于江南的词，韦庄所有的诗词都是写给过往的、伤痕累累又情意绵绵的情书。试图挽留过往，诉说内心的凄怆！

韦庄的诗词之所以引人共鸣，正因他面对过往时内心的凄恻缠绵，多难过也不掩饰逃避。忆而不怨，怨而不怒。哀伤是一种激荡温暖忧伤的情怀，忆昔，是他情不自禁的行为。

前朝已成海市蜃楼，此地不再有桨声灯影水光。凉夜沉霜，身边不再有红袖添香。纵然他后来身居前蜀宰相的高位，内心深处，他是有缺憾的。眷恋的仍是那个锦衣堆雪、繁华如梦、豪情万丈的时代。

碧桃花下感流年，时间是一场梦魇。纵然时不可易，梦也要执意延续。他固执地将自己的灵魂留下，殉葬前朝。

他说：

满目墙匡春草深，伤时伤事更伤心。
车轮马迹今何在，十二玉楼无处寻。

还有些往事割舍不下。其实伤怀的何止是他呢？被埋葬在时间灰烬里的，是一个曾经无比辉煌的时代，活跃在那个时代的人们。

曾经挥玉鞭、踏花入酒肆的武陵游少，轻狂都轻狂得叫人神往、心羡。西园荒芜公子老，南国凋敝红颜愁。此地不再有彻夜高燃的银烛，碧桃花在暗夜里凋零如落泪。纵然再起高楼，权贵再次云集，奈何情怀已死，今不胜昔。

写到这里，我无端想起清人黄仲则的两句诗："易主楼台常似梦，伊人心事总成灰。"所有莺歌燕舞的人们都消失在时光里。

这失落的感觉，亦像韦庄《咏庭前桃》里借桃花感慨的一样：

曾向桃源烂漫游，也同渔父泛仙舟。
皆言洞里千株好，未胜庭前一树幽。
带露似垂湘女泪，无言如伴息妫愁。
五陵公子饶春恨，莫引香风上酒楼。

那一炉岁月的沉香屑，无论是谁点起，熏染的都是欲说还休的惆怅。旧欢如梦，这个词真正好到让人心有不甘。所有醒过来的梦都在提醒念念不忘的人们哪……浮生如寄，每一天都是新的。

逝者如流水，想回到过去的人，睁开眼睛看看吧，回不去了！

渔歌子

——近来浮世狭，何似钓船中

相知与远离

看着那庙堂的方向，天空的乌云一点点遮蔽过来，心里的热望一点点冷下去。盛世不再，竹笠蓑衣也挡不住这秋江冷雨的侵蚀。

来看一首词，《渔歌子》：

> 西塞山前白鹭飞，桃花流水鳜鱼肥。
> 青箬笠，绿蓑衣，斜风细雨不须归。

作者是张志和。当世人熟知他的时候，他已经成了一个渔夫。

可他本来不是。他并非因失意归隐泉林，只是陡然觉得，不想在仕途上继续跋涉了。诸般劳苦，农夫播种仍有得，官场沉浮劳禄，所为何来?

所以托词亲丧，归隐山林。漫游于三山五岳之间，一叶扁舟垂钓寒江，自称“烟波钓徒”。

与许多的士人寒窗苦熬不同，张志和的仕途有一个光彩照人的起点。他先是轻松考上了比秀才更高一级的“明经”，后因献策被肃宗赏识，赐名志和。

经过安史之乱磨砺登位的唐肃宗李亨，不是一个好相与的君王。他与他的父亲唐玄宗秉性和行事作风不同。李隆基天纵英才，多谋善断，生性风流开朗。李亨更趋内向，因安史之乱的契机才正式登上政治舞台。

有不少人怀疑，马嵬驿兵变就是他暗中策划鼓动的。虽缺乏确凿的证据，但李亨由此得益是不争的事实。安史之乱的影响几乎延续了他一生，波折中一路走来，与父亲的争权又暗中持续，长期被压抑的他性多猜忌，难容人。张志和是少数能契他心的人。

张志和，本名龟龄。初时，肃宗命他为翰林待诏，就是李白当年的那个职位，既清闲又显贵，近身随侍很受恩宠，又授官左金吾卫录事参军。大明宫的皇家卫队称为金吾卫，不仅负责宫廷的安全，还负责整个长安城的治安。虽然品衔不高，却是扈从天子出行的近臣，职责重大。

肃宗命他改名志和，字子同。被赐姓改名，在古时是了不起的恩遇。荣耀大于实际，不单自己光彩，整个家庭也跟着光耀门楣。

因着肃宗的恩宠，张志和的仕途原本大有可为。可惜不久，张志和因事被人参奏，降官为南浦尉。如果他是一个有心在官场谋斗的人，小小的一次降级充其量只是一阵斜风细雨。皇帝对他眷顾仍在，时隔不久他就被恩准量移。量移可看做赦归的前奏，将贬谪的官员转移到一个较高的官职，或转移到一个离京城较近的地方。可见肃宗对他还是有心回护，原先只是迫于情势做出的处置。出乎意料地，张志和竟不愿赴任，托言亲丧需守孝，从此辞官不再涉政。

许多因隐逸而称名的名士，半是天性疏淡，半是现实失意所致，两下里因缘交错，便蹉跎了，不得已才终老一隅。无论是屈原，还是陶渊明，我想，如果真有他们心许的明主前来相邀，予以重用，他们多半还是会走出隐居的茅舍，重新兴致勃勃投奔庙堂的。

但是张志和不。他也真是个奇人，当下就能撇开干系，真就不再眷恋名利场，逃开官场的血海腥天。

名利相牵，恰似三月春风扰人，繁花开而不绝。他能不恋春光而当机立断，乃是有大觉悟的人。隐，就真的隐了，一放手，就不再牵缠不清。

许是他的心太清明，借由一件事就看穿了宦海颠沛、盛衰无常的规律。谁能躲得过呢？经营仕途成功的都是聪明人，朝堂上错综复杂的关系，似随波摆荡，一时就波涛汹涌。人是浮花浪蕊不能自主。不是单凭君王宠信就可以安然终老。如果要耗费心力去博一个荣华富贵，又得不偿失。

凌烟阁上二十四功臣，画像已泛黄，光辉事迹遥远如上古神话。这已不是一个凭一己之能就能平定天下、富贵遂安的年代。

也许是他所要尝试的事情已经完成。他比一般人更轻易地获得了世俗意义上的成功，是以更能心无恋意地放下。是昙花一现的亮眼也罢，他要在世俗道路上获得的认可已经达到，无须奉献毕生的精力才华为之献祭。

纵你有豪宅美眷，出入车舆，仆从如云，万人供奉景仰，奈何命悬刀剑之下，身在火炉之中炙烤。事事提心吊胆，时时精于算计。这样的生活，有人趋之若鹜，耗尽一生光阴万死不辞，实在非他所愿。

清醒和亲近，让他了解肃宗的处境，也让他更果断地处理这段投契的君臣关系。端坐龙庭的皇帝尚且要受制于人，何况为人臣下。

官场从来都不是太平之地，受人挤兑倾轧是常事，为了自保都必须出手伤人。做忠良，难行事；做佞臣，违本心。贪图一时的荣宠，自以为建下不世之功业，可以名留青史，到头来仍是一场空，徒惹无尽悲凉。

他志不在此，更愿意及时抽身。带着对肃宗的尊重和好感，回归自在天地，为自己的人生找一个安放之所。以清淡的理性来维系这段来之不易的好感，免却了日后血腥决绝。

隔着千山万水，红尘里的烟柳画桥，遥看朝堂上的他，日日殚精竭虑。山河破碎内忧外患的惨淡光景，却要勉力维持太平景象，于虎视眈眈的权臣掣肘之下愁眉不展地支撑着帝王尊严。

看着那庙堂的方向，天空的乌云一点点遮蔽过来，心里的热望一点点冷下去。盛世不再，竹笠蓑衣也挡不住这秋江冷雨的侵蚀。

高蟾有首诗，我觉得恰好说着了张志和的心思：

野水千年在，闲花一夕空。
近来浮世狭，何似钓船中。

沧浪有钓叟，吾与尔同归

逍遥与风流

他是一个习惯隐身的男人，兴尽而返，扁舟垂纶，于波涛万顷中寻觅本心。山河动荡，最是这样的时节，渔樵唱晚皆有远意。渔人的枯燥劳碌被他净化成了诗意。

他更愿意以知交的身份远离，为他祝福。就让清风缕缕、流云淡淡为他捎去惦念。

三江五湖之外，有这么一个人，昔日为臣下，今朝为故人。无论身在何处，仍怜他为天下第一苦命人。只是原谅他不能追随，为他鞠躬尽瘁，以身命相陪。世上有诸葛孔明这一类劳心劳力的入世知己，也必有张志和这样不耽于红尘的世外高人。

张志和入仕和归隐都在肃宗、代宗两朝，应该是中唐最早的诗人之一。就像这首《渔歌子》所歌咏的生活："青箬笠，绿蓑衣，斜风细雨不须归。”风也不大，雨也不腻，脱去了冠冕朝服，穿上清香轻便的蓑衣。

可以知道，他的理想是寄情山水归于自然。兴之所至便乘船访友，寻得三五知己谈诗论道，酒酣时吹笛击鼓，乘兴挥毫作画。

史载张志和喜欢在音乐、歌舞、宴饮的环境中作画，他的画与乐舞同一节奏，作画不假思索须臾可得。笔墨挥洒间，或山或水，宛在眼前，其神俊不可描摹。在画界，他的画作被定义为逸品，逸品高于神品，就像书法里的法帖是最高级别一样。

皎然有诗描写张志和作画时的狂态：“手援毫，足蹈节，披缣洒墨称丽绝。石文乱点急管催，云态徐挥慢歌发。乐纵酒酣狂更好，攒峰若雨纵横扫。尺波澶漫意无涯，片岭崚嶒势将倒。”又赞曰：“玄真跌宕，笔狂神王。楚奏鍧铿，吴声浏亮。舒缣雪似，颁彩霞状。点不误挥，毫无虚放。蔼蔼武城，披图可望。”

想来，张志和作画如公孙大娘剑舞般酣畅。逍遥是精神的自然流露，不可模仿，不可复制，不可多得。观者所受的感染震撼不止于画作完成后的意韵，观看他作画同样是难得的艺术享受。

皎然不是俗人，能得他如此倾心赞颂，可知张志和的确风骨高雅非比寻常。才高如此，他仍是不恋尘俗，潇洒地挥一挥衣袖，不带走一片云彩。他是一个习惯隐身的男人，兴尽而返，扁舟垂纶，于波涛万顷中寻觅本心。

山河动荡，最是这样的时节，渔樵唱晚皆有远意。渔人的枯燥劳碌被他净化成了诗意。有道是：江山风月，本无常主，闲者便是主人。他的生活悠然自得，像鱼一样自在穿梭，畅快的愉悦感像水流一样清澈。

当时与他相好的人有书法家颜真卿、茶圣陆羽、诗僧皎然等，都是名闻遐迩品行高洁的名士。他们自成一个圈子，时常雅集，做一些真正文人做的事情。《渔歌子》正是他参加颜真卿的宴会时与众客的唱和之作。张志和第一个起头。那场欢宴众人兴致勃勃，与会五人各作五首《渔歌子》，张志和还为诗配画，二十五首足以集结成诗集，最后真正流传下来的，只有张志和的五首《渔歌子》。

很多东西都被光阴洗得单薄，时间可以让一个誉满神州的人销声匿迹，一群叱咤风云的人身影模糊，唯独会将诗意变浓。

除却路人皆知的第一首，其余四首写得也很好，只不过被第一首的盛名所掩罢了：

（其二）
青草湖中月正圆，巴陵渔父棹歌连。
钓车子，橛头船，乐在风波不用仙。

（其三）
钓台渔父褐为裘，两两三三舴艋舟。
能纵棹，惯乘流，长江白浪不曾忧。

（其四）

雪溪湾里钓鱼翁，舴艋为家西复东。

江上雪，浦边风，笑着荷衣不叹穷。

（其五）

松江蟹舍主人欢，菰饭莼羹亦共餐。

枫叶落，荻花干，醉宿渔舟不觉寒。

这五首《渔歌子》描写他到过的各处江湖胜景。第一首写西塞山前的渔人生活。这是湖北的西塞山。陆放翁《入蜀记》云：“大冶县道士矶，一名西塞山，即玄真子《渔父》词所云者。”

玄真子是张志和的自号。张志和好道，素以道家方法修身养性，也被后人奉为仙。《续仙传》里说他用道家水解的方法白日飞升成仙。在世人眼中，张志和是自沉于水。他的好友颜真卿在祭奠碑文里不忍言明，只说他“忽焉去我”“烟波终身”。

据施蛰存先生研究，五首《渔歌子》的次序，在往后的唐宪宗时代李德裕所得的抄本上，已经错乱了。第五首“青草湖中月正圆”应排第二。前两首是张志和回忆做南浦县尉时的渔钓生活。往下三首，是他归隐后从金华泛舟东下的情况。

“钓台渔父褐为裘”是写严子陵的钓台，这是富春江上的渔人古迹。“长江白浪”泛指富春江。“雪溪湾里钓鱼翁”写的是溪湾里的渔人生活。“松江蟹舍主人欢”写松江上捕蟹的渔人。松江就是吴江。“菰饭莼羹”是用晋代松江人张翰的典故。

菰饭莼羹，季鹰归来，张翰身在洛阳，秋风起时怀念家乡的菰米饭、莼菜和鲈鱼。道：“人生贵得适意尔，何能羁宦数千里以要名爵乎？”家乡风物有味，这个旷达的人毅然辞官回家。

菰是茭白，菰米是茭白的籽。茭白结籽可以做饭，唐以前的人，食用菰米甚为普遍，唐以后就渐少了。宋人视菰米为稀有佳肴，明人就和现代人一样，开始不知菰饭为何物了！李白在诗里写道“跪进雕胡饭，月光照素盘，三谢不能餐”，老妪手捧着新做好的菰饭，盛在粗糙的盘里端上来，香气盈盈。月光照耀，菰饭益发洁白晶莹，那双苍老的手，诚挚的眼睛，物简情浓，贫家待客的虔诚令曾经浪游四海、食遍珍馐美味的他感动得难以下咽——与美好的感情劈面相对，总会心潮汹涌，人是容易被看似微小的事物撩动剧烈情感的。菰饭消失同样叫我这样好吃的人流一把多情泪！

张志和之前的盛唐时代，亦有不少著名诗人歌咏渔父的生活，借以表达安闲自在不羡名利的心境，却没有他表现得那般自然。因其他的诗人只是观察感触，抑或偶尔出场客串一下渔父的角色。唯独他是真正做了渔父，万缘放下，泛舟五湖，最后还沉水谢世，毕生与水密不可分。

这些诗意境雷同，内容和思想上并无实质差异，但在诗词节律上，张志和的《渔歌子》却有创新，采用了三言七言混合的长短句法。从这个意义上说，张志和是唐词的开创者之一。

《渔歌子》既成，因其词律和谐意境高远，他本人后来又下落不明，被传升仙，更为词作平添了几许传奇色彩，后人津津乐道，唱和者不绝。其中既有才华高绝如温庭筠、苏东坡、陆游者，也不乏宋高宗赵构这样偶尔兴起为之戏者。

张志和的《渔歌子》流传到东瀛，在那个渔业繁盛的岛国，张志和的诗受到嵯峨天皇的追捧，影响了日本诗词的风格，促进了俳句诞生。

橹声乃，唤起时间不曾沉默的部分。桃花清艳，漂过岁月的暗河。走在山河故道上，我们看见似曾相识的风景，却寻不回旧时的风情。怀揣着风雪月花时的感动，始终无法走回故事里。

因着这样的惆怅，我一再回味这支渔歌，歆慕他的风流。沧浪有钓叟，吾与尔同归。

桃花诗案

——种桃道士归何处？前度刘郎今又来

倔犟与刚毅

时光流逝，谁的风起云涌，谁的尘埃落定，在史册里，不过是寥寥几行，抵不过一首诗的风流。

读刘禹锡的《元和十年自朗州至京，戏赠看花诸君子》和《再游玄都观》，忍不住莞尔。真是个有意思的人，性格又倔又犟，脾气又臭又硬，说得好听叫不屈不挠，说得不好听叫死不悔改。先来看他这两首广为流传的桃花诗：

紫陌红尘拂面来，无人不道看花回。
玄都观里桃千树，尽是刘郎去后栽。
——《元和十年自朗州至京，戏赠看花诸君子》

百亩庭中半是苔，桃花净尽菜花开。
种桃道士归何处？前度刘郎今又来。
——《再游玄都观》

这两首诗，我习惯将它们称为《游玄都观》和《再游玄都观》，前后相隔十年。这个人性格中的狂放激扬依然故我。

偶尔做斗士吆喝一下容易，一如既往坚持不懈做斗士就难能可贵了。

十年之前，他好不容易从贬谪之地回到京城，因去郊外道观赏花时，看不惯新兴权贵的骄盛之态，作诗讥讽。言下之意是，你们这些跳梁小丑有什么了不起，算起来都是老子的后生晚辈。一时富贵，看尔等能风光几时？都是文名惹的祸，诗作一传，刘禹锡再遭贬谪，收拾包袱再离京城。

我不是为刘禹锡摇旗呐喊、愤愤不平的人，以他执拗的性格在官场上混，不被人暗算才是怪事，没死算是上天保佑了。一入官场犹如身陷娼门，一入此门，红或衰，不是你说了算，说不上谁可怜，谁不可怜。政治斗争的结果必然是你死我活，几家欢乐几家愁。

十年之后，他高歌凯旋："种桃道士归何处？前度刘郎今又来。"瞧瞧，他一样以自得的心态看着在他面前倒下的人，亦不曾怜悯他们。正如他作《浪淘沙》一诗自明心迹："莫道谗言如浪深，莫道迁客似沙沉。千淘万漉虽辛苦，吹尽狂沙始到金。"

人生的际遇都有高低。我只是在想，人生有几个十年，能供人恣意挥洒？如果十年之后他没能再回来，死在贬谪之地，那么后人解读这首诗时，也许心境就会不同——多了几层怜君薄命的意思，而非今日笑谈权贵们风吹云散，歌颂勇敢的诗人凯旋。

是否会惋惜他授人以柄，刚刚回到京城，前途未卜之际，还没站稳脚跟就贸然出言，行为鲁莽呢？这样做不能说不对，只是不值当。历朝历代因言获罪的例子并不鲜见。刘禹锡不爽，我要是权贵我还不爽呢！肯定要给他点颜色看看。

口出狂言，你是苦还没吃够吧？那接着再去吃点苦头吧。

此番，刘禹锡的胜利并不是诗品上的超拔，实贵在生命的盎然和不被恶劣环境击溃的乐观。权贵们败走在时间里，唯他从时间里昂首阔步回来。他在时间中存留下来，所以他成了胜者。

一个人在逆境中，不管几多沉浮，几多磨难，仍将灵魂置于高处，与命运抗争，也懂得与命运和解，相视一笑，前怨尽消，这才是真的可贵。

刘禹锡的斗士性格并不止于官场。他写诗也力求新意，开出了前人不曾道及的境地，且看他的两首《秋词》：

（其一）

自古逢秋悲寂寥，我言秋日胜春朝。

晴空一鹤排云上，便引诗情到碧霄。

（其二）

山明水净夜来霜，数树深红出浅黄。

试上高楼清入骨，岂如春色嗾人狂。

说实话，从古至今春愁春恨已被人吟诵多年。到了春天集体发春，多愁善感更是文人的通病，是人之常情，不可能因为他这两首诗改变风气。春风拂面勾引多少情思、诗情，他却是这样绝不肯人云亦云的人。一定要颂扬秋天，写出不一样的风度来。

无需惊讶，他绝不人云亦云的性格由来已久。翻开时间往前看，看他最开始为什么遭贬谪，你就明了前因后果了。

公元805年开始，唐顺宗时发生的革新运动，史称“永贞革新”，或是“二王八司马事件”。短短的一百四十六天，展开一场声势浩大的改革，初时颇得民心。这时接连从内廷发出的新皇帝的几道诏书都大快人心：一道诏书处置了大贪官京兆尹道王李实，诏命一出，市井欢呼；一道诏书召回被贬逐的陆贽、阳城等几位名臣；一道诏书释出后宫女子三百人，放出教坊女子六百人，家属来宫门迎接时，悲喜交集的人们哭声震天；一道诏书宣布停止盐铁使给皇帝的“月进钱”；一道诏书宣布大赦，同时还蠲免所有积欠官府的钱粮，停止节度使常贡之外对皇帝的“进奉”。几项举措切中时弊，大大减轻民众负担，博得赞誉一片。

身为改革中年轻的仕途得益者，刘禹锡也志得意满。王叔文赞他“有宰相器”。《旧唐书》中《刘禹锡传》说，此时刘禹锡“喜怒凌人，京师人士不敢指名，道路以目，时号二王刘柳”。

往常，我们通过刘禹锡和柳宗元的诗文，看见的是两人遭贬谪之后如何心情苦痛，身在险地依然关注民生，励精图治。这是事实，只不过，我们看不见另一些被文字诗情掩盖的事实。

改革风头最劲、形势大好之际，“二王刘柳”一度头脑发热，互相吹捧是伊尹、周公、管仲再世，他们过于乐观地估计了形势，不清楚自己面对的是一群老谋深算实权在手的藩镇节度使和老臣。他们最大的后台是久病在身口不能言的顺宗。皇帝本身又很大程度上受制于宦官。这依靠的基础就太不稳当。

柳宗元生性孤寒，刘禹锡盛气凌人。王伾收受贿赂，还专门打造了一个大木箱，放在床下存放贿金，享受睡在钱堆上的快感——真是朴素低调的奢华。王叔文在母亲去世后，想不按礼制规定在家守丧。这些都成为他们受攻击的焦点。

同时，纠结朋党、任人唯亲的弊病也出现了。内部人员升迁极快，惹人侧目。改革后期，权力引起的纷争越来越大，原本就不多的支持他们的元老掉头转向。握有实权的人物王叔文和韦执谊决断时意见不一致，直接导致了很多良机错过。

改革一开始如火如荼，是因为还未触到根本，利刃还未刺到军政方面，未刺激到宦官和藩镇的死穴。一旦牵涉到军政方面，宦官和藩镇就强强联手，拒不交出军权，继而打出一记重拳——推出太子李纯监国，以身体为由，逼顺宗禅位为太上皇。

安史之乱后，除了飞扬跋扈的藩镇，专权摄政的宦官也成为大唐溃烂至无法愈合的伤口。锐意革新的改革派根基浅薄，无法驾驭如此复杂的朝廷局势。一群手中有笔却无剑的文人面对反击几乎无计可施。

艰危之际，韦执谊的老丈人杜黄裳出了个主意，让韦执谊率百官主动请太子监国。这不失为一个审时度势、抢占先机的好主意，若然此计成功，至少能帮助他们拖延些许时日，日后被清算的时候也不至于太难看。但是，韦执谊拒绝了。

由此看来，不善妥协不是刘禹锡一人的毛病，是他们那群人共同的毛病。顺宗退位后，蜜月结束，一场轰轰烈烈的改革就此落幕。失去倚仗的改革派被清算，王叔文被贬为渝州司户，第二年被惦记他的政敌们赐死；王伾贬为开州司马，很快死在任所，免却了赐死的下场；韦执谊、刘禹锡、柳宗元、凌准、韩泰、韩晔、陈谏、程异八人也都被贬到远地做司马。这就是著名的“二王八司马”事件。

像中国历史上其他朝代著名的变法一样，变革之路充满艰辛，重振大唐的理想似乎遥不可及。在阵痛和摇摆中蹒跚前进，“永贞革新”最终免不了失败的结局。不管过程如何辉煌，对于参与变法的始作俑者们，都是个无言、惨淡的结局。

犹有桃花流水上，无辞竹叶醉尊前

固执与豁达

落霞如锦缎。金剑般凌厉的残阳割裂了诗人的心弦。往事浮沉，若隐若现。内心如血涌般孤独，谁能知晓。而此时天地寂寥，听得见桃花飞落的声音。

私下里，酬答白居易的诗里，刘禹锡感慨道：

> 巴山楚水凄凉地，二十三年弃置身。
> 怀旧空吟闻笛赋，到乡翻似烂柯人。
> 沉舟侧畔千帆过，病树前头万木春。
> 今日听君歌一曲，暂凭杯酒长精神。

他虽未见消沉，伤怀却肯定是有的。曾经风光无限、指点江山的人，如今回到繁华的扬州，竟有烂柯山人的凄凉意思。山中方一日，世上已千年，最狠的是光阴似箭，箭箭穿心，轻易射得你尘满面，鬓如霜。

多强大的济世雄心也架不住似水流年，多少好年华都消磨在颠沛流离的岁月里。少年易老啊，前尘如梦。

在另一首《忆江南》里，刘禹锡这样写道：

春去也，共惜艳阳年。
犹有桃花流水上，无辞竹叶醉尊前。
唯待见青天。

可以看出，他一样想念着京城，想回到能让他叱咤风云、大展拳脚的地方。但我相信，重来一次的话，他还是一样死性不改，本性难移。十年之后，从连州回来的他作了《再游玄都观》一诗。与前事一样，诗作一出，刘禹锡被贬和州。他这劲头，都快赶上大禹治水了，三过家门而不入。

就是在和州，他写下了千古流传的《陋室铭》。

同为士族阶层有见识的人，相较于刘禹锡的执着，白居易就圆滑许多。他也曾写过揭露宫廷黑暗、宦官巧取豪夺、欺压良民现象的诗，如《卖炭翁》。但是经历过一次贬谪的磋磨之后，他就不太眷恋官场，自愿选择比较清闲的官位，远离官场纷争。

白居易后来的诗更沉于内心，沉湎于周身的事物，旧人离去，自身的衰病，每日的饭食，忽如其来的一梦，花月季节的变换，都能让他内心触动，心境暗换。反而是官位的升迁、政局情势的变化不能让他挂怀了。

白居易晚年隐居于洛阳，所取的正是中隐隐于朝的路子。对世道的温情仍在，只是抽身远离是非，不再强求。

人于世事往往存在两种态度：一是锐意进取，二是任其自然。对于刘禹锡这样的人而言，明知不可为而为之，是快乐的。他力求变化，即使最终改变不了什么，他的成就感在追寻的过程中已经出现了。

对于白居易这种人而言，乐天知命是快乐的。事固有不可知者。你不能把事态想象得过于美好，把自己设想得过于强大，人不是无所不能的救世主。万事的发展有其自然的规律，尽力而为，适时隐退。接受不可改变的事实，也许不够积极，却是从容的人生态度。

刘禹锡一生都在寻求某种类似光明的答案，其实答案一早就隐藏在他的旧游之地等待他去发现。

桃花的开谢即是无声的明证。柔艳的桃花后面是刚毅的时间，时间以漠然的姿态与人们悍然相对。不管种桃道士在不在，权贵来不来赏，诗人来不来观，太阳照常升起，花照常盛开。

谁都可以活得很恣意、很精彩，然而对于悠长迅疾的时间而言，谁都无关紧要。

再见桃花，我知他也会心悲、寂寞。

“休唱贞元供奉曲，当时朝士已无多。”落霞如锦缎，金剑般凌厉的残阳割裂了诗人的心弦。往事浮沉，若隐若现。内心如血涌般孤独，谁能知晓。而此时天地寂寥，听得见桃花飞落的声音。

故人不在，前事难追，时间停止了流动，感受到天地间苍凉的寂美。

任何伟岸的努力最终都会坍塌，变得渺小、黯然，犹如溪流汇入大海。好在如今波澜他都能承载，情绪只在内心起伏汹涌，不能左右他。

虽然功业像流星一样短暂、璀璨，我欣慰的是刘禹锡心胸宽广，安然归来得享长寿。多年磨折并没有使他沦为唧唧歪歪的小文人。生存的智慧是让潦倒亦变从容，不是用来官场投机经营。

仕途的失意没有让他囿于自身的喜悲，失去观想历史的胸怀。桃李春风一杯酒，江湖夜雨十年灯。人是要经过时间的洗礼，即使失败了，也是胜者。

他的怀古词写得如此浩荡苍茫，与他的经历有关。这是一个心怀天下的男人，虽然他最终指点江山不是在政坛。在文字中他指点古今，江山在手。上天给他的补偿正在于此。比起他早早夭折的政治生涯，他精彩的诗篇更能引领世人，予人源源不绝的力量。

他是被朝廷放逐的浪子，转身却变成了用文字记录时代兴衰的歌者。

人会老，情已逝。无论后人如何忆念，大唐王朝的辉煌不复重来。盛时不再——这铁一般的悲哀属于所有站在废墟上的人，不止是他。

花开花不喜，花落花不悲。就让我们做桃树下从容静默的赏花人。在读起他的诗的时候，想起他毕生为理想勇敢坚持，想到存留自己的赤子之心。

若然有人在经历了千回百转的磨难之后，风流云散物是人非之际，还能笑谈一句“前度刘郎今又来”，我会击掌叫好！这才是真正的豁达、坚毅。

第三卷

何许何处

风流薄幸

——春风助肠断，吹落白衣裳

轻浮与薄幸

仿佛在梦里，还是在梦里。他是个白衣如雪、长身玉立的少年。桃花随春风纷落，落于他洁白的衣襟上。

大唐的那个春天。以功名未遂的名义，逃离战场，作别了莺莺之后，张生一如既往地投入到艳遇的运动中去。感慨也好，羡慕也罢，鄙视也罢，你不得不承认张生，亦即元稹，是个桃花运超强的人。

就像我们一想到“桃之夭夭，灼灼其华”，便想到桃花的艳媚、初嫁的娇羞；一想到陶渊明就想到桃花源的宁静；想到崔护就想到桃花树下的钟情；想到李香君就想到血溅桃花扇的贞烈；想到元稹，我们就想到连绵的艳遇，桃花般放荡多情。

元稹是个多情的人，却总是习惯通过辞章把自己扮演成深情无害的人。元稹的《桃花》这样写道：桃花浅深处，似匀深浅妆。春风助肠断，吹落白衣裳。

仿佛在梦里，还是在梦里。他是个白衣如雪、长身玉立的少年。桃花随春风纷落，落于他洁白的衣襟上。

少年拾取一片落花，眼中还藏着天真和惆怅。喜花开，哀花落，那个时候还有初见的喜悦。他未经世事的心还如春水般亮丽温柔。

心爱姑娘的绿罗裙，还如春草般柔艳。她的鬓发还散发着初生之花的淡淡芬芳。那一起走过的小路，正芳草萋萋，落霞如锦。

遇见元稹这样的男人，宜早不宜迟。不要等到以后，等到他都万花丛中过，厮混成了情场老油条了，还一本正经，故作深情，絮絮说自己如何念念不忘。说实在的，这不是他一人的毛病，古今中外，但凡有点文采的男人，少有不卖弄自己深情的。

女人可以一往情深深几许，此生只为一人去，男人却必定要著书立传，广而告之天下皆知才痛快。

从《诗经 · 绿衣》里的无名男，到魏晋美男潘岳，唐才子元稹，宋才子东坡，清才子纳兰、归有光、冒辟疆、沈复，写不了诗词悼亡的，也要整个清闲淡雅的生活随笔出来，写写伴随身侧的佳人，倒卖点无伤大雅的隐私，标榜一下自己的生活情趣，顺便证明自己是识情解意、深情款款的绝世好男——这也是重点。

这世上不公平的事情太多，智力不一样，身份不一样，财富不一样，际遇不一样，唯独一样是公平的，那就是时间。再潦倒落魄的人，也有过年轻的时候。

年轻时相爱一场，曲终人散固然惆怅，总好过独立花阴，白发苍苍。是以莺莺才会夜半抱衾而来，天明含羞含恨而去。他心满意足睡去，她心乱如月下花影，是矛盾而踟蹰的。可是知道情不可待，遇上了这个人，先爱上了，再问值不值得。说不定摇摆的时候，那个人已经走远了。

如果什么事情，都必须先问一句值不值得的话，人生也活得太清醒、太计较了。有生之年，唯爱一事，是可以先问要不要，再问该不该的。有些人，错过了也许还会遇见，有些感觉稍纵即逝，轻如流烟，一旦错过，就不再回来。

爱一个人的起源有千百种，有时候是宿命生出的牵绊，有时候是欲望衍生的枝蔓，有时候是因为记忆，有时候是因为理想，又有时单单只是因为寂寞——会因为那个人的表情，他在笑，她在哭；他的一句问候，一个动作，其实是无心的，可正撩动了你的心弦。甚至会为了一个特定的环境下的她，怦然心动，因为那一刻的绽放，是你想要的全部感觉。

只要不伤天害理、自私自利，怎么爱都可以。唯一要明了的，是自己的心，是能否有勇气承担随之而来的结果和责任，不管是痛苦的还是甜蜜的。就像莺莺，她可以跟张生好过，让他离开，自己找个人嫁了，好好过日子，一个人承担所有的责任和结果。最后，她放生自己，愿赌服输，就算是游戏，她也玩得起，输得起。

感觉或者会迷惑，真挚清晰的心却永远不会自欺。好在爱永远不是一条死胡同，绝路也暗藏生机，没有什么时候是绝对无法回头的，懂得放下，懂得离开，就永远还有一线生机。

依旧桃花面，频低柳叶眉

欢情与悲凉

从久远的记忆里泛起来的，是她的绿罗裙、桃花面、柳叶眉。眉间的一点愁，欲笑还颦的神伤。迢迢而至，不期而遇的旧梦，温暖了我一个晚上。

怜卿持重，慰我轻狂。

在元稹的爱情里，莺莺不是唯一一个受害人，却是第一个被他所负，亦是第一个转身告辞的，姿态昂然的女人。

元稹在京城和诗朋酒侣们一起喝酒吹牛。花前月下，男人们聚在一起免不了要谈谈女人，过往的女人，现在的女人，忘不了的女人，伤害过的女人。好在都是念念不忘的女人，喝上一点酒，在同伴的煽动鼓噪下，年轻人嘛，有几个能忍得住不谈自己的感情经历。何况还不是被辜负的那一方，何妨当做战绩来夸耀。

据元稹自己透露，事后他曾给嫁人的莺莺写信撩拨，就像后来胡兰成借着借书的事写信给张爱玲撩拨她一般。他们都还沾沾自喜，以为别人会对他们藕断丝连。殊不知，这两个女子都是一等一的决绝拔慧剑断情丝的主，伤心够了，想透了，说分手就分手，心伤自己检点，再不回头。

感情清洁自持的人，如同有洁癖的人一样，人来做客，弄乱不要紧。人走了，一定要悉数打扫干净。元稹也好，胡兰成也罢，都是那个来过的客人而已。

莺莺在回复张生的信里说道："还将旧时意，怜取眼前人。"她不单没有出恶声，反而心存温厚地规劝他：你爱跟谁好跟谁好，麻烦你收收心，有个起码的端正态度——这真是我大唐女子的气度。逝事如烟，想让我怨你恨你，我还没时间，懒得费口水呢，最好一笔勾销，两不相欠，永不再见。

人间别久不成悲。无论怎样的深爱、痛恨，终归要消弭在无涯的时间里，凡爱种种，似水无痕。从前的感情，封存在时间里，靠思念来酝酿。收藏得好，便成了一坛不可多得的好酒；收藏得不好，便成了一床破絮，不值提拿。

元稹不厚道，厚道也成不了情圣。可他真不算什么大奸大恶，至多喜欢在女人身上讨点便宜，算不上宜其室家的好男人。

元稹情场经验丰富，连见惯了世面的花魁薛涛都被他迷得神魂颠倒，捧出珍藏多年的感情，话里话外透着以身相许的意思，愿效池畔鸟、并蒂莲——可见他绝非等闲，个人魅力绝对是够得上偶像级的。虽然他习惯见异思迁，有心的时候还是个合格的好情人，但他这种男人就是可以让感情变成败絮的败兴男人，过期作废，不能回味。

请注意，此时薛涛写给元稹的诗是题于新制的“松花笺”上，而非惯常所用的“薛涛笺”上，可见她对他深有期许，希望他如松柏般情谊坚贞。元稹呢，他仰慕薛涛的才名，我阴暗地觉得薛涛的美貌对他也是有吸引力的。薛涛盛名在外，与当时著名文人都有交集，与诸多诗人诗歌往来唱和。须知，女人的名声也是靠男人成就的，搞掂一个高高在上的女人，多有成就感。以元稹精于算计的小心思，他必然会觉得跟这样的女人发展个短暂恋情以慰宦游寂寥，是不吃亏的。精彩是要的，一朝说到谈婚论嫁、以身相许就免了。

元稹写过一首《寄赠薛涛》，那是相当的有名：

锦江滑腻蛾眉秀，幻出文君与薛涛。
言语巧偷鹦鹉舌，文章分得凤凰毛。
纷纷词客多停笔，个个公卿欲梦刀。
别后相思隔烟水，菖蒲花发五云高。

我不知道薛涛收到诗怎么想，是喜悦还是心酸，反正我眼拙，横看竖看没看出几缕相思意。赞她如西汉卓文君，言下自比才倾当世的司马相如。恭维她诗名之盛，令词客停笔，公卿梦刀，虽然切中了薛涛自比豪迈、不效娥眉婉转之态的死穴，倒似是宴饮之间的酬答之作更多。

至于那一句“别后相思隔烟水”，简直是为了收尾而做的交代。草草一句，啊，我也很想你啊，可惜山遥路远，公务缠身，你看我来不了也没办法呀！不要说跟多情的柳永、小山、少游的送赠情人的词比，就是比之女方的“长教碧玉藏深处，总向红笺写自随”，一片幽情暗送，亦是真伪立现的。

一片幽情冷处浓，百般相思俱无用。三十岁的他，仕途正见起色。弃莺莺，娶宰相女，元稹历来是个善于把感情、婚姻算计在仕途前进筹码之内的人。娶一个声名远扬、徐娘半老的名女人，等于拾了历任高官的破鞋，非他所愿。

元稹的好友白居易曾游下庄赏桃花，作诗云：“村南无限桃花发，唯我多情独自来。日暮风吹红满地，无人解惜为谁开。”我觉得，这一首诗，若拿来做寄赠，亦比元稹之作深情得多。

与元微之相比，白乐天真算是个温存敦厚的宅男一个，不过是在家里蓄养家伎，包吃包住，待遇优厚。元稹的良好感觉只在他自己的诗文里。他命好，遇上的女人都大气、庄敬、自持，不是泼妇，亦非怨妇。

一段感情过去，不屑与他争辩纠缠。换一个拿着他床上隐私满大街申冤、倒卖的女人，他还是政府官员、著名诗人，指不定引发怎样的轩然大波、荒唐收场呢。

看来看去，只剩“风流薄幸”四个字，在他的诗文中牢牢站定。

离情别绪，我还是喜欢韦庄《女冠子》和《菩萨蛮》这种调调。相爱是一种伤。哀伤是伤，曾经的欢愉也是伤，相处的时候有多甜蜜，分离的时刻就有多少苦楚涌上心头。

从久远的记忆里泛起来的，是她的绿罗裙、桃花面、柳叶眉。眉间的一点愁，欲笑还颦的神伤。迢迢而至，不期而遇的旧梦，温暖了我一个晚上。记得她的哭，她的笑，她无语凝眸。别后相思，扎实爱过，应是这般历历在目、耿耿于怀的滋味：

昨夜夜半，枕上分明梦见，语多时。
依旧桃花面，频低柳叶眉。
半羞还半喜，欲去又依依。
觉来知是梦，不胜悲。

——《女冠子》

洛阳城里春光好，洛阳才子他乡老。
柳暗魏王堤，此时心转迷。
桃花春水绿，水上鸳鸯浴。
凝恨对残晖，忆君君不知。

——《菩萨蛮》

一场消黯。梦醒犹觉残阳照，梦里花落知多少。

花若离枝

——尽月馨香留我醉，每春颜色为谁开

告别与眷恋

对他的感情，如秋水之流泻，迅疾而沉默地流逝着。荡尽天地，我可以忘掉自己，却无法忘掉你。

她从未习惯将自身恋事公之于众。爱一个人，于她而言，是隐秘的事，如九曲回廊上的晦暗光尘。

如海深情似浮尘，有多少纷扰纠结，只可自知。光照不进，别人便看不见，瞧见了也只当是闹哄哄一场。于己惊天动地的伤，别人眼中不过随手拂拭的灰。再好的朋友，前来听倾诉一场，至多陪几声叹息，陪几滴泪，没有新鲜的话语可以言说。

哀伤是独自流放，一步步行至终点，一个人承受，试看能否解脱。真正的痛楚是私密的，多亲近的关系、多少年的知交都代受不了。年纪越大，越懂得痛苦要自己检点收藏。絮絮的言语形容不了深深隐痛，不如留着气力对抗心底激涌暗流。

克制把持。伤心有时只是一阵恼人的情绪，习惯了，就不难受了。待到时过境迁，更不屑梨花带雨博人同情了——何况，为所爱的人肝肠寸断也很愉快。

她喜欢晏几道的词。喜欢这个生活在宋朝，未曾谋面却每每能以词章击溃人心防的男人。浓辞艳赋，艳光明照，是少女的新颜，不比其父晏殊雍容富丽，犹如严妆贵妇，其词温润如珠玉可把玩。

晏殊擅以情理入词，他以天才的领悟力，把对人生的体味炼入辞章，华丽中别现人生的辽阔。虽是闲语，意境亦深闳壮阔，每每发人哲思。其子小山则是以性情入词，是以其情意真切动人。千回百转依旧指向一个“情”字、一个“痴”字。如一线温柔纯洁之光，使人愉悦地沉默着。

他从韶华极盛的过往走来，踽踽独行，背负着优雅深愁，执意将生活做成梦一场。梦中也会失望，可是，天真的孩子相信，有梦就不会绝望的。

她在最多情的年纪读到最炽热的词，喜欢那一句：“从别后，忆相逢，几回魂梦与君同。”从此对这个人难以忘怀。一阕《鹧鸪天》，堪称小山词的经典之作。

彩袖殷勤捧玉钟，当年拼却醉颜红。
舞低杨柳楼心月，歌尽桃花扇底风。
从别后，忆相逢，几回魂梦与君同？
今宵剩把银釭照，犹恐相逢是梦中。

他的词，如同寂寞雪地飞来的鸟儿一般，飞来她心里筑巢。暝暗的暮色中，翻阅着他的词集，心里感触，光芒乍现，亦是倾慕他有这样的才华，能把难与人言的情绪拿捏到位。深透的，好似一针一线纳入心底。

使人惊惶，又忍不住期待，她于是有了种与时光对望的怅惘，在后世里遇见前生的知己，却只能用手指触碰这些字句，在书册中隔世相望。

他写自己与喜欢的姑娘经年之后重逢。她不诉离伤，殷勤捧出美酒，又为他歌舞解忧。她舞姿轻盈，依旧杨柳腰，桃花面，载不动许多愁。曼妙歌喉，绵绵唱不尽离别后无尽心事。沉浮中以为情深缘浅，谁知还有重逢的一天。依然，短暂重逢之后，阻挡不住的离散。

一个“拼”字泄露了痴狂。他本是痴儿。父亲是太平宰相，在世时，家境极好。兄弟姊妹皆封官得禄。他是幼子，钟爱逾恒。宾客来拜望，往来皆为一时俊彦，诸子中最有才华的他，往往被叫出来，一阕新词姗姗落笔，博得满堂彩。

他的才华无人否认。可也仅限于此。与许多世家望子成龙的心态有别，小山的父母兄弟姊妹倒未逼迫他在仕途上上进。这种待遇放在贾宝玉身上，他一定犹如得了特赦令，得偿所愿，欢呼雀跃转身投入大观园，与众姐妹逍遥快活——同等待遇换到小山身上，就未必心悦了。

他的亲人们好像很懂得他，知道他不适合为官，他的性格一旦为官只怕会祸连家族，又好似全不懂得他，终其一生都未帮助他在仕途上有所斩获。他们只是习惯性地宠着他，又任他困闷。小山就像个郁闷的孩子，想要的怎么也要不到。

小山是有志向的男子。父亲以神童入仕，赐进士出身，又生逢其时，官运亨通，做了一世的太平宰相，简直是天下闻名，众人心中的完美偶像。身为儿子的他，却未必不觉得尴尬。若他真是碌碌无为的二世祖，那也就罢了——正好就着父荫，一世荣华败坏。他偏偏不是，越是天资过人，越是被赞有乃父之风，超越的心理也就越强。

他想求证，靠自己，能做到什么程度，获得怎样的成就，最终别人给予他的评价是什么。

王禹有一首桃花诗，用在后来的小山身上倒是合适的：

野桃无主满山隈，仙客携樽独自来。
尽月馨香留我醉，每春颜色为谁开。

一世的纠结、抗争，说到底还是为了一口气。这满腹的才华，如锦绣春色，势必要求证一个“每春颜色为谁开”，不然一世不得甘心。

风吹入帘里，唯有惹衣香

痴心与迷惘

琐事存于心底，如同掌中的沙，自当流失。他所持有的只剩才华，在辞章中不厌其烦地倾诉相思，诉说内心的真、痴、悔。

碎霞浮动晓朦胧，春意与花浓。
银瓶素绠，玉泉金甃，真色浸朝红。
花枝人面难常见，青子小丛丛。
韶华长在，明年依旧，相与笑春风。
——《少年游·井桃》 张先

北宋风流宰相张先有一阕咏桃花的词《少年游》，极尽妍态。其实应该顺势想到美人情事才对，我瞧着竟想到晏几道身上。这前两句，可不是写他当年富贵娇养吗？第三句，可不是有点小山当年才华初绽、小荷才露尖尖角的意思吗？这第四句更是合着了他蓄意与时光对抗，不肯放过去远去，相信韶华长在，青春不朽。

温养的花，不是全都贪恋安逸惧怕风雨，也有渴望风霜洗礼的。小山不愿蛰伏在父亲的阴影下，一世不得脱困。这个感受，就像谢霆锋当年说起父母，说从小在媒体的关注下长大，不管做什么，先被称做谢贤和狄波拉的儿子。太出名的父母，让他有很大压力。

名门子弟不甘人下，受人瞩目就格外渴望通过自己的能力来证明自己。所以少年时叛逆，种种出格行为只是为了证明我即是我，抹去那名字前面的定语。直到如今，谢霆锋靠自己的实力在娱乐圈打拼多年，经历了种种风波，成长为成熟有担当的男子，终于被人承认，区别开——哦！他是谢霆锋，他是一家之主。

以当时的标准来看，小山也是叛逆少年。他有意无意地和父亲区别开来，生活方式，精神追求，词作风格。父亲词作深沉华美，他就纵情艳丽。也是有灵性，有底蕴，就真的倔犟成一派，至少在词风上各有千秋，后世文名不输乃父。

晏殊一生门生无数，门客三千。名臣如范仲淹、韩琦、欧阳修等，无不出自他门下。是以小晏才有“今政事堂半吾家旧客”之言。

小山潦倒后绝不肯轻易去拜求一人，不肯去讨个一官半职。黄庭坚说他痴，他是痴，却痴得有格调、有骨气。

一者是世家公子的傲气，二者是内心对父亲的崇敬，断不肯失了身份，拖累了先翁名声，背后叫人指指点点说，瞧，这是晏殊不成器的儿子，如今也来求我了。

他不要落人口舌，不愿求人，亲戚间也少来往。脉脉温情渐次消退，一朝离了原先的境遇，如花离枝，悲喜自知。自由是荒凉的，没了栖身的树，此后的风波险阻，唯有独立面对。宁愿寂寞、潦倒，沉湎辞章，与好友悲歌作赋，痴痴笑后再痴痴哭。

他不是酒色之徒。酒也好，梦也好，只是遮颜的面纱、暖身的薄物，是他用以隔绝世事的幔帐。幔帐后的那颗心是灵透清醒的，未必看不懂人心诡诈，不了解世态炎凉。他不屑卖弄文章去揭露。半点也不浪费才华在那人情是非的恶浊事上。唯愿留一方净土，心田自守自耕。

百花丛中，暗香死去。前尘再怀念，难觅一面。小山所爱的女子身份卑微，两个人一开始就身份悬殊。想想吧，贾宝玉和林黛玉青梅竹马，门第相当，又有长辈默许，想结合尚是难上加难。他和她，一是相国公子，一是歌姬，单是这层身份就隔了万水千山。

现实比小说更拘谨、残酷，容不得他为爱痴狂任性胡来。再后来，是家道中落，他又不善持家，搞得狼狈不堪，自顾不暇，哪有能力再去照拂一个女子。愈是爱，愈不忍她受委屈；愈是爱，愈倔犟，与其叫她望见他日常生活中的潦倒困窘，渐生失望，不如狠心斩断。

当然，还可能隐藏着更多后人难以揣测的现实原因和困难。直到星流云散，无奈分手。他巫山独坐，她行云一去无踪。

琐事存于心底，如同掌中的沙，自当流失。他所持有的只剩才华，在辞章中不厌其烦地倾诉相思，诉说内心的真、痴、悔。

如那黯然难归桃源的男子，小山也写《阮郎归》：

来时红日弄窗纱，春红入睡霞。
去时庭树欲栖鸦，香屏掩月斜。
收翠羽，整妆华，青骊信又差。
玉笙犹恋碧桃花，今宵未忆家。

相爱如遇仙——今番不是神女戚怨。流露的，是一个失爱男人无助的思念。这次，未忆家的不是阮郎，是不期而遇的神女。他等不到她。红尘颠倒，他寻不回她，无可奈何失去了她。就像他老来，在另一首《阮郎归》里写到的心情：“欲将沉醉换悲凉，清歌莫断肠！”

不擅假装对生活中的曾经遗忘，执迷的事物历历如新。分开以后，她只在他的回忆中存在，不染风尘，益发生动美艳。他娓娓道来，以丰沛的才情滋养记忆中的妙龄少女。她楚楚动人，风姿绰约，渐渐幻化成爱之女神，他的缪斯。

现实残忍地撕裂了聚首的愿望，离别却间接成全了爱情。

这别后凄凉，正如他的《御街行》所言：

年光正似花梢露，弹指春还暮。

翠眉仙子望归来，倚遍玉城珠树。
岂知别后，好风良月，往事无寻处。
狂情错向红尘住，忘了瑶台路。
碧桃花蕊已应开，欲伴彩云飞去。
回思十载，朱颜青鬓，枉被浮名误。

这光阴也似儿戏，也真无情，榨不干人的思念，就来耗尽血肉之躯。情意往复，悲歌也齿颊留香。与之相应，他的父亲有一首写桃花与早梅的《胡捣练》：

小桃花与早梅花，尽是芳妍品格。
未上东风先拆，分付春消息。
佳人钗上玉尊前，朵朵秾香堪惜。
谁把彩毫描得，免恁轻抛掷。

一个“惜”字同样表明了他的真。花若离枝，飞上玉搔头，攀折佳人手。其实啊，你去到哪里不重要，你是否还眷恋我亦不重要，紧要的是，可有人真心疼惜你？最好有一种方法能留住你的美好。人都是贪新厌旧啊，不要匆匆一晌欢爱，稍有萎谢就轻抛掷。他的父亲总是豁达些。

桃花如血，樱花似雪。生命是一场持续的相聚和断然的告别。花若离枝，不一定萎谢了，也许更自由，自由的代价是内心趋于苍凉。

爱到粉身碎骨容易，可是心甘情愿放弃一个人，多么难。我们的生命终将被分开，我们的爱却执着得不被忘记。分开之后更勇敢。

张祜的一首《胡渭州》：

杨柳千寻色，桃花一苑芳。
风吹入帘里，唯有惹衣香。

此诗不是情诗，却在不经意间，道破了情之天机：迷离，眷恋，惆怅。告别之后，踽踽独行，别问我下一站将去哪里。在没有你的天地浪游，即使我什么也不拥有了，我还拥有你给的回忆。

这回忆犹如桃花沾染过的衣襟，残香淡淡。除非这肉身死灭，连回忆也弃我而去了，我才能不再爱你。

六州歌头

——少年侠气，结交五都雄

灿烂与消黯

梦中叱咤风云的少年，一生一世，三春好梦恰似一场烟雨。一枕黄粱，梦醒时，发现黄米饭未熟，而自己除了倦累一无所有，风尘仆仆携着寂寞上路。

韩元吉的《六州歌头·桃花》不算著名的词，我是由桃花起了兴致，谈谈“六州歌头”这个词牌。“六州歌头”属长调，不算词家特别熟用的词牌，贺铸写过，张孝祥写过，韩元吉写过。追古抚今，这些人都是词坛大家，尤以贺铸所写《六州歌头》为个中翘楚：

少年侠气，交结五都雄。肝胆洞，毛发耸。立谈中，死生同。一诺千金重。推翘勇，矜豪纵。轻盖拥，联飞鞚，斗城东。轰饮酒垆，春色浮寒瓮，吸海垂虹。间呼鹰嗾犬，白羽摘雕弓，狡穴俄空。乐匆匆。

似黄粱梦。辞丹凤，明月共，漾孤篷。官冗从，怀倥偬，落尘笼。薄书丛，鹖弁如云众，供粗用，忽奇功。笳鼓动，渔阳弄，思悲翁。不请长缨，系取天骄种，剑吼西风。恨登山临水，手寄七弦桐，目送归鸿。

北宋的月亮，曾经多么柔亮，终是要黯淡下去了。沾染了人世的悲愁，连同星光一起隐没，映水无痕。尘世间，多少心存憾恨的人们，多少次在无望中抬头，只看见无星无月的漆黑天空。

长夜漫漫终有尽时。日复一日国势式微却难以看到重振的希望。仁人志士满腹忧郁只能起身叹息，绕室彷徨，脚下的路和天空都是黑的。光亮蛰伏在心里，缺乏让它发散出来的力量。

北宋末年，“靖康之难”未发生之前。在朝的当权者对待外寇的态度已经泾渭分明，主战、主和两派治国理念和利益不同，互相倾轧直至矛盾发展到水火不容。以宋的先天条件而言，也是难为了他们，要战要和都不是件容易事。

受执政思想的掣肘，一心抗击外辱，矢志报国的有识之士，深感时不与我，不能得偿所愿，只有徒叹奈何。

这一阕《六州歌头》是贺铸自况生平之作，凭词寄意，见出许多不得已的悲愤。

当年鲜衣怒马、逸兴飞扬的狂生少年，聚集在一起，畅言时事，纵论古今。说到兴起处，只觉得肝胆相照，浑身血如火烧。被国家遭受外辱的怨愤激励，恨不能即刻策马上阵杀敌，甚或像古代的侠客那样挥剑斩奸雄，扫除奸佞，以迅猛不容抗拒的力量为这个国家注入生机，扶助它重回正轨。

知识分子的骄傲和屈辱总是混杂在一起。自己的国家是如此伟大，它有着令人目眩神摇的灿烂文明，它有着大海一样深广、令人仰视的传统，它甚至富有四海，却关隘难靖，不断受到外族的骚扰和侵略，令人暗藏羞辱。

贺铸词中所言："推翘勇，矜豪纵。轻盖拥，联飞鞚，斗城东。轰饮酒垆，春色浮寒瓮，吸海垂虹。"虽有夸溢，想来当与事实不远。他是宋太祖贺皇后族孙，所娶亦是宗室之女。自称先祖是贺知章。就算家道中落，套用一句俗语，那也是"瘦死的骆驼比马大"，生计是绝对不愁的。

忆起自己当年交游盛况，呼朋引伴驱骑出了汴梁，大家轻骑薄裘，携鹰带犬游猎春郊，途经之地黄尘滚滚，路人侧目。盛烈之态不逊汉时五陵公子。一时倦累了，命人安顿好，盛出新酿的美酒。一番豪饮之后，只觉得天为之宽，地为之厚。

人生恰如初春好景，好风光遥遥不尽。那时难信什么人世无奈悲苦，只觉得时事翻转，一切事在人为，他日风云亦会因我变幻。到那时痛饮的就不再是解忧之酒，而是庆功酒了！

他是知书识礼才华出众的世家子弟，又任侠喜武，这样的男儿心胸本就不同于一般贫弱书生。是男儿都渴望成就一番功业，纵使安逸，又岂会甘心碌碌无为过完一生。

身为宗室中的有识之士，贺铸对国事的忧念更甚于普通人。其心皎皎，为人又着实精干，可惜为官之后所任皆冷职闲差，不能如愿施展抱负，长期担任相当汉代冗从的低微官职，位卑言轻，公事繁冗。陶渊明说“误落尘网中，一去三十年”，叹息自己为官之后不能自在，反倒似雄鹰落入牢笼。相信陶公的慨叹会引得无数有志男儿心有戚戚，扼腕长叹。无论时移世易，今夕何夕，杰出的人精神上所遭受的困顿和苦痛是一样的。

乐匆匆，似黄粱美梦。梦中叱咤风云的少年，一生一世，三春好梦恰似一场烟雨。一枕黄粱，梦醒时，发现黄米饭未熟，而自己除了倦累一无所有，风尘仆仆携着寂寞上路。

热血会冷，青春散场。当初不解春愁的少年，开始慢慢了解仕途悭吝。世事惊涛骇浪，浊浪湿身，是人都不能幸免。

壮志逐年消磨，人到中年回头望去，豪情犹在，一事无成。

六州歌头

——东风著意，先上小桃枝

狷介与落寞

怪只怪，单薄的青春里，我无所事事，轻薄桃花魅惑了我的眼，你青色的衣襟如春水涨满了我的眼。

或许在不明真相的人眼中，贺铸的处境还不算太糟。和许多倒霉的人相比，起码他看上去很好。只有他自知，事与愿违的挫败感无时无刻不在提醒着他，敲打着他，催逼着他。

纵然自认是一把绝世好剑，可惜遇不上持剑的人，犹如宝剑蒙尘。腰间宝剑不甘心的振鸣还有他能感知，而他被锁在匣中，困闷焦灼无人意会。他所感受到的失败更多源自精神的溃败。

理想失落之苦，远大于生活潦倒之痛，恰如那古人所歌：“欲渡黄河冰塞川，将登太行雪满山。”

这些年来，为了生存，拗折自己的性格，宦游各地，孤舟漂泊，眼见国家多难，身居武职却不能为国效力，身边志同道合的朋友一样备受冷落、排挤。天涯明月下，携一匹瘦马独行，腰间宝剑早已锈迹斑斑。

当初意气风发的少年一路走到了意兴阑珊的中年。乌发成霜雪，理想被现实的毒火淬炼，不但未变坚韧，反而日渐空虚，遥不可及。

“非不为也，是不能也”，才有“不请长缨，系取天骄种”之恨！不是不想自请长缨上阵杀敌，看试手，补天裂！是受制于人，受制于这个不思进取、贪图安逸的社会，越是志向远大越是举步维艰。

拔剑四顾心茫然，遂知行路难。

在很多人眼中，他狂傲、任性、负气、贪酒、无心公务，不是一个好的官员，种种行径不合时宜。但这个社会好坏的标准已被颠覆。做官要圆融，称职的潜意词就是苟安、不问兴废、碌碌无为。如果这样是好，原谅他做不到！

程大昌记载：“《六州歌头》，本鼓吹曲也。近世好事者倚其声为吊古词，音调悲壮，又以古兴亡事实文之。闻其歌，使人慷慨，良不与艳词同科，诚可喜也。”（《演繁露》）如程大昌所论，《六州歌头》多以兴废之事入笔，借古悼今，抒词人兴亡之叹。

北宋词作，华媚清雅，多不离闺情恋意，少有能直言国事、抨击国政的词作。贺铸词于柔媚婉转之外，更见刚健劲节，上承苏轼的豪放，下开辛弃疾的忧愤，“靖康”之前，忧时愤事而能与后来岳飞、陆游、辛弃疾等爱国词作媲美的，仅此一篇而已。

靖康之后，张孝祥写过另一首著名的《六州歌头》：

长淮望断，关塞莽然平。征尘暗，霜风劲，悄边声，黯销凝。追想当年事，殆天数，非人力。洙泗上，弦歌地，亦膻腥。隔水毡乡，落日牛羊下，区脱纵横。看名王宵猎，骑火一川明。笳鼓悲鸣，遣人惊。

念腰间箭，匣中剑，空埃蠹，竟何成！时易失，心徒壮，岁将零。渺神京。干羽方怀远，静烽燧，且休兵。冠盖使，纷驰骛，若为情！闻道中原遗老，常南望，翠葆霓旌。使行人到此，忠愤气填膺，有泪如倾。

这首词是张孝祥在建康留守张浚宴席上即席所赋。他感怀世事，眼见国家只剩半壁河山，昔日耕种稼穑之地，今已变为游牧之乡。趾高气扬的金人蠢蠢欲动，南侵之心不死，虎狼之心实非求和苟安可以满足。

“靖康之难”犹如一把利刃，割裂了一个国家的灵肉。自此之后，这个国家的肉身混沌地流浪到了南方，灵魂却永远清醒地遗落在北方。

一水之隔，是两个世界，南边的世界水光潋滟，犹带荷香。北边的世界大地龟裂，满目疮痍，烽烟遮蔽了晴空，尸骨阻塞了河道，鲜血涨满了清流——都真实不虚，又都成为对方眼中的幻象。血脉相连的是国破家亡的痛楚。就像怀古的人无法真实地领会到前人所经受的痛苦，经由诗词来剖析离乱之痛的现代人一样无法清楚感知前人灭国的仓皇。

那种痛苦是无人替代的，时代的浩劫，谁也不想重来一次。

身处两个时代的贺铸和张孝祥的痛苦是一致的。贺铸将满腹怨愤愁思寄托琴弦，付与归鸿。张孝祥虽能以词动人，致使重臣离席罢宴也于事无补。一阕词纵然能感动全国的人潸然泪下也改变不了山河破碎的现状。眼泪抵挡不了刀剑，软弱无法阻止侵略。

思绪万千，只能叹一句“追想当年事，殆天数，非人力”。

世事的不可回转，正应了佛家所言“成住坏空”。这是个凋颓败坏的世界，但它终究会由毁灭中重新建立起来，焕发生机，秩序井然。

要相信天道循环，坏的终会过去，好的终将到来。

《六州歌头》诸调中，唯有韩元吉咏桃花的一阕，是一首清丽雅致的爱情词。

东风著意，先上小桃枝。红粉腻，娇如醉，倚朱扉。记年时，隐映新妆面，临水岸，春将半，云日暖，斜桥转，夹城西。草软莎平，跋马垂杨渡，玉勒争嘶。认蛾眉凝笑，脸薄拂燕脂。绣户曾窥。恨依依。

共携手处，香如雾，红随步，怨春迟。消瘦损，凭谁问？只花知，泪空垂。旧日堂前燕，和烟雨，又双飞。人自老，春长好，梦佳期。前度刘郎，几许风流地，花也应悲。但茫茫暮霭，目断武陵溪，往事难追。

韩元吉词借桃花的娇态印证爱情的炫目，易凋零。华美的语调下，是词人渐凉的心意。读这阕词，仿佛见证一场爱情从开始到结束。煦暖的春日，多情的男女如何由相识相爱走到相厌相离的尴尬处境。

世事凋敝，人心凉薄。连爱情也变得吹弹可破。

那年春日，你打马经过我的门前。我倚窗望见你的脸，怪只怪，单薄的青春里，我无所事事，轻薄桃花魅惑了我的眼，你青色的衣襟如春水涨满了我的眼。我窥到你清俊容颜，生动得如同从我梦中走出的故人。清脆飞扬的马蹄声，惊扰了我清浅的念想。

爱恋从目光交会的刹那升腾，所有的准备都来不及了。不谙世事，未曾相知就相许。轻率地爱上了陌生人，怎会有好结果呢？你注定要远走高飞，我只不过是你一时的驻足、动念。

我在画廊深处，目送你策马远去的身影。独自莫凭栏，夕阳下的桃花冷如秋霜。清冷的夜雾打湿了我的绣鞋，濡湿了我的眼。

故事左右逃不出那滥俗的结局，因相爱而在一起，因相厌而分离。桃花年年会开，而你不会再回来。

别时容易见时难，另一段相遇或许完美。你未终篇，我已退场。在属于你的传奇里，我不是主角。

暮霭沉沉，将心事冻结。往事难追，只能试着自我安慰。在这朝不保夕告别的时代，命如蜉蝣，浮生如寄。一刻的聚首，总好过永世的分离。

桃花仙

——桃花坞里桃花庵，桃花庵下桃花仙

落魄与自得

探梦姑苏。唐伯虎不会知道，我是为他来的。苏州城这么大，因为有了桃花坞，因为桃花坞里住过唐伯虎，一切有了缱绻的梦意。

提笔写下这篇文章时，我脑中不由自主冒出来的第一句话是：“亲爱的，你快乐吗？”

这句话，是问唐伯虎的。

唐寅的形象，多年以来在影视作品的影响下，已经成为风流不羁明朝才子的代表。《唐伯虎点秋香》《三笑姻缘》《金装四大才子》，这些“欢喜冤家”“才子抱得美人归”的桥段，都让唐伯虎玩世不恭风流倜傥的才子形象深入人心；就连他写的《桃花庵歌》后人

读来也觉艳羡不已，仿佛看见了一位洒脱旷达的世外散仙。

探梦姑苏。唐伯虎不会知道，我是为他来的。苏州城这么大，因为有了桃花坞，因为桃花坞里住过唐伯虎，一切有了缱绻的梦意。

下过雨的街道，滴水的屋檐，迂回的长街短巷，寥落的行人。雨伞如莲花般开合。初春的轻雨，洇湿了青瓦白墙的旧宅。虽是桃花半开未开的时节，入眼已有点点嫩绿柔红，穿街过巷之间，寻到唐伯虎的旧屋，竹篱茅舍是才子之居，清简雅旧的地方。暮色如轻纱罩下，诗意在将归未归之际觉醒了，像风雨之中的故人，《桃花庵歌》如约而来。

桃花坞里桃花庵，桃花庵里桃花仙；
桃花仙人种桃树，又摘桃花换酒钱。
酒醒只在花前坐，酒醉还来花下眠；
半醒半醉日复日，花落花开年复年。
但愿老死花酒间，不愿鞠躬车马前；
车尘马足富者趣，酒盏花枝贫者缘。
若将富贵比贫者，一在平地一在天；
若将贫贱比车马，他得驱驰我得闲。
别人笑我忒疯癫，我笑他人看不穿；
不见五陵豪杰墓，无花无酒锄作田。

细雨淋漓，惆怅不知从何处扑打过来。他曾真实在这里活过。只是，时光流转，将他带离了。辰光这样静，我能感觉到这里的每一处旧物都还存留着他愉悦、伤心的气息。

突然我就有泪意。谁愿相信，这只是个美丽的误会。隐居在这里的唐伯虎是个生活潦倒、内心落寞的人。

他为自己治过一枚印，刻上“江南第一风流才子”，可他没有挥之不尽的钱财。这间草堂，还是他在三十五岁的时候用卖画积攒下来的钱建造的容身之所。他有的，只不过是用之不竭，又无处投递的才华。

他也没有过人的桃花运，没有八个表妹九个老婆。只不过他画仕女登峰造极，一样的女子在他笔下，就鲜活了，或悲或喜或愁或怨，如一树桃花千百妍姿，别作一段风流态，误使人以为他阅女无数。

他因画多了仕女、春宫图，喜欢青楼狎妓，第三个老婆名九娘，被讹传为“光是老婆就有九个”。他没有卖身华府点过秋香。秋香确有其人，可惜琵琶别抱，与他毫无交涉——两个人只是被好事的文人拉扯到一起，敷衍出一段旷世奇缘。关于唐伯虎的婚姻生活，另是一部血泪斑斑的伤心史。

桃花坞是他无奈的退步居，不得已的藏梦地。苏州，是他的开始，也是结束。

青年的时候，唐伯虎潇洒飘逸、傲世不羁。他父亲从商，家境富足，家庭和睦。生活在这样家庭的男子，自身又才华横溢，便如现今的富二代，不劳而获，一切得来顺理成章，会觉得好日子享用不尽，甚少考虑将来。

唐伯虎那时也必定有点这样的心态。富足也是荒凉，所以他与狂生纵酒狂歌，一如现时年轻富足的浪子，不知如何消遣自己的精力，便呼朋引伴，纵情声色。

他生活的变故起自于二十多岁。短短的时间里，他父母、姊妹、妻子相继亡故。亲人亡故的打击让唐伯虎一度意志消沉。原先的荒凉不算荒凉，生活一夕之间面目全非，命运总有办法使人境遇颠覆，坠落深渊，体验更深层的悲苦。幸有好友祝枝山再三鼓励，唐伯虎方从一片荒芜中抬起头来，重拾生存的目的。

他毕竟是有才的，收拾起心情，收敛了心性，甫一出手，就得了乡试的解元。稍稍努力便胜过他人十年寒窗，一时间举座皆惊，乡野闻名。众人对他刮目相看，原来他真是有才的，你看你看浪子回头金不换，多么振奋人心！

正当唐伯虎踌躇满志以待来日会试扬名之际，一场无妄之灾降临了——他卷入了科场舞弊案。这可不是小事一桩。禁考三年。科举时代，官员是皇权意志的传达者和政策实际执行者，官员晋身的科考是选拔人才、关系朝廷的大事，只要不是绝顶昏庸的皇帝都会慎重待之。

历代科举制度的严苛，绝非戏文小说里写的那般轻易。不是一篇八股、夸夸其谈就能换一个状元头衔。考试之时的严苛，足以使一个精神正常学富五车的人神经崩溃发挥失常。

会试之后还有殿试，直接面君对答。对一些可能连官员都没见过几个的读书人而言，又是极大的心理考验，在这种情况下，把话说清楚就已经很不容易了，何况还要对答如流，把握分寸来表达自己的见解。

层层选拔下来，能够屹立不倒的绝对是心理素质过硬的牛人。康熙朝的吴兆骞，有名的才子，绝对有真才实学的人，也是因为临场发挥失常而被人认定作弊，牵连进舞弊案，流放至宁古塔。

后来顾贞观为他的事求到纳兰容若。堂堂相国公子，也只能说，你给我十年时间，我试着为你营救他。在顾贞观的恳求和坚持下，纳兰转托了自己的父亲，明珠同样颇费了一番心思，才找准机会把吴兆骞救回来。

殿试的主考官是皇帝，担任会试主考官的人当然也不是泛泛之辈，不是当朝重臣，就是文坛泰斗。当年的主考官程敏政就是这样的人。树大招风，程敏政身居要职招人嫉恨，有人蓄意谋算他。

程敏政爱惜唐寅的才气，对他大加赞誉，期以重望，使他未试之前就名满京都。主考官的垂青爱惜为唐寅招来了祸患。当程敏政遭人弹劾，诬他收受贿赂泄露试题时，唐寅也被牵涉其中。

此事中另一个受害人叫徐经。徐经也许默默无闻，但他的后人徐霞客却是大名鼎鼎，现代驴友的鼻祖，古代浪游第一人。

科考舞弊案后，程敏政下狱，出狱后时值酷暑，一代名臣发痈毒不治而卒。徐经绝意功名，唐伯虎郁郁一生。大明朝从此少了一位名臣，多了一个商人，多了一个才子。

姑苏城外一茅屋，万树桃花月满天

疏狂与贫艰

假如戏文里，明正德帝在大同的那个雨夜，遇见的不是红颜李凤姐，而是知己唐伯虎，他们的人生，会不会有一点点改变和不同？世上会不会多一则高山流水的美谈？

风流唐伯虎，是民间百姓对才子一厢情愿的意淫。大明朝真正风流的不是唐伯虎。唐伯虎少年放荡，中年以后渐趋落寞，晚年更是落魄潦倒。时值正德年间，风流的是明武宗朱厚照，大明历史上最出位的正德帝。

正德帝与唐伯虎，相映成趣。一在朝堂，一在江湖，正如说书人说的花开两朵，各表一枝。

与唐伯虎一样，正德帝是天资聪颖、年少不识愁的人。他们一样得天独厚。上天给了唐伯虎平顺的前半生，过于精彩的开始，却给了他一个潦草潦倒的结局，他后半生的诸多磨难，简直如同飞来横祸一般。

正德帝安享锦绣江山，肆意妄为，却终生如困兽，无法摆脱帝王名位的束缚。他要的也简单，不过是脱去这身龙袍，免却山呼万岁。换上青衫，手持折扇，身骑骏马，行走在江湖，笑谈于酒肆，于烟柳深处，打马经过，惊动那楼上的红袖佳人流波一盼。

或是让他驰骋疆场也好，像创业的先祖一样在沙场上搏杀，倾心打造自己的江山。

他是不拘礼法成规的人，要的不是顺理成章，他厌恶一切按部就班。他不是一个畏惧挑战和改变的人，他信奉人生要多一些再多一些新鲜刺激。他就是一个爱玩爱笑爱闹的孩子，喜欢由着性子打乱了重来，偏偏他们不给他机会，把一切都打理得井井有条。

就连离他最近的危险——宁王叛乱，也被王阳明不动声色地收拾得服服帖帖。他只好把抓获的宁王放出来，再亲手抓获他。

对强大的朱厚照而言，宁王只是束手就擒的瓮中之鳖；对弱小的唐伯虎而言，宁王却是绝大的威胁，他被宁王招徕，察觉宁王有反意，不得不装疯卖傻才得以脱身。

我在想，同样狂放不羁的正德帝和唐伯虎，假如有机会相逢于陌上，桃花静落，杨柳拂面，他们坐下来把酒言欢，会不会心有余而戚戚？两个不拘礼法、外表精彩内心落寞的人，一见如故，相逢恨晚。

假如戏文里，正德帝在大同的那个雨夜，遇见的不是红颜李凤姐，而是知己唐伯虎，他们的人生，会不会有一点点改变和不同？世上会不会多一则高山流水的美谈？

屡经磨难的唐伯虎，仿佛几世为人。当他再返故里时，意志虽未消沉，然早已心灰意冷。这时续弦的妻子又离他而去，令他饱尝感情上的挫折。我都要骂有些女人靠不住！指着男人大富大贵、嫌贫爱富的女人尤其靠不住。

幸而，他身边有红颜知己沈九娘。九娘出身青楼，在他最落魄的时候来到他身边，共患难不生怨尤，与他共度余生。亦是因九娘，令民间讹传他有九妻。孰知他虽爱桃花，却是从一而终专情的男子。

他画丹青卖画为生，自作诗云：

> 不炼金丹不坐禅，不为商贾不耕田。
> 闲来写幅丹青卖，不使人间造孽钱。

这时的他，选姑苏城北桃花坞，建一处清雅住所，名“桃花庵”，自号“桃花庵主”，过隐逸生活。

身在花柳繁华地，心存作别红尘之念。看桃花开如锦，一夜风雨摧，满地零落残红。念及半世流离，一世仓皇，不得不将雄心断送。信是苍天捉弄。他不是桃花仙，摆脱不了红尘捉弄。不能慨然醉死花间，只能缓缓老去。

桃花是美人、红颜、知己、侠士，自开自谢，不惊不惧，淡看人世沧桑变幻。以花为友，他看懂了桃花，为此写了许多桃花诗，在他笔下，桃花有仙气，不是轻薄浮艳的俗物。

我也不登天子船，我也不上长安眠。
姑苏城外一茅屋，万树桃花月满天。

——《把酒对月歌》

桑出罗兮柘出绫，绫罗妆束出娉婷。
娉婷红粉歌金缕，歌与桃花柳絮听。

——《桑图》

野店桃花万树低，春光多在画桥西。
幽人自得寻芳兴，马背诗成路欲迷。

——《题画四首其一》

花开烂漫满村坞，风烟酷似桃源古。
千林映日莺乱啼，万树围春燕双舞。

——《桃花坞》

草屋柴门无点尘，门前溪水绿粼粼。

中间有甚堪图画，满坞桃花一醉人。

——《题画廿四首其十五》

桃花安然，他却不得安然。老来才子愈见潦倒。画作销路不好，生计维艰。

他的《贫士吟》勾我下泪："信是老天真戏我，无人来买扇头诗。青山白发老痴顽，笔砚生涯苦食艰……"我一时只觉世景荒茫，人生苦之不尽。一代才子何至沦落如此。

就算是天降大任，上天对唐伯虎的磨砺也忒多了一些，多得令人发指，让人无语。站在唐寅坟前，抚摸冰冷的石碑，我感怀，潸然泪下。

晚年的唐伯虎自号"六如居士"，取《金刚经》"一切有为法，如梦幻泡影，如露亦如电，应作如是观"之意。据传他贫病交加之际，见苏东坡真迹中有词二句"百年强半，来日苦无多"，触动心肠，遂一病不起，溘然辞世。

怜君凄苦。如果能够回到过去，请让我找到他，给他一些支持，我愿意供养他，竭我所能照顾他，如影随形，让他的晚年不要形单影只，孤苦无依。

这世上有太多欺世盗名之徒，亦有太多怀才不遇之士，对境遇潦倒实有其才的人，要少一分冷眼，多一分柔肠。我感情中的一部分，已经古旧，许给了离去的久远的人。

这是多么可怕的美丽误会，世人为着自己的愉悦一厢情愿将他打造成千金散尽的风流才子，漠视真相，任他辗转红尘，凄然老死。

为着唐伯虎，我对那些自命风流、自伤薄命的小文人，都不太待见。真正经历大浪受过大苦的人，反而不会自言其苦了。伤春悲秋，顾影自怜最是轻浮无用。此刻心似秋莲苦，你以为衰到不能再衰，愁惨至极，孰料来日苦多，上天有办法让你比先前再苦上千万倍。

试看唐伯虎的临终诗：

生在阳间有散场，死归地府也何妨。
阳间地府俱相似，只当漂流在异乡。

这是何等慷慨洒脱，他何曾自言其苦？愈是这样，愈见出他人品贵重，气节不衰——九死不悔，才是真正的读书人！

唐寅的诗，时而豪放，时而纤巧，深情饱满。口语入诗，是大才气方有的天然法度，明诗中过目不忘之作。每每想起他，我就会对生活多一层感悟，多一分谨慎的感恩。

天意难测。连唐伯虎这样旷世的才子，也饱经患难，不得善终。扪心自问，我等寻常普通人，才情心胸比得他吗？似我等无才无德之辈，偶然得名，安然度日，还有什么好抱怨、不知足的？

来日大难，口燥唇干；今日安乐，皆当喜欢。

徽南古村行

——桃花带露泛，立在月明里

固守与失落

在旅途中邂逅桃花，会想起家乡，想起徽南的古村落——转角的河湾，深静的山坳，乡间的院落。桃花有神奇的魅力，开在哪里，哪里就有了不同寻常的意境。

我旅行的时候，甚少会有乡愁，亦不大与人联系，如同从人世中隐身了一般。我与母亲讨论这个问题的时候，她笑说把我当儿子养。言辞间她有淡淡的落寞。这感觉相信我父亲也有，只是他当年和我现在一样，在外出差，工作忙碌时没什么特别的事就不爱给家里打电话，我这点很随他。他既欣慰又无奈。

这么多年，离家在外，更习惯独自在外长途旅行。我实在不是那种每天和父母打半个小时电话报平安的亲昵子女，对于行程又不能一一报备。我母亲为此常看我博客，暗自追寻我的行踪，我对父母颇多亏欠，但始终不能改。

对于故乡的感觉亦是这样。我的乡愁像一个封闭太紧的盒子。偶尔不经意的时候，它们会被打开，情思会顽皮地钻出来。

在旅途中邂逅桃花，会想起家乡，想起徽南的古村落——转角的河湾，深静的山坳，乡间的院落。桃花有神奇的魅力，开在哪里，哪里就有了不同寻常的意境，轻轻地触动人心。

往往要远离了都市，亲近自然，我对古人言中的诗意才会突然有了新一层领悟。美妙警心地发现，诗意常常藏身于微小的地方。

徽州古村落的桃花，闲闲一枝逸出墙外，开得纷繁热闹，一阵风吹来，飞红如雨。站在青石巷口，像是站在曲折往事的端口。

想着玉堂春深，那门里可会有一些红颜冷落的故事？然而，推门进去，里面的生活往往是热闹缤纷、井然有序的。生活依旧世俗安定。站得久了，心底才泛起一些说不清道不明的清冷潮湿的惆怅，像翻检一只旧箱子，里头渐渐泛出阴暗的霉气。

我经过那家院子的时候，老人家正蹲在门口剥豆荚，闲闲与人对话，说着晚上做什么菜。她抬起脸，我看出她年轻时必是娇颜妩媚的女子。

就在不久前的五月，在上海参与了世博会，参与的直接后果就是坚定了日后的生活方向，越发地想逃回乡下去，在一个僻静的院子里养花种草，弹琴喝茶。

随着经济中心的转移，徽商的辉煌已成过往，现代中国的商业缺乏稳固的根基和精良传统。第一次资本主义萌芽是在明中期，过于强悍的农业文明传统割断了它，始终只局限在家庭作坊式，手工业者的小规模运营。士农工商，国家硬性地尊农抑商，土地被大量兼并，老百姓对商业的意识不强，但求好收成和一碗饱饭。以家庭为单位、农耕为基础的生活方式数千年不变。

能上溯的历史只到沈万三、胡雪岩、盛宣怀……但他们是和政府交媾的官商，本身为官或努力为官，哪怕只是挂有虚衔。一生的大半时间用以与政府、各色官员周旋，以求获得支持，从中赚取利润。他们表面光鲜，实际是可怜的夹缝层，对政府的依赖由始至终强烈。

二十世纪二三十年代，是民族资本主义发展的黄金时期，在此之后，商业的发展又被硬性拗折。直到二十世纪八十年代，“投机倒把”依然是一项罪名。自由贸易、赢取商机只是少数冒险分子的游戏。

不无悲哀地承认，自由贸易在今天，依然是欠缺规范，不成熟的，我们的商人在本色上仍保有强盗的作风、暴发户的荒蛮本色。古人的从商经历对现代的商人依然有用，一方面他们不自觉地沿袭传统，另一方面他们又必须适应外界的变化，学习全新的商业规则，努力与外界接轨，用全球化的语言交流。虽然底气不足，格局不够，仍要走到台前去，号称自己有面对全球的雄心壮志。与时俱进，是个辛苦且不乏危险的词。这尴尬窘迫的转型期。

我在徽州的古村落里，在普通的人家吃饭，在人家的院落里饮茶，看着他们忙碌地应对络绎不绝的游人，当中有中国人有外国人，口音不同，举止殊异，需要区别对待。留心看他们招揽客人的方法会觉得窘迫，有种拙劣的可爱。

这些本分的安徽人脸上既有热切亦有不安，他们努力想做好，又不知如何才能做得更好。如果坐下来跟他们交谈，你能感觉到他们是真诚的，然而一旦开始交谈，你就会不可避免地感到失望，为他们的局限和狭隘。

有许多人，在老街上经营着书画店，固守传统，一辈子只做一件事。在坚持的同时陷入艰辛迷惘。许多传统工艺都在无声息地消失。许多产品被同化，竞争激烈。他们辛苦卖一年的手工艺品和字画，不及温州一个做打火机的商人一天的利润，更不及苏富比拍出的一件藏品和一个被吹嘘的当代艺术家作品利润之万一。

全中国有太多的地方泛滥着旅游工艺品，它们由义乌制造，散向全国各地。每一个地方的旅游工艺品都大同小异，充斥着拙劣的中国元素——至多是生硬地套上，没有任何的灵魂。在江南就一定是小桥流水、乌篷船、油纸伞、团扇，在北京就一定是故宫、景泰蓝、旗袍、天安门伟人头像。

我与那老人对话，知道她自己开了一间小卖部。她的一个儿子经营着旅店，旺季时需要她去帮忙；另一个儿子出外打工，在一家浙江人的企业里做管理。一家人的生活在此地算是优渥的。

白墙绿萝，石板清流。二楼的“美人靠”倚栏而置。我靠在上面，望着高高的马头墙，想这间宅子里曾经的故事。当年，是否有个正当年华、柔艳如桃花的女子嫁进来，成为持家有道的端严女主人，再暗暗地老去，她的精神融入一个大家族的历史中，化作后人口中的一段斑驳的追忆？

清风徐徐，阳光照得树影冉冉，花影婆娑。那扇古旧的门，半开半合，像随时有人咿呀推开一样，到处都充满了诗意的温柔。这时，有拙劣的导游领着一帮游客呼啦啦涌进来，表情生动语调激昂地说：啊！“美人靠”就是每人靠一靠。来来来，大家来靠一靠——引得一众游客哄然大笑。

看着举着遮阳伞、拿着太阳帽、摇着工艺扇、提着纪念品、表情恍惚矜持散漫的游客迅速地来无影去无踪，我一阵兴味索然。

这就是旅行的意义吗？必须悲哀地相信：没有多少人真的是通过旅行来了解一个地方的文化。大部分人喜欢走马观花，到此一游！从不留意，亦不关心所到之地的历史沿革。事先不作了解学习，宁愿相信导游的信口胡诌。

一栋古宅，一座雕梁，一处旧迹，一树春花。这些美好的优雅的东西在他们看来价值不大，远没有地上掉了十块钱让他们眼尖、激动、全神贯注。

这真是让人败兴又无可奈何的事。

清筝向明月，半夜春风来

远行与乡思

一定会有这么一个人，当你想起他时，心里就会掠过浮云般的温柔。被血脉里的感情牵引，天涯海角，莫失莫忘。

喜欢一个人，走在古老的宅院里，研究它的陈设、梁栋、格局、雕花枢牖的图案。

松竹梅兰，君子抚琴，荷蝠呈祥，福禄寿喜，鸾凤和鸣，喜上眉梢，马上封猴，西厢月下，柳毅传书，寇燕山五子登科，郭子仪七子八婿，二十四孝，松下对弈，夜授天书……这些精巧的有些模糊的图案，每一个背后都可能是一个故事、传说，需要你耐心、留神分辨。

这些东西绝不仅仅是可以替换的装饰，随意丢弃的垃圾。其间蕴含着丰厚的生活美学，是古老之人留予今世有心人的密信。有些纹案，初看普通，愈看愈觉得整个人会被吸引进去。文化投影于生活，常看常新。时而恢宏，时而细微，恰如桃花映日，两相明艳。

我一直觉得，现代文明在某种程度上已经成为不断更替的消费品的代言。出售一个又一个轮回，让人深陷其中，既迷惘又焦灼，明明很痛苦，还难以摆脱这种痛苦。

也许有一日，我们努力地有了房子，有了公寓，然后有了别墅，然后联排别墅会被更恢宏的独栋洋房替代。我们有了车，有了好车，有了豪车，豪车亦会常常更新换代。这快餐式的生活方式引导我们不辨真相，就你追我赶，大步向前。

一个真正有底蕴有生命的处所却是历久弥新的。引人流连沉醉的不是别个，正是生活在其间的一代代人无心存留下的气息。它们百年忠贞，如影随形，缱绻而温暖。现代人在某种意义上居无定所，城市总是拆了建，建了拆，像一个不能愈合的伤口。我不知百年之后，除了一堆堆蜗居、一摊摊似是而非的建筑垃圾外，还能留下什么给后来人。

日色散漫，人声渐悄。我走进寄宿人家，坐在灯下翻出书来，读到鲍照的《登大雷岸与妹书》，深感古人心眼俱明，非今人可比。鲍照也是在旅途当中给家人写信报平安，告知自己何时抵达，途中如何困顿，暂停之时登岸极目远眺见四野何种风光，此地地理环境如何。

寄意山水，点染林泉，写到九江庐山的风貌，烟云明灭，笔笔声色俱全。间或有个人感受，句句写来情致深长，又不拖泥带水。虽是家书，语涉寒温，内质却是一篇描摹山光水色借以抒发胸中志向的名篇。

鲍照的山水骈文在纵横排偶之中见出峭拔奇丽之姿，脱去了一般骈文常见的华靡、空洞的文风。言之有物，物必含情。抒写自身抱负，潜藏的宏大意愿，又不囿于私人，发一世人感伤。

信中“涂登千里，日逾十晨。严霜惨节，悲风断肌，去亲为客”之语，叫我陡然想起他的《拟行路难》：

> 中庭五株桃，一株先作花。阳春妖冶二三月，从风簸荡落西家。西家思妇见悲惋，零泪沾衣抚心叹。初我送君出户时，何言淹留节回换。床席生尘明镜垢，纤腰瘦削发蓬乱。人生不得长称意，惆怅徙倚至夜半。

南朝游子的际遇，大半如鲍照所言，去亲为客。时局动荡，战火频仍。纵然身负才学，亦不能坐守家中，多半还要抱才远去，宦游四方。长期迁转徙调，除非机会极好，否则官场上也难得重用。

若将鲍照的妹妹比之《拟行路难》中的思妇，将鲍照比之远游的士子商客，情绪也是相投的。甚或可以这样理解，游子和思妇同为一体，游子是外在的流离，思妇是内心的坚守，恰如狂风之于青萍，风吹浪卷间，见出人生波澜惊心。

南朝沈约有《咏桃》一首，可与鲍照的互证：

> 风来吹叶动，风去畏花伤。红英已照灼，况复含日光。
> 歌童暗理曲，游女夜缝裳。讵减当春泪，能断思人肠。

一人在外，举动牵心。生命中，一定会有这么一个人，当你想起他时，心里就会掠过浮云般的温柔；你期待见到他，心才会饱满安乐。恰如人赞的华枝春满，花好月圆。

旧时，不可朝发夕至，晨去暮返。离乡背井于是成了生命中的大痛。学有所成，踟蹰在异乡，背负着一家人的期望，吉凶未卜是前途，难以推卸的是责任。离人对亲人的眷恋、亲人对离人的惦念遥遥相望，却永隔参商。

唐人聂夷中有一首桃花诗写得极好："念远心如烧，不觉中夜起。桃花带露泛，立在月明里。"

二十个字写透了离人心上如露如雾，说不清、道不明的惆怅。月下桃花如人垂泪，迷离凄清近在眼前，那是耿耿不眠担忧亲人远游的人。读这些古文，我常有不知今夕何夕之感。当今之人，读六朝汉魏的游子思妇诗，物伤其类，心中怕别有况味。

譬如我读这首《拟行路难》，便不自觉想到所遇的老人，想到生活在这里的寂寞的女人。她们念亲思归的心态千百年来没什么变化，只是不如文人抒写得生动形象。假如你把这诗讲成家常，翻译给她听，这当中的情绪，想必是她感同身受的。

鲍照家世寒微，他写这封家信时，刚上书临江王刘义庆，获赏识不久，被任命为佐使，随刘义庆出任江州。彼时，他年轻气盛，志向高远。鲍照后来仕途坎坷，在门阀制度森严的社会里，虽然有所升迁，却始终被时局左右，沦为幕僚，不能有大的作为，后因牵涉宫廷叛乱争斗，被乱兵所杀。他的事，叫我想起赵嘏的一首《寄归》：

三年踏尽化衣尘，只见长安不见春。
马过雪街天未曙，客迷关路泪空频。
桃花坞接啼猿寺，野竹亭通画鹢津。
早晚粗酬身事了，水边归去一闲人。

谁不渴望生活精致如一阕婉约派的旧词“采香南浦，剪梅烟驿”，然而，不知何年何月何日才能有幸挣脱牢笼，做个闲人。

李白发牢骚说：“人生在世不称意，明朝散发弄扁舟。”幸运如他不知，怀才不遇至多伤感、失意，生存不易才是性命攸关的事。家中没有隔夜粮，你能豁然放开手，辞职不干吗?

扁舟欲解杨柳岸，有很多人连散发弄舟的资格都还未获得。找不到人生的留白，说放弃的资格都被剥夺。还不明所以，就随波逐流，急急投身，矛盾、蹉跎地度过一生，身不由己当如是!

鲍照曾任参军，人称鲍参军。他的诗文成就极高，对后世文人影响重大。我对鲍照留心是因看到杜甫赞李白诗“俊逸鲍参军”，后留心比对，果然如是。两者皆有浪漫主义色彩，亦都善于从民歌中汲取创作精华，特别反映在乐府诗上。

鲍照诗以《拟行路难》十八首最为著名，李白也作多首《行路难》，受鲍照影响不小。

两相比对，会发现李白更多一些英雄主义自由浪漫的气息。相比鲍照的悲凉沉郁，李白的诗更积极昂扬，多了雄奇壮阔的气魄，哪怕是同样自伤于怀才不遇，李白对自己也充满了信心，他既寄情于梦想又执着于此生的现实成就。

离去的时候，回望灯火人家，那树桃花。暮色隐隐涌动，桃花的颜色淡了，像一个慢慢褪色、渐渐消逝的梦。我不禁想起王昌龄的《古意》：

> 桃花四面发，桃叶一枝开。
> 欲暮黄鹂啭，伤心玉镜台。
> 清筝向明月，半夜春风来。

如果心中的哀婉沉凉，能随春风过耳多好！可惜啊，现在的春天谢幕越来越早了。

第四卷 人生如此

桃花杀

——力排南山三壮士，齐相杀之费二桃

智谋与杀机

李白着意强调谗言的危害，而诸葛亮从“二桃杀三士”事件中看到的，是智者运筹帷幄、兵不血刃的力量。

“二桃杀三士”应该是历史上最早一起因桃子而引发的血案。早些时候，基于某部狗血电影改编杜撰的“一个馒头引发的血案”火到神州上下无人不知。我想，这桩历史上真实发生的“桃子血案”也值得说一说，起码要使人知道。

故事发生在春秋后期的齐国。齐景公时期，齐国国势又强盛了一段时间。总结齐国的复兴有诸多原因。早期的齐景公颇能纳谏，宽刑薄敛，勤于政事，任用贤臣，克制了他天性里爱好声色逸乐的一面；而晋楚两国各有动乱，邻邦的内乱和衰败，使得齐国能够抓

紧时间整顿内政，休养生息。另外，晏婴这样的贤臣能够被任用，是这些原因中不可忽视的一条。

晏婴自齐灵公时期就参与政事，经历齐庄公一朝，再到齐景公，几次险恶的政治风波中都能屹立不倒，政治智慧不言而喻。春秋战国的舞台上，身材矮小、其貌不扬的晏婴不逊于任何一个昂藏七尺的英豪。

对内治国，对外安邦。晏婴使楚和蔺相如使秦一样成功精彩。运用智谋保全自己和国家的尊严，这样强有力的外交人才，如今倒是不多见了。

历史有时候并不像书本上写得那么刻板无聊，而是充满了妙趣横生甚至无厘头的段子，只要你有幽默的细胞和一双善于发现的眼睛，就能看出无穷乐趣。与蔺相如的锋芒毕露相比，晏婴更不动声色一些。

话说，他到楚国去，楚灵王要逞大国威风，问计于众臣。

这个灵王就是那个大名鼎鼎酷好细腰的楚王。那可是“楚王好细腰，宫人多饿死”的和谐年代啊！举朝上下莫不以楚灵王的意旨行事。何况，这又是一件拿别人开心的事。大家得令立刻去办。

当晚，就有人在城门边筑了一个五尺高的小门（晏婴身高五尺），晏婴到来的时候，守城的人请他从小门进入。面对如此戏剧化的场面，晏婴并未动怒，只一笑道，这个是狗洞，我是来出使楚国的，不是出使狗国的。一句话将己身尴尬化于无形，将难题推回给楚国。军士无法，入宫飞报楚灵王，灵王只得命人开东门，迎晏婴入城。

入了城，为了再次讽刺晏婴的矮小，楚国派了许多虎背熊腰的武士来迎，想让晏婴自惭形秽先折了锐气。晏婴未被阵势吓倒，淡淡地扫了武士们一眼，今日我为聘好而来，不是打仗，你们来做什么，还不给我退下！

军士们被喝退，晏婴驱车前进。到了朝门，见楚国大臣峨冠博带来迎，分列两旁气势十足。

楚国的诸位门神有备而来，纷纷抛出问题来考晏婴。晏婴从容应对，一场舌战群儒的好戏就此上演。

先有大臣出列质问：齐国自齐桓公称霸之后，篡夺不断，国势大不如前，君臣奔走四方，朝秦暮楚，岁无宁日，不知是何原因？这是以居高临下的姿态嘲笑他的来意。

晏婴列举诸强盛衰的事实，驳斥了齐国岁无宁日的说法：是国就难免盛衰，楚国的历史上难道不曾发生内乱，不曾衰落又强盛吗？友邦和睦才是长存之道，仗势凌人自诩大国绝非待客之道。

第一位门神羞愧退下后，又有大臣出列发问：你自负识时通变，崔杼、庆封作乱，你是齐国世家，上不能讨贼，下不能避位，中不能与主公同死，还贪恋名位不放，不觉得惭愧吗？

如果说上一问还有些空泛，这一问就比较有水平，直指晏婴不是了。一句回答得不好，便有贪恋名位、贪生怕死之嫌，白白受人讥讽。

只见晏婴正色回答，身为臣子，自当担负起匡扶社稷之责，若君主是为社稷而死，臣子自当相从。可先君庄公并非为社稷而死，随他一起死的，都是些私昵之人。晏婴不敢自诩宠臣，以死来沽名钓誉，更何况国家新定，必定要有人理事。我之所以不去，是为了定新君，保宗祀，不是因为贪图职位。如果人人都离去，谁来维持国事？君位之变，哪个国家没有？难道说在朝的楚国诸公，个个都是讨贼死难之士吗？

这番话回答得更犀利，暗指楚灵王弑君，诸臣反而拥戴为君，只知责人，不知责己。第二位门神无言以对，悻悻而退。

兵法有云，一鼓作气，再而衰，三而竭。如果说第一、第二个问题还有些内容气势，第三个问题就超级没境界，近乎八卦，而且是自曝其短的低级八卦。

第三位门神很搞笑地出言讥笑晏婴鄙吝，以破裘瘦马出使外邦，是俸禄不足的缘故——在家从来不穿狐裘，祭祀时肉都盛不满。如此岂不辜负君王的宠幸？

晏婴抚掌大笑。这哪里该是楚国太宰问出的问题呢！无知浅薄一如黄口小儿。君王的宠幸不是拿来自傲，而是用以辅济万民的，为官者只须一家温饱，衣食无忧，若贪求富贵、尸位素餐，还沾沾自喜，这不是惹祸上身吗！纵然富贵又安能长久？

第三位门神怏怏败退之后，第四位门神的问题已属强弩之末，生硬找碴儿，大有誓将八卦进行到底的意思。

那人揪住晏婴身材矮小来讥笑齐国无人，说晏婴身高不满五尺，手无缚鸡之力，徒逞口舌之利。晏婴并不火急气恼，回答不卑不亢，掷地有声。晏婴说，男儿的能力、功业，岂是根据身材样貌来衡量度断的？诸国之中身材高大、徒逞刚猛而败亡的人还少吗？这样有勇无谋的人难道可以称之为英雄？

连番舌战下来，晏婴稳稳当当占尽上风，楚国自命不凡的大臣们在气势言语上没有讨得一点便宜，气闷地引他上殿去见灵王。

接下来的故事，课本里都学到过的。谒见灵王时，晏婴不失礼数，应对得体。此时楚灵王事先安排好的武士押着犯人从殿下经过，楚王故意当众问起此人所犯何罪，是何方人士。

武士回答说是齐国人来此为盗。晏婴知道这是事先设计好的，不卑不亢，遂有“橘生淮南则为橘，生于淮北则为枳”的妙答，言下暗讽是楚国的风气败坏使然，不干齐国的事。

灵王对他本有轻慢之心，连番论战下来却对晏婴的机智风度肃然起敬，使毕便派人备下厚礼送他归国。

我之所以不厌其烦地列举出晏婴处理外事上比较著名的二三事，乃是为了佐证他的机智，精于筹谋又不动声色的性格，引出日后由他主导策划的赫赫有名的“二桃杀三士”事件。

这出悲剧的三位主角行事在今人眼中颇有些无厘头风格，这桩事在古人看来却是被谗害的大悲剧。虽然三位勇士属于典型的小脑思考、热血冲动型，但是自古以来谗言的危害，还是令一些有才识的君子、高士思之不寒而栗，深感切肤之痛。

李白作《惧谗》诗：“二桃杀三士，讵假剑如霜？众女妒蛾眉，双花竞春芳。魏姝信郑袖，掩袂对怀王。一惑巧言子，朱颜成死伤。行将泣团扇，戚戚愁人肠。”

在这首诗里，“二桃杀三士”只是个话题的引子，引出后面的论断“讵假剑如霜”和诸多的例子。实话实说，《惧谗》实在算不得李白写得好的诗。这首诗更像是以诗的体裁写就的议论文。

为了证明谗言的危害，李白列举了好些例子，逐一做了总结，谈不上什么技巧。论点是谗言令人畏惧、厌恶、防不胜防，论据从晏婴杀三位勇士，到屈原被嫉恨他的佞臣毁伤，到魏姝信了郑袖的话掩鼻对怀王，被楚怀王所杀，最后归结到汉代的班婕妤被赵飞燕谗毁，被成帝所弃。结论是无论忠奸贤愚，都最好远离小人，不要轻信谗言。提醒，期望君主能明辨是非，以史为鉴，以免忠贞受冤屈的事一再发生。

据说当年李白离开长安，就是因为被谗害而与玄宗疏远。由于深受其害，所以他对谗害深恶痛绝。

与诸葛亮的《梁父吟》不同，李白着意强调谗言的危害，而诸葛亮从“二桃杀三士”事件中看到的，是智者运筹帷幄、兵不血刃的力量，一种智者对局势了然于胸、胜券在握的自得。

三十年来寻剑客，几回落叶又抽枝

荣耀与耻辱

这故事的元神已经消隐，变身却仍然活跃于我们生活里。现今的职场，三十六计不够用，恨不得七十二变才好，“二桃杀三士”的事情时有发生。

诸葛亮作《梁父吟》，这般叹道：

步出齐城门，遥望荡阴里。
里中有三坟，累累正相似。
问是谁家墓，田疆古冶氏。
力能排南山，文能绝地纪。
一朝被谗言，二桃杀三士。
谁能为此谋，相国齐晏子。

说是“力排南山三壮士，齐相杀之费二桃”，实际是说不费吹灰之力，就翦灭了三个力可敌国的勇士。在后人眼中，一场看似仓促的死亡，实则是一场精心策划的谋杀事件。只可惜，荒丘里的三位勇士当年并不知道。

当时齐国有三位勇士，田开疆、古冶子、公孙接，分别为国立下大功，为齐景公所重，一时自诩豪杰盖世，自命为“齐邦三杰”。日子久了，三人不免飞扬跋扈，简慢公卿。晏婴目睹武将骄横，不免心忧。这三人不懂收敛言行，某次冲撞了晏婴，晏婴表面上不说，心里更是坚定了要为国家除此后患的决心。

所谓冰炭不同炉，为国除奸的煌煌大旗下，当然不乏排除异己之心。晏婴这样的人，得知自己的车夫能够听从家中贤德夫人的劝告修正自己的言行尚要升赏之，断不会容不下人。从他应对楚国君臣可知，他也不是气量狭小轻易动怒之人。

那么，如此果断除去三人的原因，想来是矛盾由来已久，不是因为道不同不相为谋，就是因为三人桀骜不驯，不能为他所用，再来就是真心忧虑武将势力坐大。此时不能钳制的话，将来容易酿成大祸。

因为武将勇猛少谋、性情鲁莽容易受人教唆，以晏婴深谋远虑的性格，他当然要防患于未然，趁祸事没有酿出之前先下手为强。

巧合的是，此时的齐景公也对三人的骄横有所耳闻，生出警惕和不满。当晏婴唆使景公将两枚桃子赐予三个勇士的时候，景公同意了。他想也许会有意气争斗，却正好决出三人中谁更勇猛。景公极有可能是抱了看好戏的心态。但是，三人相继死亡，是他没有意料到的，亦不是他有心导演的结局。

这一切只有晏婴洞悉。他对这三个陷入股掌之中的人的结局有着清晰的把握。他就是一个洞悉前因后果、完全把握剧情进展、掌控演员情绪的导演。如果不是对这三人的性情有笃定的了解和把握，他不会提出“论功而食”，以“荣耀”之名，用两只桃子杀掉了三个勇冠三军的武士。

公孙接率先表明自己有搏杀猛虎拯救国君的功劳，晏婴说，冒死救主，功劳甚大！赶紧赐酒一爵，取桃一枚给公孙接。

田开疆则称自己杀退敌兵，助国君剿灭徐国，使别的国家也来归附。这样的功劳，可以独食一枚桃子。晏婴闻言，立刻将第二只桃子赐予田开疆，赐酒一爵。

古冶子没有率先发言，是笃定己身功劳甚大。不料转眼间桃子没了。

古冶子愤然出列，自称曾斩妖鼋于黄河，救国君于危难，舍命在水中搏杀半日，岸上的人都以为他是河神临凡。他愤然质问，我这样的人，是功劳不及你们，还是勇敢不及你们呢？而今在国君面前，我竟然无桃可食，我有何面目生存于世上，白白受人耻笑？

可悲啊，男人的英雄主义占了上风，自觉受辱的古冶子一时冲动，竟拔剑自刎了。

鲜血飞溅如桃花。热血霎时变凉，男儿脸上一滴还没来得及滑落的热泪，惊动了在场的所有人。唯一心喜的是晏婴，表面上却丝毫不动声色，表现出与众人一样惊讶、惋惜、惶恐。

惨剧发生。公孙接、田开疆大惊失色。朋友的鲜血使他们震惊，谁也想不到古冶子会因此而自杀。

霎时间，君子的自愧之心超越了争胜之心。他们深深羞耻，与友相争，不知礼让，是不仁也；诋毁朋友，夸耀自己的功劳，是不义也。如此不仁不义，贪功好胜之辈，又怎么配吃下代表英雄、荣誉的仙桃？他们也拔剑自刎了。

几乎就在转眼之间，齐国三位勇士相继自尽了。这极具戏剧性的场面震慑了在场的所有人。齐景公虽然错愕，深感惋惜，却也无可奈何。

事后，晏婴不失时机地推出了自己的亲信田穰苴取代了三人的位置。

二桃杀三士，杀人不用刀。借刀杀人干净利落，不露丝毫谋杀痕迹，又得利。这一桩谋杀史上的奇迹，令后人感慨。

世人虽可怜三位耿直壮士，也叹息他们愚蠢。晏婴的计谋虽然阴狠，确实洞悉人心，技高一筹。在晏婴的算计里，二桃杀三士成功了最好，即使不成功，也能分化三人的友谊，日后方便逐个击破。

晏婴所动用的，是无形的杀人之刀，男人之间的争胜心，还有他们视之如性命的荣誉。尤为重要的是，这三人还是赤诚君子，对自身的道德有着极坚定的捍卫和要求。三个条件欠缺了任何一个，这桩阴谋都不足以成形。

对现代人而言，为两只桃子而死太搞笑了吧，那简直是周星驰才能演出的无厘头喜剧。现在的人，莫说是两只桃子，就是金山银山，当真与人争抢起来，也不会心慈手软。

断然不要忘记，我们古老的文明里，存有刚强义烈的一脉。仁义、勇气、名节、荣誉比生命更贵重，值得用生命去捍卫，用鲜血去净化。

晏婴之后的岁月里，“二桃杀三士”这种事极少出现了，那是因为，人的荣誉感越来越深隐，欲望却日益昭彰，除了显而易见的利益勾引，人不再容易被利用。

白云苍狗，时光荏苒。御园里桃子一年年熟落，世界依旧混沌而喧嚣。宫殿中，勇士的鲜血早已被清洗干净。

这个世界上，智者和勇者之斗从来没有消失过。智者需要勇者的扶助，勇者需要智者的鞭策善用。

“飞鸟尽，良弓藏；狡兔死，走狗烹”是古老而颠扑不破的真理。齐景公事后未必不察晏婴的用心，但若要他在三勇士和晏婴之间选择，他还是会选择晏婴。这也是晏婴为什么没获罪的原因。

三勇士也未必丝毫不知晏婴的用心，只是当时，他们自觉骑虎难下。不接招，显得自己没有功劳，输了英名；接了招，又逃不开自己的争胜心，白白搭进了三条性命。

其实，退一步海阔天空。如果三人更机智谦让一点，分桃也好，让桃也罢，既保全了兄弟情谊，又免了遭人摆布的命运。

“寂寞荒坟近渔浦，野松孤月即千秋”，这故事的元神已经消隐，变身却仍然活跃于我们生活里。现今的职场，三十六计不够用，恨不得七十二变才好。“二桃杀三士”的事情时有发生，尤其是当大家都自认劳苦功高是重臣元勋，各不相让时。

利益分配不均，我等毕竟是凡人，难以以平常心去理解、超脱。愤然离职是常见的抉择。殊不知，正中某些别有用心的人下怀。

又一阵桃花雨，满腹心事地凋零。这故事里的人都太古朴绅士了，令我心向往之。有诗云：

三十年来寻剑客，几回落叶又抽枝。

自从一见桃花后，直至如今更不疑。

我喜欢这首诗所传达的信念。桃本身与世无争，却被别有用心的人利用，成了杀戮的果实。善恶混淆，却不难辨，看似美好荣耀的东西也会暗藏澎湃杀机。当我们再想起这个故事的时候，惋惜前人的鲁莽，也要自思克制。贪欲和冲动，都是会置人于死地的。

桃花义

——亦余心之所善，虽九死其犹未悔

忠贞与坚定

谁说岁月无情无义，谁说英雄已经走远……

他们的故事由信念衍生出来，沿着命运的掌纹，一步步往前。一路上，没有背弃，没有放弃，就这样跌跌撞撞走到终点，竟抵达万人不及的高度。

最开始，不过是，素不相识的三个男人在街市中偶然相遇。

他们诚然心有壮志，可是年纪也不小了，依然默默无闻。虽然一见如故，桃园结义，谁也没想到，日后竟然能够成就一番功业，建立了蜀国，三分天下。

他们结义的情景在正史上没有记述，民间却不肯舍弃关于它的美好想象，自我完善，执意流传至今，话本小说屡有演绎。一部浩荡的《三国演义》便是以这个故事起笔：

> 涿县的春天并不平静，黄巾军起义，情势紧急。大汉皇帝的招兵檄文到了涿县。应征的人不在少数，可惜，大多数人的命运，注定是化作茫茫沙场上的一缕无家可归的亡魂。

这样生机勃勃的春天就是一座巨大的坟墓，等候着无数人丧生殒命。

在刘备的眼中，这个春天并不残酷。他感受到奥妙，是命运伸出的橄榄枝，是他二十八年默默无闻的人生得以改变的微妙契机。它盛大光临，他绝不放弃。更何况，他还遇上了两位志同道合的英雄。他们的出现，让他相信，多年的等待、蛰伏，而今改变命运的机会到了！

相信在关羽和张飞的心中，也激荡着同样振奋的想法。三个一见如故的男人相邀入了酒肆，相谈甚欢。天下虽然混乱，唯有乱世才能出英雄，给他们这样家族衰落、出身低微、流落异乡的人机会，让他们施展抱负，一鸣惊人。

天下，在雄心勃勃的三人眼中，是一页等待他们落笔的素笺。宏伟的蓝图即将构建。

次日，他们在涿县的桃花林里备下青牛白马，歃血为盟，结为兄弟。

神明在上，桃花为证。桃花，在他们的生命里，象征着信义和男人永不凋零的热情，而不是轻浮、风流。

至死不渝。这四个字，很多人在许诺的时候都会脱口而出。只有他们，是用行动、用整个生命去实践了这个誓言。

开始的路就不顺利。刘备被长官轻视，任命为小官。他从容隐忍，因为他知道，事业的起步总是艰难的，身为一个没落的贵族后代，不管他内心潜伏着多少尊崇和骄傲，他都必须克制、顺服，从低做起，仰人鼻息。

关羽从一开始就展现了他性格中沉稳的一面。他没有发表过多的意见。他选择跟随在大哥身后，静待时机。这是他和刘备的默契，因为他相信这个人，更重要的是，他相信自己的眼光。张飞则表现出性格中急躁、骄傲、嫉恶如仇的一面。他看不惯一个平庸无能、自大的人在他们面前耀武扬威，尤其是对百姓不善，对他的大哥不公。终其一生，他都坚定地相信，刘备这个人是值得追随的。

而后，是渐渐有了些名望，有了自己的一小撮兵马。可依然是诸侯中力量薄弱的一位，屡战屡败，四处播迁。

一路流离。看到别的人兵强马壮，兄弟三人的心里不是没有落差的吧！即使是偶尔蒙人收留，受人馈赠，寄人篱下的滋味仍不好受。何况，刘备的理想，并不止是征伐天下。不管是口号还是真诚的信念，他希望能以汉室宗亲的身份光复汉室。这也是他唯一的政治筹码和声望所基。

现实回馈他的，是一次又一次难堪的失败。眼见权臣僭越，君主懦弱，诸侯分茅裂土，忙于争权夺利。大汉江山越来越凋败，而今气数将尽，无药可医。他想力挽狂澜，却深感有心无力。

大势去矣，不是单凭一己之力可以挽回。他无数次被打得只剩一群残兵败将，身后跟着一帮老弱妇孺，惶惶如丧家之犬。他的身边，人潮来了又去。最最坚定和忠诚的力量，是他的两位兄弟。

关羽和张飞的骁勇，让称霸一方的各路诸侯垂涎不已。我们不能妄加揣测，这些人之中有没有人动过心思，派出说客，试图说服他二人离开刘备，我们只知道，关羽和张飞一直对刘备不离不弃。我相信，这绝不仅仅是因为他们曾经歃血为盟，他们三人之间的关系绝非仅凭一个单薄的誓言来维系。

他们对他忠诚，他对他们也忠诚，不曾怀疑，不被动摇。这感情殊胜，犹如莲花，彼此的信任和支持，足以帮助他们走出一个又一个困境。

不能小看刘备的个人魅力，他绝非一个一筹莫展、任人摆布的傻瓜，动辄就哭一鼻子的脓包。他一路走来，非常小心，妥善经营自己，善于团结身边的人。生活动荡不安，处处危机四伏。他在每一次看似狼狈的喘息中暗自休养生息。他不怕被人轻视，早已习惯在诸侯傲慢的敌意中慢慢培育自己的力量，在没有找到那个人之前，主动也好，被动也罢，他深知自己不能轻举妄动。他必须蛰伏再蛰伏。

最最要紧的，是他们始终拥有一样的信念和理想。即便在最最艰难的时候，刘备亦有绝不放弃的坚韧和豁达，他的兄弟在他身上看见的，不是失败者的落魄，而是激昂向上，一个强者永不言败的强悍的生命力。

永不言败，越挫越勇，也是他们共同的性格和信念。

“亦余心之所善兮，虽九死其犹未悔”，信念和理想，说起来仿佛空泛，但当它真正起作用的时候，它比世间的真金白银、权力地位更具吸引力和凝聚力。若无理想，他们当初不会走到一块；若无信念，他们不会现在还走在一起，一路的坚持，深挚的情感由漫长的时间积累起来，不被移走。

刘备从未怀疑过他的兄弟。所以关羽才会封金挂印而去，千里寻兄；所以张飞才会拼死苦战；所以赵云才会千里投奔；所以诸葛亮才会出山相助。

直至诸葛亮火烧新野，刘备才算是真真正正在军事上打了一个漂亮的翻身仗。他三顾茅庐请出的世外高人果然不是纸上谈兵的无能之辈。

诸葛先生甫一出手就名动四方，处女作漂亮至极。如果说这三兄弟就是一堆摞在一起等待被燃烧的干柴，诸葛亮就是那团火焰，更是点燃这个火堆的人。至此，白天黑夜，刘备终于可以舒心地笑了。他找到了一个真正能帮他运筹帷幄的人。

关羽和张飞对诸葛亮由口服心不服到心服口服。形势的发展让他们惊喜地认识到，这样一个羽扇纶巾的书生，谈笑间指点江山，樯橹灰飞烟灭。

他是这般从容。有了他，他们的激情和梦想就有了实现的希望。诸葛亮，他能把刘备手上为数不多的棋子盘活。没有这个人，刘关张三人纵然有盖世的本领、冲天的抱负，团结在一起再紧密，也只是一盘死棋。

他是他们的一条船，能载他们到理想的彼岸。他是一阵和煦的春风，有了他，桃花才能开得繁盛如火。

诸葛亮洞悉这一点，他和刘备彼此需要。多年以来，他也在等待着一个与他信念一致的人来召唤，勾动他蛰伏已久的壮志雄心。他清楚地看到潜藏在这三兄弟身上的无穷的能量。正所谓，千军易得一将难求。有关羽、张飞、赵云这样绝世的战神，刘备本人又有得天独厚的号召力和耐心。这样的人，是值得付出心力辅佐的。

作为那个时代最有智慧的人之一，诸葛亮虽然足不出户，仍然对天下局势了若指掌。他清楚地知道，与他一样聪明绝顶的曹操不需要他，他也不能认同曹操的行事。道不同不相为谋。孙权固守江南，手下一帮根深蒂固的权臣谋士，他无须挤进去出谋划策，而且孙权是自己要称王称霸的人，他不可能为汉室江山去奋斗。只有刘备，他宽仁平和，素有名望，此时虽然根基未稳，胜在后劲强劲。他能提供给他最需要的舞台，最大的尊重和自由。

说到底，仍是因为他们信念一致。

后来的许多事无须赘言。赤壁之战奠定了三分天下的基础，而与东吴之间的利益矛盾，又导致了后来结盟的失败。没有永远的朋友，只有永远的争斗和不断冒出的对手。关羽败走麦城。张飞在阆中被叛将所弑。刘备伐东吴，大败，托孤白帝城。

诸葛亮带着赵云默默地收拾残局，辅佐年幼的阿斗即位。聪明如他，怎会不知立国未稳之时开国君王的猝逝会带来怎样深重的危险影响。可是对于刘备一意孤行远征东吴，他给予了理解和最大限度的支持。

既然不能改变事实，那就接受吧。因为他知道，对于刘备而言，霸业稳固不是最重要的，他的兄弟之情才是最重要的。

没有他们，就没有他。这辉煌的功业都是因你们和我一手开创。假如可以换回结义兄弟的性命，即使要刘备拱手奉上蜀国，他也在所不惜。而这样的他，正是诸葛亮所欣赏，甘愿为之奉献才华和青春去追随的他！

怎能忘记那遥远的、涿县的春天，桃花明艳的时候，他们在桃园里盟誓。过了这么多年，那情形鲜明如昨日。誓言朗朗如星汉高悬，其人在下一刻未敢相忘。

不求同生，但求共死。

很多人不能理解诸葛亮，他为何肯为刘备鞠躬尽瘁？即使后来明知刘禅不是明君之才，也甘心辅佐，是不是愚忠？原因说穿了很简单：士为知己者死。

身处一个物欲至上的年代，仿佛每一点物质上的小小提升都令人振奋，值得夸耀。人们痴迷于对欲望的追求，习惯轻视道义，漠视信义。忘记了这世间必有东西会超越单纯的欲望存在，而它值得我们追随一生，为之肝脑涂地，不问值不值得。

在他随刘备走出茅庐、翻身上马的那一刻，他接受了他的信义，就交托了信义，将彼此的命运打碎，融在一起，此生不离不弃。

涿县的春天，桃花明艳的时候，他们在桃花树下结义。那阵春风吹来，桃花微微颔首，它感受到命运颤动的弦音。英雄聚首，灭强敌。日月为之新，天地为之变。在不久的将来，还有更多有情有义的人要聚到一起来。

谁说岁月无情无义，谁说英雄已经走远……

桃花怨

——一树桃花发，桃花即是君

褫夺与恩宠

春秋长梦。她是梦中艳丽桃花，看似无害，却是扰乱心神，最是伤人一抹春痕。为她，灭了息，覆了蔡。三国动刀兵，虽是男人之间的雄心私欲作祟，她的存在却是不容置辩的事实。

不知为何，为写桃花，这几日频繁想起“千古艰难惟一死，伤心岂独息夫人”这句诗，我知必要再为她写下点什么。

嫣然柔媚的女人，只是惊鸿一瞥的身影，就如桃花悄然绽放在眼底。那一刹的艳美值得永世铭记。很多人误解了，以为桃花必是风情招展的。桃花实是贞静。迷人的不是色，但被色迷的，是人。

若息妫是个见了男人就花枝招展扑上去的女人，男人也未必会为她属意久久。偏是无心，偏是遥遥相看，越发觉得稀世难得，不能忘怀。

恰是爱她贞静。知她不会将身轻许，楚王才会爱她、怜她。任她冷冷淡淡待之，也徘徊身侧，不忍离去。爱是光怪陆离，难以拿常情揣测。他知她放不下前人就不会轻易放下后人。他是她感情中的后来者，但他有信心能够后来居上，让她与前尘作别。

他有这样的恒心，有这样的气度。他是那一世的霸主、伟岸的男子，占住了她这片春光就不放。

她本是那深宫君妇，偶然间移莲步到了蔡国，原只为探望家姐，叙叙亲情。不料惹来祸端，只为那行为不检的姐夫一见她就色心大起，对她轻薄。受了委屈的她自然要回国跟丈夫哭诉。息侯乃小国之君，自身实力不强，只得借助强敌，这就引出了楚文王。这是个典型的前门拒狼后门引虎的故事：息侯借楚国之力灭了蔡，蔡侯恨息侯灭国之恨，反过来对楚王极言息妫之美貌，说她如何的艳若桃李，如何举世无双，诱引楚王就手灭了息国。

蔡侯一番游说，打动了楚文王，他对这个引得两国战乱的女子充满了好奇，想知她是如何动人心魄。

最初的好感，是由好奇开始的。息妫在两个男人不自觉的烘托中已经达到了倾国倾城的高度。

世人本末倒置，以为他是为她开战，实质上他一开始不是要得到她，他只是需要一个扩充地盘的借口。当然，在他看见她之后，他觉得可以一举两得。

与王献之生命中来势汹汹的桃花——新安公主一样，楚文王也是息妫命中注定遭遇的桃花。他们的到来，强悍到足以改变原有的命运。

一见足以下定决心。面对这艳若桃花的女子，他越发要逞自己英雄。反目只在反手之间，息妫出来献酒毕，楚文王主意已定，当即拿下息侯，占了息国，当夜就在军中纳了息妫。

转眼恩人成了仇人，仇人成了同床共枕的男人。不管她愿不愿背负祸水的骂名，息国是为她亡了。

举世哗然！人们只在意宏大的结果，忽略微小的细节。民众纷纷地议论着深宫里透出的消息：王是多么迷恋这个女人，为她灭了别国……茶余饭后又多了几笔谈资。

没有人深想，身处这一连串动乱之中的女主角息妫，她经历了怎样的惊心动魄、屈辱不甘。历史变换的重大时刻，她的感受被轻而易举地省略了，与一个国家的兴亡相比，一个女人的悲喜，太微不足道。

她如一株新桃被揉碎，一地猩红痛楚。息夫人的事，后代人吟叹不绝。杜牧就曾有过“细腰宫内露桃新，脉脉无言几度春。至竟息亡缘底事？可怜金谷坠楼人”之叹。世人多以为杜牧是在讥讽息夫人未能如绿珠一样以死报主，要一再深读才晓得杜牧是在怜惜息妫的际遇：绿珠犹可跳楼，慷慨一死。面对楚王的掠辱，息夫人却必须隐忍。若想保全息侯的性命就必须忍辱偷生；若她死了，楚王必定迁怒于息侯，那已沦为阶下囚的男人，又哪有一点反抗之力呢？

再拿绿珠和息妫比，比的还是她们背后的男人，孙秀之于石崇，自然不如。绿珠受石崇深恩，自然要粉身以报，楚文王比之息侯，却是大大的超越。

宽容体贴的王维说：“莫以今时宠，能忘旧日恩。看花满眼泪，不共楚王言。”我却深信，漫长的暗暗比较中，息妫会渐渐倾向于更强大的楚王。她和息侯之间有多少感情，来得及成为至死不渝的真爱呢？楚文王给予她的尊重、爱护，哪一点逊色于息侯呢？

他对她的爱，比爱多一点，是一种掺杂了同情、怜惜、欢悦、征服的感情。这感情犹如围绕着桃花的轻雾，让她扑朔迷离，让他欲罢不能。他纵容她，呵护她，坦然面对她的冷漠。

爱是凌厉的，是以他不惜为她倾国；爱是沉默的，是以他能忍受她的不言。将她像一树娇花供养起，只要她在眼前，就余愿足矣。

他心知她不曾贪恋，更不曾刻意逢迎取悦，迥异于楚宫中其他的女子。她绝色而出尘，令他觉得这是一生寻觅，足以与己匹配的精神伴侣。

他是更强大、伟岸的男子，是上天让他出现，来到她身边。以国之倾覆为代价，拯救她于深渊。免她流离，免她惊扰，许她一世安稳。当一个女人被人用举国尊荣宠着，纵然心怀憾恨，也会暗自沉溺吧。在楚宫多年，她情愿活得隐秘，淡出众人视线。

后人传说，她后来与息侯潜逃，被楚兵发现，息妫不肯随楚兵回宫，与息侯自刎殉情，血溅之地长满桃花。世人怜她命薄贞烈，为她盖庙祭祀，尊她为“桃花夫人”。

事实与传说相背离，她的生死相许并非给了息侯。息妫归楚之后，为楚文王生育二子，其中之一就是大名鼎鼎的楚成王。她一直抗拒着楚文王的馈赠，直到他死，她才以未亡人的身份出现，默默地抚养幼子，以行动来报答深恩。

面对楚国王叔子元的骚扰轻薄，息妫表现出的坚贞端然叫楚国的臣民动容。他们不由自主地站在她这边，许给她国母的尊严。她的贞静，在漫长的时间里，有了清晰的去向，许给了后来的楚文王。前夫息侯早已偃旗息鼓淡出了她的生活。

楚人并不因为她是战利品而轻贱她。这是因她的夫护卫着她的尊严。若她仍和息侯在一起，以息国的弱小、息侯的软弱，她的美貌只会惹人觊觎，命运当更悲凄。绝世红颜，如果没有绝世的男人与之相称，下场也不过是红颜惨淡。

国破家亡，人间变故惊散了她和息侯。应该庆幸这变故及时出现，免却了以后的相对惨然，破败凋敝。

在楚宫，那碧桃树下，默默地思想流年，她其实早已明白了前因后果。一树桃花发，桃花即是君。是命运要她到此，伴他左右，不容抗拒。

千古艰难惟一死，伤心岂独息夫人

决绝与孤勇

旷世明主和绝世的男人一样可遇不可求，遇上了就要好好把握。越是在荒芜的境地里，越发要活得精彩。

康熙年间的诗人邓汉仪有《题息夫人庙》一诗：

> 楚宫慵扫黛眉新，只自无言对暮春。
> 千古艰难惟一死，伤心岂独息夫人？

窃以为，这是咏赏息夫人事的诗里写得最有见地、最合息妫心意的一首。杜牧囿于风流，王维伤于自身际遇，借息夫人事自明不从叛臣的心迹。唯有邓汉仪超越了名分之见，直言道破生死抉择之难。

邓汉仪是清初人。明清易代之时，仕清众人中唯洪承畴影响最大。他的降叛，对清初之人心震动甚大。

当初崇祯皇帝以为他殉国，当此国破时艰之际，皇帝为鼓舞天下士气，将他立为忠臣楷模，在京为他举行盛大葬礼并亲自撰写祭文。举国文人纷纷响应，撰文悼之。待到后来知晓洪承畴并未殉国，而是降清，举世哗然，纷纷烧毁之前写给洪承畴的祭文，痛斥他。更有人引邓汉仪的诗“千古艰难惟一死，伤心岂独息夫人”来讥讽洪承畴名节败坏。

不是每个人都有勇气成为文天祥或史可法。壮烈地死去，当然不是人生的唯一选择，可问题出在洪承畴不单活着，还活得很滋润，很高调！他四处活动，为清廷出谋划策，四处征战。这就惹人非议了！人们总在想，你既不能成为文天祥，做个徐庶总成吧。徐庶为曹操诱降之后，虽身在曹营，但立誓终身不为曹操出一策。他果然依言奉行，以半生的落寞不言来回应刘备的知遇之恩。

人们不齿洪承畴，为他叫人失落，叫人在坚持信念的艰困路上又孤单绝望了一层。从这个意义上说，人们格外希望他成为明朝的文天祥，起码也如弱女子息妫，心念旧恩，不与楚王多言。

息妫入楚宫，不可能三年不与楚王交一语。可她应对楚王的话，叫人看出她内心的刚毅：“吾一妇人，而事二夫，纵弗能死，其又奚言。”她以柔弱的姿态强硬示意，她从不是个被征服者。楚王可以割裂她的过往，将她带入新的生活，但她从不曾屈服、忘却。怀想着旧日。她心里的故园，不是他能擅入、侵略的。她亦是强者。

洪承畴毫不羞耻，他显然不欲成为众人心中高高在上的死去的偶像。他悍然打烂文人的信念理想，将气节践踏在地，告诉大家，你们执迷的只是虚妄、无知的幻象，而我选择的生活才是真实的。

或许是明末的混乱让他无以施展才华，他注定是个不甘寂寞、要出手干预历史进程的人。皇太极的知遇之恩，清廷草创时的勃勃生机，足以让他重燃济世的雄心。

殉节而死的人太多，有能力救世的人太少。明既已从根烂起，救无可救，那何不携手新主开创一个新的盛世？苍生社稷，于他而言是个崭新的概念。江山本无常主，不一定非要追随故主死忠。早早结束乱世，于黎民而言就是最大的福祉。便如息妫选择活着，奉持着自己的心，把不相干的议论抛在一边，有这样的孤勇、决绝。

他和她的选择，其实是一样的。旷世的主和绝世的男人一样可遇不可求，遇上了就要好好把握。越是在荒芜的境地里，越是要活得精彩，活成传奇，将骂名抛诸脑后。是非功过，一任青史评说。到最后，前尘尽碎，谁不是谁眼中的镜花水月。

与故朝耆老、新朝重臣比，邓汉仪的经历其实更有代表性。与明末名士、诸家风流才子不同，邓汉仪们，只是芸芸书生之属。他们可选择的更多，亦不会有那么大的舆论压力。可以选择为新朝效力，一展抱负，毕竟新的时代需要新的人，没有人会去过多苛责他们；也可以选择归隐田园，终身与新朝保持距离，做一个乡野之间的前朝遗老。

在明功名不遂，在清又不愿要功名。生活在明、清两代夹缝中的汉族文人，进则违背自身信仰操守，退又不合历史大潮。处境之尴尬，叫人扼腕。

明清易鼎之时，正如邓汉仪所言“关塞鼓鼙家已废，乾坤榛莽砚难耕。岁月多扰，时日交煎”。康熙十七年，清廷为网罗名士，特旨开设博学鸿词科，邓汉仪不愿出仕却必须出仕，他为人举荐，被推到了时代的前沿，受人瞩目。

这名分要也不是，不要也不是。对一个老人而言，他宁愿平静、淡泊地生活，不愿要这举世瞩目的难堪。难就难在进退之间，就如烈女晚节不保，所以邓汉仪才有“千古艰难惟一死，伤心岂独息夫人”之叹。前朝陈尸在前，难道都要殉葬以示节？然而心里明明又有着眷恋。人心都是徘徊的。

“贤愚千载知谁是？满眼蓬蒿共一丘”，千年之下，白骨荒丘。谁忠谁奸，是贤是愚，又哪是口舌能够辩清的。重要的是作自己觉得值得的坚持。

一株桃花两地新。多少人怜惜息妫？又有多少人宁愿自己是息妫？有时候，我们抱怨命运不给人选择的机会；有时候，我们又宁愿命运不给其他选择，只有一条路，人只需要向前走，义无反顾。

有时候，被动的抉择，比主动的选择幸福得多。

桃花恨

——爱有千般苦，此心向一人

刚毅与柔弱

此后颠沛流离，劳燕分飞。他们是靠着对对方的思忆过活，再没能长久安稳地生活在一起。

她和他的故事，从秦淮河开始，星辰照耀，水波里氤氲，戏文里传唱，从来就没有消逝过。

我在《观音》里详解《桃花扇》，将李香君和侯方域的前世今生从头至尾敷衍了一遍。八卦到底，所有的旁枝末节都没放过。

明清易代，不看《桃花扇》，不能知晓明亡是必然。南明一段，局势混沌。在明在暗，众人皆为私心驱使，利益关系错乱如麻，牛鬼蛇神粉墨登场。写到最后我都心神恍惚，分不清今夕何夕，只觉得自己是桨声灯影里一缕水草，随波摆荡，看岸上歌浓舞艳，心知终有笙息箫默的一刻。

说不出的惆怅。歌宴散后，这些沉迷其中，却要卸妆下台的人要往哪里去呢？酒酣耳热时高谈阔论、踌躇满志，抵不过天塌地陷的惊惶。红尘男女，爱恋情浓，那些曾经香风鬓影的才子佳人们，终是要作鸟兽散的。

我一再重看孔尚任的《桃花扇》。这是四大名剧里写得最好的。“借离合之情，写兴亡之感”，孔尚任做到了！我为他宏大的架构振奋，为他华美而充满力度的笔触惊动。

这个故事吸引我。但我始终难以钟情李香君和侯方域，就像我始终不能喜欢冒辟疆和董小宛这一对狗血男女一样。他和她，不是我喜欢的男子和女子。活得太用力，用太多自以为是的理由来将自己演绎成传奇。为了被精彩地记取，不惜成为悲剧。

为了秦淮八艳，我曾重游过秦淮。南京已经成为一座闷热的、硬气的城市。和中国的大部分谋求发展的都市一样，它的血脉里还伏有文化的韵律。但是，为了追逐现代化的进程，谋求经济的增长率，它将古老微弱的心跳掩埋在年轻张扬的躯壳里。那一点点残存的风韵也被浓妆艳抹地打扮出来，供人评头论足。

秦淮夜游，不能引我怀古之思，只能叹气，摇头。

往事隐隐作痛。让时间回到公元1699年吧。

那个动乱的春天。杂花生树，群莺乱飞，秦淮河还在缓慢深情地流淌，李香君尚未被梳拢，侯方域还在南京城里秦淮河边游荡。

前面是谁家小院？杨柳低垂，桃李半开，隐隐有戏音袅袅，水磨腔沁人心田。是谁家女子在浅吟低唱，惹墙外人心思惆怅。

是典型的才子佳人欢喜开场。雏妓遇上了出身名门的公子。本就是风月场，不讲究什么三媒六聘，爱了就爱了，睡了就睡了。两下里情意萌动，又有人从旁牵线，出钱出力。多么难得的千里姻缘，一夕间竟成就了。

借用一句歌词吧，爱是天时地利的迷信。我相信风华初绽的李香君依偎在意气风发的侯公子身边，一定心满意足觉得未来无限好。她如愿以偿了。她的男人家世显赫，身为户部尚书之子，自己又才学过人，声名超拔于同辈，身为复社名流，所结交的都是挥斥方遒的文人，许身这样的男人，正是她长久以来的梦想。

洞房花烛。月映花影烛映人，一切都是含苞待放般好，哪有半点倾颓的气象？两个人的喜气，将这国之将亡的死气也顺道掩饰了。鼓乐喧阗中，众人欢聚调笑，乐而忘忧，继而忘国。

侯方域对这从天而降落入怀中的美娇娘充满了新鲜感。他们这些名流公子都作兴有美女相伴。远的有钱谦益柳如是，近的是龚鼎慈顾横波，眼看着冒辟疆和董小宛分分合合也搅和在一起了。李香君虽然年轻，却也早是艳名远播，声色不逊于他人，如今被他拔得头筹，实在是风光乐事。

何况，新婚的第二天，他从媒人杨龙友那里得知，出钱为李香君添置妆奁，成就这桩好事的还另有其人。他风流快活，有人还赶着埋单，这冤大头的出现让侯公子大感意外。

公子少有不浮浪的，身为一个浮浪的公子被这样刻意抬举，用心逢迎，简直太爽了，太有面子了。侯公子深知这是自己声名在外，阮大铖有意讨好的缘故。

这公关做得太到位了，激动之下侯公子差点松口同意帮阮大铖说情。对他而言，跟复社那帮兄弟们说说，暗示一下口头笔下留点德，别对阮大铖赶尽杀绝是很容易的事。

这时候，李香君出现了。她一听说妆奁是阮大铖送的，立刻脱去罗裙，拔下金钗，要求杨龙友代为退回妆奁，明确表示，她李香君虽身陷青楼，也不稀罕阉党的财物。

李香君义烈如此，倒叫侯方域和杨龙友猝不及防。眼见自己的女人都表现得如此深明大义，堂堂公子也不能落于人后啊，只得忍痛退还财物，并表态，身为魏忠贤的干儿子，阮大铖实在是劣迹斑斑，臭名昭著，不堪改造啊！现在全民都在反魏忠贤，清算阉党，身为舆论领袖，不能逆流而行，要对得起自己的清誉，不能做出落人口舌的事情。

面对两个大义凛然的人，杨龙友只好摸着一鼻子灰默默地走了。

冷静下来的侯方域发现自己有欠思量。方才真的好险！如果不是李香君出面阻拦，他真的应下了阮大铖这桩事，只怕就此名誉扫地了。为了一点蝇头小利坏了自己的名头家声，多不值啊！只怕在外会被朋友的口水淹死，回家被老爹的大棒敲死。

回过神来的侯公子不由得对李香君另眼相看。她小小年纪有如此心胸见地，又不贪慕富贵，真是太难得了！风尘泥沼，自己真是捡到个纯洁的宝啊！自此侯公子对李香君又敬又爱。两人新婚小闹一场之后，愈加如胶似漆，难舍难离。

我拒绝将李香君想象成圣女。她的拒绝也许只是出于天真的世故，这缘于她自小生活环境的熏陶。她对人情通达谨慎，知道什么可以要，什么不可以要。身为一个训练有素的交际花，她知道，贪图小利只会得不偿失。

还有一层原因，李香君的鸨母李贞丽与另一位复社名流陈贞慧相好。可以想见这些清流名士平素慷慨激扬的谈吐对年少的香君有强烈的吸引力，他们的潜移默化起着很大的影响。现在，她终于有机会和她所敬仰的人们站在一个阵营了。她义不容辞地在紧要关头把摇摆的侯方域拉回来，保全他的名声，继续自己的梦想。

即便如此，这个十四五岁小姑娘的思想觉悟，她在瞬间所迸发的璀璨烈性，也使得她的男人黯然失色，更使得后来包括现在为名为利所奴役的读书人羞惭，面目无光。

李香君给了后来人一个道德制高点：一个妓女都能怎样怎样，你瞧这些读书人怎能这样这样……这是人们乐于赞颂她的原因。

生逢乱世，鸳梦不长。不久，局势的变换使阮大铖东山再起了。他开始报复起那些曾经站在道德的高度过嘴瘾、指摘他的名流公子。侯方域得到消息，避祸离开南京。

其实，李香君和侯方域的感情生活差不多也到此为止了。此后颠沛流离，劳燕分飞，他们是靠着对对方的思忆过活，再没能长久安稳地生活在一起。

她的泪水沾湿了他的行囊，素性刚强的她流露出对他的缠绵依恋。珍惜当下的每分每秒吧，红烛每短一寸，离别就逼近一分。

自幼身在欢场，见多聚散离别，以为早练就了逢场作戏的金刚不坏身，没想到有朝一日落在自己身上时，还是会痛断肝肠。

爱有千般苦，此心向一人。不伤情，只因未动真情；不痛，是因为痛还没有降临到自己身上。

白骨青灰长艾萧，桃花扇底送南朝

兴亡与生死

你走了，时光还在。经年以后，轻舟已过万重山。流光易转，浮生尽歇，还有什么是不能忘却的？

我不知道李香君目送着惶惶如丧家之犬的侯公子离去时，心下会不会生出一丝惨伤？从今而后，那清俊少年再也不能在楼下扬眉浅笑，她再也不能随他交朋会友乘兴出游。复社散了，不再有人尊称她为“社嫂”——那些美好如风花雪月的日子都如流烟般消散了。

是他被这世事逼得仓皇逃窜，还是他本质就是个浮艳之徒，不堪大任的男人？在灾变面前，就面目惨淡，不再生动如昔。

她不敢深想，急急转身闭了院门。

侯方域走后，李香君闭门谢客。纵然只是短暂的露水姻缘，在她心里，已经是一生一世，生生世世。她的一片冰心早许给这个远去的男人了。从此后，敛了声色，封闭深藏，她的心，重楼深锁。除他之外，谁都不可以推门而入。

千般爱，只向一人。

不过，任她如何谨言慎行，在世人眼中，她仍是人尽可夫的风尘女子。阮大铖要讨好权贵，将她强嫁给马士英的亲戚田仰做妾。李香君生命中最壮烈的一幕出现了。她不容侵犯，宁死不上花轿，一头撞在柱子上，鲜血四溅昏死过去。眼见出了人命，田家又不肯善罢甘休，和事佬杨龙友只好劝说鸨母李贞丽代嫁，自己代为照顾香君。

美人血，桃花泪。李香君不幸中有大幸，她血溅诗扇，有杨龙友怜她贞烈凄苦，以血和墨，以满腹才情点染出一把桃花扇。

“夹道朱楼一径斜，王孙初御富平车。青溪尽是辛夷树，不及东风桃李花。”这是当年定情时，侯方域在素扇上题的诗，兴致勃勃的他以桃花美艳来比香君。昨日不远，浓情未消。诗扇犹在手，美人血痕新。公子你流落何方？人生总是一波三折。

有诗道：

白骨青灰长艾萧，桃花扇底送南朝。
不因重做兴亡梦，儿女浓情何处消。

如今，李香君已然香消玉殒，化作烟尘。可是，只要人们一想起桃花扇，她和侯方域的故事就历历在目，一个可钦可敬的美人就宛在眼前。

历史上，有多少贞烈不下于李香君的女子，她们的事迹无人见证欣赏，没有才子来点缀提拔，生生就埋没了。

前事如桃花开谢。时光可以冲淡很多东西，尤其是别离。感情会一点点微弱下去，惨淡的爱情，在岁月的凛风中还能坚持多久呢？能够坚持下来，倚仗的，更多是黑暗里心底血色桃花般灼灼的信念吧！开在纸上，印在心里，所以与时光无关了。陈旧了，凋残了，也舍不得丢弃。

李香君如节妇一般谨守着。这姿态足够美好，值得一生奉持。没有他的日子，她必须独自跋涉。说服自己，她的坚持是对的，她爱的男人是伟岸的，就在前方等待与她重聚。一旦识破了他是虚伪朽坏的，她也就随之枯萎了。

南明覆亡，被没为宫妓的李香君从宫中逃出。《桃花扇》里说，她与侯方域相逢于栖霞山，被道士点化。两人将最后一点花月情根割断，抛别红尘归于荒茫。

叹一声，暗红尘霎时雪亮，热春光一片冰凉。

很多人不能理解这个结局。两个深情如此历经坎坷重逢的人，相思之苦尚未解，怎么就因为一个不相干的道士的几句话遽然放下一切呢？

这是囿于情爱，不了解一念之间顿悟的力量。家国倾亡近在眼前，巨大的幻灭感足以使两个满心沧桑的人泯灭对情爱的念想。

孔尚任绝非一个造作的人，刻意拆散一对爱侣来造就一段悲剧，成就一段传奇。综观后事会发现，对侯李两人而言，纠缠衍生悲凉，放下才是解脱。孔尚任是仁慈的，他不忍点破现实中侯方域忍不住又去追名逐利的事实——安排他看破红尘，实是为汉族文人留了许多颜面。

另有比较接近历史真相的版本，是说侯方域带着李香君回到河南商丘老家，李香君隐瞒了妓女的身份，在侯家住下。男人比女人更不安分，侯方域静极思动，又去参加清廷的科举考试，不料仅中副榜。

昔年名满天下的才子，如今屈膝去参加异族的科举，是对名利的屈服。不管结果如何，都是对自身信念的背弃。侯方域一念之差，落得诋毁遍地。不知有多少人在他背后口诛笔伐，窃窃私语。

他还是没能守住名节。不知李香君作何感想？怕只能一声叹息。人要走的路都是冥冥中定好的，她把得住他一次，拦不住他下一次。他是名利场中人，视火坑为天堂。她怎能奢望他耐住寂寞，不跳回火坑。

就在侯方域心怀忐忑上京赴试之时，李香君的妓女身份暴露，被公公赶出侯家，郁郁而终。任她如何洁身自好，终是拗不过出身。她最渴求的承认，命运偏不给她。兜一个大圈儿，还是一样的结局。

两个人闹哄一场，一个人地老天荒。

侯方域灰头土脸地回乡，发现自己饱受指摘。他开始了解阮大铖昔年的痛苦了。说人是轻快的，被人说是生不如死的，舆论是可怕的！最意外的是，能理解他、与他相依为命的女人也逝去了。他年轻的时候，虽然也受时局牵引，坎坷了几番，何曾吃过这样的大亏。侯方域的痛悔之心溢于言表，将自己的书斋改名叫壮悔堂，闭门谢客，专心著书。

一死一伤的结局，好得过孔尚任戏中的安排吗？

他的人生从此灰败了，落下洗刷不掉的耻辱。如果早知这个轻率的举动会给自己找来骂名，连累李香君郁郁而终，我料定侯方域不会去应试。她的逝去让他追悔莫及。她是他所有青春繁盛的明证，现在她先他而去了，断肠心事，诉与谁知。

他也不是名利心多重。他只是不甘心自己的时代就这样过去了，要默默无闻，再寂寂老去。曾经是那样热闹、受人追捧的人。

经年以后，轻舟已过万重山。流光易转，浮生尽歇，还有什么是不能忘却的？

桃花痴

——凭栏人向东风泣，茜裙偷傍桃花立

前缘与后事

茜纱窗下，我本无缘。红笺小字，层层心事怎生书。你我俱是一样心思。上天许了我们相聚，却也注定了分离。

桃花帘外东风软，桃花帘内晨妆懒。
帘外桃花帘内人，人与桃花隔不远。
东风有意揭帘栊，花欲窥人帘不卷。
桃花帘外开仍旧，帘中人比桃花瘦。
花解怜人花亦愁，隔帘消息风吹透。
风透帘栊花满庭，庭前春色倍伤情。
闲苔院落门空掩，斜日栏杆人自凭。
凭栏人向东风泣，茜裙偷傍桃花立。
桃花桃叶乱纷纷，花绽新红叶凝碧。

雾裹烟封一万株，烘楼照壁红模糊。
天机烧破鸳鸯锦，春酣欲醒移珊枕。
侍女金盆进水来，香泉饮蘸胭脂冷。
胭脂鲜艳何相类，花之颜色人之泪。
若将人泪比桃花，泪自长流花自媚。
泪眼观花泪易干，泪干春尽花憔悴。
憔悴花遮憔悴人，花飞人倦易黄昏。
一声杜宇春归尽，寂寞帘栊空月痕！

——《桃花行》

春天如期而至。大观园里，林黛玉的春愁一如既往。她素来是个心重的孩子，某日晨起，对着轻烟软红，一时心绪百般，作了一首桃花诗，即是上面所录的《桃花行》，众人看了，都道好，更有湘云乘兴提议要将“海棠社”改为“桃花社”，再现当日诗社风流。

宝玉赶来看，先不道好，怔怔地落下泪来。当此风流云散之际，林黛玉发此哀音，落入一向怜香惜玉的公子眼中，自然倍增伤感。

桃花姣静如处子，粉粉淡花，白里透红，嫩叶青碧。花叶交映楚楚动人，并不是寻常以为的浓艳张扬。近赏桃花，最叫人感慨的是它的枝干深黑遒劲，颇有力度。若无这副强硬枝干，支撑不起娇艳桃花。

顾花自怜，风起残红零落。娇花似美人心事，深得黛玉怜惜，见花如见人，她是人花相看，寂寞开无主。

经过这么多年，她心中的悲意益发深明。眼看周遭姐妹来来去去，群芳散落，多少繁华都尽了。以她的冰心慧眼，她当觉出与宝玉之间凶吉参半，前途叵测。

奈何前世冤孽，心结难纾。她此来不为别的，就是为偿他前世之恩。神瑛侍者的灌溉之恩，绛珠仙草以一生眼泪还之。

寄身贾府，飘零孤女本就时时小心在意，又因心中对他时时在意，平添了多少心事。常人看她长吁短叹，以为她是少女怀春寂寞，谁解她独自抵御的是比寂寞更深的孤独。

他还是他。初见了就欢喜，也不顾有人，高声宣扬："这个妹妹我是见过的。"为她痴，为她狂……全不顾种种行径引人侧目，出人意表。可惜，今生的他，不再是离恨天外那个一心一意保护她、灌溉她的仙人。

他有了凡人躯体，就有了凡人之思、凡尘的牵绊。他虽然心里爱重她，却不免怜香惜玉，拈花惹草，遗情处处。他虽心知弱水三千，非她不饮，一腔爱意亦只能徘徊于心，欲言又止。

这一世他做不得自己的主。风流，又是这般持重。纵然是万千宠爱在一身，只叹年纪幼小不能为自己开言。实指望着家中长者能看出他心有所属，成全他和她的姻缘。家里长者看在眼中却迟迟不肯明示。大人们各有算计，他和她只有苦熬。

时愈长愈惘然。他不是桃花那劲遒的枝干，支撑着他们的锦绣未来。他是那春风一阵，来相爱，来相扰，惹得她情思切切，时时啼泪若残红。他也不过是轻软春风，来相顾，来相望。

时愈长悲愈甚。爱得越刻骨，越像是身在迷途。大观园已是桑榆晚景，群芳摇落近在眼前，黛玉是最先凋零的一枝。

她除了爱他，并无别事可做，一生之重只为一人轻付，爱之沉重愈见得生之轻盈。她为他辗转心肠，轻贱了娇躯。大观园锦绣繁华，养成了金娇玉贵身，也禁锢了她，叫她身心孤苦，无路可逃。

《桃花行》是歌行体，唐朝的教坊乐曲。据唐武平一《景龙文馆记》载，唐中宗景龙四年春，宴桃花园，群臣毕从，学士李娇等各献桃花诗，中宗令宫女歌之，辞既清婉，歌乃妙绝。其中十二篇入乐府，号曰《桃花行》。

“文以意为主，以气为辅，以词为卫。”此处黛玉的《桃花行》比前人诗更动人心肠。她以桃花自喻，铺陈其事，娓娓道来犹如为桃花作歌，实际是以花为契友，自诉心事，顾影自怜。

《红楼梦》里黛玉所作诗词众多，最清晰预示她命运的，大约有三首。按照时间顺序依次是《葬花吟》《秋窗风雨夕》与《桃花行》。

当黛玉葬花之时，是与宝玉怄气，偶有龃龉。她到怡红院来寻宝玉，偏巧看见宝钗进去，先自心中疑了一层。前去叫门，偏偏晴雯和碧痕拌了嘴，正没好气，没听出是黛玉来，只说："凭你是谁！二爷吩咐的，一概不许放进人来呢！"

黛玉痴立门外，隔墙听见宝玉和宝钗在院内笑语，愈发伤了情。《葬花吟》便是次日她在避人处的伤心之吟。

黛玉葬花之时是在四月二十六日。"原来这日未时交芒种节。尚古风俗：凡交芒种节的这日，都要设摆各色礼物祭饯花神。言芒种一过便是夏日了，众花皆谢，花神退位，须要饯行。闺中更兴这种风俗，所以大观园中之人都早起来了。那些女孩子，或用花瓣柳枝，编成轿马的；或用绫锦纱罗，叠成干旄旌幢的；都用彩线系了。每一棵树头、每一枝花上，都系了这些物事。满园里绣带飘摇，花枝招展。更兼这些人打扮得桃羞杏让、燕妒莺惭，一时也道不尽。"

时当春末夏初，大观园春光深浓，花草繁盛，人亦兴致勃勃。就连黛玉和宝玉之间闹了误会，也没什么大不了，哄一哄，笑一笑，说清楚便过去了。依旧是风和日丽，鸟语花香。

世上的事就怕说不清楚。到有一日他们之间隔山隔水，百口莫辩的时候，虽然同处一个屋檐下，也是相对怅然。

《秋窗风雨夕》写于秋分之后，风雨之夕。黛玉痰疾发作。这日黛玉喝了两口稀粥，仍歪在床上。不想日未落时，天就变了，淅淅沥沥，下起雨来。秋霖脉脉，阴晴不定。

那天渐渐地黄昏时候了，且阴得沉黑，兼着那雨滴竹梢，更觉凄凉。知宝钗不能来了，便在灯下，随便拿了一本书，却是《乐府杂稿》，有《秋闺怨》《别离怨》等词。黛玉不觉心有所感，不禁发于章句，遂成《代别离》一首，拟《春江花月夜》之格，乃名其词为“秋窗风雨夕”。词曰：

秋花惨淡秋草黄，耿耿秋灯秋夜长。
已觉秋窗秋不尽，那堪风雨助凄凉！
助秋风雨来何速？惊破秋窗秋梦绿。
抱得秋情不忍眠，自向秋屏挑泪烛。
泪烛摇摇爇短檠，牵愁照恨动离情。
谁家秋院无风入？何处秋窗无雨声？
罗衾不奈秋风力，残漏声催秋雨急。
连宵脉脉复飕飕。灯前似伴离人泣。
寒烟小院转萧条，疏竹虚窗时滴沥。
不知风雨几时休，已教泪洒窗纱湿。

那一夜，他冒雨来看她，多少情意尽在眼底。这时还是将来有望的，两人调笑一阵，打趣是渔公渔婆，依依不舍归去，心知隔日还能在一起。

这三首诗时间上暗自演进，基本格调一致，都是悲切的底子，含有“诗谶”的成分。《葬花吟》是宝黛悲剧总的象征，广义上不妨当做“是大观园诸艳之归源小引”（第二十七回脂批）。《秋窗风雨夕》则隐示家变之后，宝黛诀别，宝玉离家避祸，黛玉挂念他，嗟叹泪不干的情景。《桃花行》是专为命薄如桃花的黛玉夭亡预作的命运写照。

黛玉写到《桃花行》时，时值孟春。虽然众人依旧要起诗社，明眼人都知道是强弩之末，不复往昔胜况。诗情也越来越淡薄，咏的是桃花、柳絮等随风不能自主之物，不比当日咏海棠之盛艳，咏菊花之潇逸。

一部《红楼梦》已演到七十回。熟读红楼的人都知道，七十五回之后，面目惨然，如红颜一夕老去，叫人不忍卒读。后四十回是高鹗续作，与曹公笔力并不相当，难以相提并论。

《桃花行》不同于她之前所作的《五美吟》。《五美吟》是咏赏古代女子，或贞或烈，或悲或凄，以此抒怀自比。《桃花行》中黛玉未曾引经据典，附比古代薄命女子，而是自抒胸臆，情感层层递进，直至人花交映，人与花不分彼此。她将一朝春日的风光、整个春天的心事用文字织锦。此诗恰如古乐府《悲歌行》《燕歌行》的气韵，言辞优美，感情饱满，一气呵成，如长歌一曲，感人泪下。

诗中深闺娇女的言行历历在目，心事他尽知。我不知黛玉夭亡之后，宝玉想起她曾作的这些诗，该是如何肝肠寸断。她的深情并未随着生命逝去而结束。它们像桃花一样，年年开在他的心头。他是树下痴绝的护花人，看得到，爱不到；爱得到，护不到。

尘梦几许，桃花是此生最初至纯至浓的爱，她毕生需要他的保护，她依附于他的爱而活。可惜他无能，终不能做保护她的那个人。

他们爱情的悲剧，不在于所托非人，非是彼此不够坚定，而是身不由己。所托之人一样嫩稚幼小。青梅竹马的爱，抵不过重重颠沛，世事波澜。

若我是那宝玉，诀别家人出家之后，到得黛玉坟前，我不会落泪。我眼中无泪，血已干涸，所有的七情六欲已在你离我而去的时候丧尽。而今我万缘放下，乃是天地间逍遥一野僧，驻僧庐，托钵行。

大雪萧萧而下，我孑然一身，你孤坟冷落。当年我虽红尘心热，你却是唯一灼灼的火苗。若有一日连你也成梦幻泡影，我还有什么割舍不下？你以毕生眼泪偿我，我以余生光阴祭你。

时至今日，言语无用，你当知我从未辜负对你的誓约。

你说孤独就像很久以前星光照耀着十三个州府的那种孤独。我想起少年时梦游太虚境，得闻仙曲，有一曲叫《终生误》，有一歌叫《枉凝眉》。那时我只觉得其声韵凄婉，销魂醉魄。不解这是你我未许的前程，命途的判词。

心如止水，身化尘埃。唯一清晰不逝的是我和你的过往。当我成为足够坚毅的男子，可以执手照看你，你已不能站在我身旁，不能与我并肩，看世间浩大。

不能重来，是我最深的悲哀。我心有所慰的是，情缘荡尽风波里，我们不会再分开，你不会再伤心，落泪。

就这样，亦好。

桃花憾

——桃花脸薄难藏泪，柳叶眉长易觉愁

期许与偶遇

维以不永伤。希望，在这个明媚的三月，桃花开放的时候，我可以找到你。

对每个少年人来说，在单薄乏味又蠢蠢欲动、充满期待又忐忑不安的青春岁月里能邂逅一个美貌温柔的女子，与之一同坠入爱情深渊，无疑是美妙的经历。哪怕是粉身碎骨、魄散魂离，也在所不惜。

贫薄岁月中，他的渴念，亦是她的哀伤。将这禁忌打破，期待盛大的爱情，如久雨之地期待日光降临，少年人想要的奇遇，无外乎一次赏识，一场艳遇。艳遇，也是赏识的一种。

这实在怪不得他们，在他们所读的启蒙书里，开篇《关雎》，赞叹一个男子为女子动心，相思澎湃而心无旁骛，直至将她迎娶回家，方才心满意足；紧随其后《葛覃》是赞新妇勤勉，贺她即日归宁；《螽斯》是祝福夫妻和睦，多子多孙；《卷耳》是妇人在大道旁，哀哀唱吟对离家的丈夫的思念，恩爱之情溢于言表；《桃夭》更极言新嫁娘美而有德，赞她“灼灼其华，宜其室家”。叫人对婚姻产生美好的期许——这样连篇累牍的诗歌，很难不让年少的心对情爱、对婚恋兴起美妙的联想、期待。

真实的处境又如此逼仄，不自由。那遥远的年代，男女不能同处一室。青梅竹马，年纪一大就要避嫌，婚姻是父母之命，媒妁之言。浪漫而符合心意的爱恋，只如这天上的浮云，永远高高在上，不可企及。普通的少年，连一场告别和心痛的资格都不曾获得。

所以，偶尔出格的行为才更让人赞叹，那些被人津津乐道传诵的爱情，那些经文人演绎的故事，《牡丹亭》《西厢记》《墙头马上》《雷峰塔》——所有不按常理出牌的爱恋行为都足以鼓舞幽情绽放。书页间，戏台上，说书人口中，世间男女每一桩生死相许花好月圆事，都被人传诵，欢呼雀跃，暗自遥想追随。

身边的女子，每每面目寡然，言语寡淡，普通不过。生活太过平淡，读书人被诗文训练过的想象力，自然转向了青楼，那里有识情解意多才多艺美貌堪怜不麻烦的女子，还有传说中的神女。她们一往情深，别无所求，来去如梦，自荐枕席，求的只是一夕暖身之爱。

还有，还有，花前月下，潜身窗下偷听书生苦吟的多情妖精。

自称与你前缘未尽，不嫌你白衣，功名未竟，前来抚慰你的寂寞，投怀送抱。

踏月而来，拂晓告别，留一床绮梦，半袖余香。除了温软的玉体，时而还附赠荣华富贵，让你一夜脱贫致富，免却了生活的艰窘。

神女寥寥无几，且受天条限制，一旦被发现，最轻的惩罚也是隔着天河一年一会，叫世上多情的文人不胜感慨，提笔写下："两情若是久长时，又岂在朝朝暮暮。"

爱得不痛快！索性演绎出天地间的各色妖精来与人相好。妖精出身草莽，来去比神女更自由，行为不拘，大胆放任——更易化作众人幻想的情爱对象。因此蒲翁著《聊斋志异》才能搜集到那么多落魄书生与来历不明的鬼狐精怪往来痴缠、不死不休的爱恋。

蒲翁生计艰困，著书立作，在书中对读书人诸多怜惜照顾，安排了各式各样精彩艳遇。

论起来，狐狸精自然是勾引书生谈情说爱的第一把好手。那闷在书堆里没怎么见过女人的老实男人又如何敌得过千年修行的柳腰摆、眼儿媚呢?

说来还是夙缘牵引，别管是好是坏。若不然，茫茫人海，我为什么走到你窗前，听懂你诗句里暗含的期待，你为什么看见我在月下徘徊，懂得我连影子也孤单。

仔细琢磨，都是些拙劣的借口。说什么我爱慕你年轻俊美，爱慕你才华过人，请让我来慰藉你的寂寞。我年方二八，是好人家的女子，只是不愿被父母左右，他们逼我嫁给我不喜欢的人，而我，却只对初初谋面的你一见倾心。就让我们在一起吧！

抛开一切的束缚和对未来的担忧，别去想日光明照之后，你我以何种面目身份相对，别问这样的放纵对不对该不该，只问你想不想敢不敢，尽一日之欢？

朱唇一点桃花殷，宿妆娇羞偏髻鬟。
细看只似阳台女，醉著莫许归巫山。

一夜情是自古以来的优秀传统。我不相信，这些被引诱的少年没一个心里明白的，明白眼前的女子美得出乎意料，衣袂飘飘，举止妖媚，根本不似凡间女，夜半到来好蹊跷。许多人都甘愿揣着明白装糊涂。她的暗香吸入鼻端，萦绕了思绪，发丝如春风般拂过脸庞，轻吻着脖颈，纵是下一刻不明不白死去，也是快乐的。

浮生若梦。都是提着露水做灯笼，只身赶路的旅人。既然前途未知，灯笼不知何时熄灭，那么为何不吹灭了这扰人的烛火，在黑暗里随你起舞，放纵一回？

幽幽的风吹动了幔帐，火星熄灭，红烛落下最后一滴泪，笑情短情长，人自痴狂。

不问你的来历，不是不知道你的来历，而是，你的到来暗合了我内心长久以来的期待。寂寞它太不乖，撺掇我蠢蠢欲动。一生太短又太长，不需要时刻清醒，人需要偶尔的任性。

就算她们是妖吧，也是多情的妖。谁能抵抗她们轻软的腰肢，妩媚的浅笑？

鲜有例外。艳遇基本都发生在落魄、落寞、内心彷徨的少年身上。他们对自己有期待，却被现实冷落、忽略，期待着被人赏识，得到证明。艳遇也是赏识的一种，被她的目光簇拥，找到自身的价值。

她轻轻叩门，远远站着，静静望着你，红透香腮，眼波流转如星辰闪亮——那是在寻常女子眼中不常见到的魅惑。她蜜糖般的唇，让人齿颊留香。她的轻颦浅笑，与她美丽的名字一样，叫人念念不忘。

眼前这美丽的女子正如那诗里描摹的一般："桃花脸薄难藏泪，柳叶眉长易觉愁。密迹未成当面笑，几回抬眼又低头。"

感情是最有效的兴奋剂，使人绽放、盛开，重获新生。我们从太多故事里看到，失意书生被千金小姐鼓舞资助，上京赶考，一举夺魁。衣锦还乡之后有足够的自信和姿态来面对曾经冷言冷语、嫌贫爱富的长辈。落魄孤苦的书生被狐狸精鼓励、暗助，终获世俗认可，证明自己不是个任人欺凌的脓包。

虽然人妖殊途，妖不是被辜负，就是被收服，更不堪一点，是书生一朝富贵之后移情别恋，妖精沦为弃妇，断情归去——成为书生记忆里的一幅仕女图、花鸟画。

她幽立花前的倩影，月下轻柔的微笑，都不再是温柔，只是年少的荒唐。此后安稳岁月不要再提起。

不如栏下水，终日见桃花

记挂与珍重

从今后，天高地阔，各自畅游。只是多了一件行囊，心底埋葬了一个不为人知的名字。爱你，是不会再提、不会遗忘的约定。

一生一会，当门相送。多少爱结局凄厉，感伤不堪回首，这遗憾却并不妨碍人们幻想着、执着地爱下去。

你我相逢于这黑夜的海上，你有你的、我有我的方向。就将它当做人世间一次无意的邂逅，一场年少荒唐。欢爱本无常，无须挂怀。唯愿，你还记得这交会时的光芒。

情事已空，我所拥有的，不过是当时与你双目相对时，撷取的温暖。

我陡然想起一首古诗：“素腕撩金索，轻红约翠纱。不如栏下水，终日见桃花。”

那是幽情寂寂的女子独处深院。她生活优渥，日长无事，华服艳妆，独倚阑干，凝视着流水桃花，心中情意蜿蜒融入流水。潺潺流水令人想到高墙外的广阔天地。

看水中桃花媚眼初开，自由自在。桃花亦如宫中流出的红叶，是此生情思的信使。围城外的人遥慕荣华，想着攀龙附凤，焕然一新。围城内慨叹着身陷富贵，隔绝了天地。身不由己，心不由己。

情如流水，爱似桃花，如此惊心的美，惹人期待。没有爱的时候，我们都倾尽所有的虔诚，祈祷爱的到来：我想爱，请给我机会。一旦它到来，我们又心生疑惑，忍不住不做作，百般折腾，断不肯安生。

多少爱，人们习惯将悲苦归咎于天意弄人。其实都是叶公好龙，人自作自受。

在苏东坡的故事里，少年女子对年迈才郎的爱慕，可看做狐狸精艳遇书生的现实版。她当然不是妖，只是人间的待嫁少女，温柔纯情，小心怯弱。她一心仰慕他的才华，他在她心中伟岸如山。

在人前，日光下，她不敢轻易靠近，只敢夜夜潜身他窗下，听他朗朗吟诵诗文，触碰他被烛火投在窗前的影子，揣测着他在屋内的一切举动。她知道他是贬谪之身，身边已有妻妾。可这不能阻止她的爱意。

她就是这样卑微地爱着，不为人知地爱着，不见天日地爱着，心里不甘愿又甘愿。或许他会辗转得知，有这样一个女子对他生情，或许他不以为然，一笑置之。对一个成熟的男子而言，贸然接受一个年轻女子的感情是不妥当的事，他虽然豁达风流，却不是放荡纵情妄为的男子。

今夕何夕，良宴欢会；明日天涯，君已陌路。

果然他离去。一切还来不及开始，什么都没发生。她困于这恋意之中，被悲哀所煎熬，郁郁而终。等他回到此地，知道有一个妙龄女孩为他死去，叹息一场，为她写下一阕词：

> 缺月挂疏桐，漏断人初静。谁见幽人独往来，缥缈孤鸿影。
> 惊起却回头，有恨无人省。拣尽寒枝不肯栖，寂寞沙洲冷。

她是旷野中最美丽的一缕幽魂。那张忧伤的脸，在光阴之外向他深情微笑。他的词消隐了她的身，留存了她的精魂，她如那故事里堪怜的妖精一样，怀抱宿世的深情而来，不问对错，值不值得。

词牌名《卜算子》。可是谁能卜算自己的命运，参透命里的玄机？知道在什么时候能遇上什么人，会有怎样的遭遇？并非无情，亦非不懂，只是，除了这一阕词外，他别无他物可回赠。

用一生换一阕词，换他一声叹息。年轻的生命，未曾盛开已凋零。孰轻孰重？一定有人笑她痴傻，沉湎于自己酿制的幻觉里，轻易陷于孤绝的境地，将生命轻轻抛掷。然而她并不恨，亦不觉遗憾。因为有些人，是值得这样用生命去珍重待之的。

即使是没有结果的爱，命中注定与你没有未来，是劫数也罢，也甘愿。

庆幸他是懂得的，只是想象就了解她全部的坚忍和孤单，知道她“拣尽寒枝不肯栖”，此生只为一人去。

仍感激你。是你，让这爱重见了天日。

第五卷

浮生如斯

时间的灰烬

艳盛与荒凉

我在这里欢笑，我在这里哭泣，我在这里活着，也在这里死去；我在这里祈祷，我在这里迷惘，我在这里寻找，也在这里失去——时间如沙漠里的狂风沙，裹挟一切，爱恨悲欢，剩下了往事的灰烬。

姑苏城外，一壶清酒，一树桃花。桃花树下，女子朱颜酡红，似醉非醉。他说，我走了。扶醉起身，策马绝尘而去，他头也不回，马蹄声撩拨起夜色，惊破了她的心水。

她痴痴地笑着，直到再也听不见的马蹄声，看不见他的身影，她一下子惊醒了。怅惘，不知所措地站起，倚着桃树。

足踏落花起舞，桃花凝血，她不怜惜。清月冷照，翩然远去的他来不及知道，她的泪水是为他而流。他亦不怜惜。

他不会回来的，她知道。他是这样轻薄随性任意妄为的人，从不轻易为一人一事驻足，时而又会轻易地随处留情抛洒情苗。偏偏，她喜欢肆意纵情的他，如果不是，不是这样无所顾忌的人，谁敢来撩拨冷酷端严的她？

往事从来无法抽刀断水。我喜欢，从若隐若现的话头里拾取过往的端倪，掂量一段旧事的重量，譬如慕容燕（慕容嫣）幽幽冷冷地说：“那天在姑苏城外的桃花树下，你借醉抚着我的脸说，你如果有个妹妹，我一定娶她。你明知道我是女儿身。”

一句戏言，误了一生。对一个孤独了太久的人而言，一刹那的心动，就是毕生不可卸除之重。

在我心里，这句话的背后，隐藏着一个未及舒展开的故事。它明艳照人，也哀婉凄绝。

故事开始在桃花树下，数年之后，他们在荒僻的酒馆相遇，他果然忘记了她。

她悍然拔剑伤了他，几乎要了他的命，却最终没有忍心杀他。多么苍白的重逢……我心深藏无一刻放下的你啊，早已视我为陌路。锐利的剑刺穿了你的身体，也唤不起你的记忆。你看不懂我眼中的波涛汹涌，只当我是江湖上普通的寻仇人，甚至记不得亏欠我什么。

寻仇吗？不，我是来寻情的。情比恨更不堪负荷。我珍而重之，你若无其事丢弃，教我情归何处？

我曾无数次地设想过与你相遇在人海江湖。只要你还记得我，只要你还未忘却曾经的誓言，我会微笑对你，会把这么多年的心伤委屈统统抛之脑后，与你欢好；就像我们从未分离、我从未受伤那样。

当幻念被重逢时他的漠然无谓打破，她又缩回到那个冷酷的男性角色（慕容燕）中——谎言为妹妹（慕容嫣）不值，不杀黄药师不足以泄愤。

实质上她更恨自己，恨自己与生俱来不能摆脱的责任，明明是女子，却要扮演男人，为一个虚妄的复国理想，湮灭了一生。黄药师的不负责任，让她错过了唯一一次救赎，借爱遁逃的可能。

太期待被爱，太容易被伤害。他犹如漫天花雨，是她躲不开的桃花劫。

遗憾的是，在黄药师的心里，那朵致命的桃花永远不会是慕容嫣。他毕生难以忘怀的人也不会是她。他爱慕的是，那远在东海之滨寂寂终老的女子——欧阳峰的大嫂。

每年一次桃花开谢的时候，他都会前往沙漠去见老朋友欧阳峰，做她的信使捎去惦念。一路寻来，遇见多少的女子，有的名唤桃花，有的身在桃花树下。他纵身扑入桃花所编织的幻象中，一路任性薄情，爱过很多人，伤过很多人，只以为她是她。

到最后才明白，这是徒劳的，没有人能取代她。

辛酸的信使，痛苦的收信人。两个男人一期一会，谁也不会多说一句，不会提到她。心里不言自明，他是替她来看他，他只要等在这里，每年见到这个人，就可以得到她的消息。

为逃避内心的挫败感，欧阳峰隐居在这沙漠里。她曾是他的爱人，却因为对他失望而负气嫁给了他的大哥，成为他的大嫂。她要他毕生后悔，她做到了！失意的他不肯承认自己失意，转身离开白驼山，来到荒芜的沙漠，宁愿整天对着沙漠不停变化的光影遥想她的面容，也不肯回去看她一眼。

这些倔犟、乖戾、决绝、自伤的人们。

欧阳峰在沙漠里孤独地活着，他把自己扮演得狠毒且无情，做着不人道的杀手生意——他是杀手经纪人，很时髦的职业。怂恿着别人的仇恨，杀人报复。由此他遇上了很多人。一心要杀了黄药师的慕容燕，一心要杀了慕容燕的慕容嫣（这只是一个人的两种身份）；一心想回家乡看桃花的盲剑客，一心要为弟弟报仇的贫女；一心行侠仗义、闯荡江湖的洪七；一心追随丈夫的洪七质朴的乡下老婆。

兜转纠缠。每个人的执念都不同，这些人之间有着千丝万缕的联系。慕容嫣不肯面对感情的挫败，请欧阳峰代为杀死慕容燕。她觉得哥哥是阻挡她爱情的绊脚石。若当初没有慕容燕的身份，黄药师就没有借口推搪，他一定会娶她。

慕容燕一定要杀死黄药师，或是黄药师最爱的女人。他其实一直知道那女人在哪里，可他没有下手，他觉得如果杀死了她，就坐实了她是黄药师最爱的女人这个事实，他拒绝面对这个事实，所以他一直不肯下手。

身为女身的慕容嫣，幻想着有人要来杀掉自己。她期待自己被杀掉，这样她就能成为黄药师心里最爱的女人。可惜，最想杀掉她的，只有她自己。

每个伤心人都有不肯直面的过往。欧阳峰听慕容嫣絮叨着自己的伤心，迁就着一个人格分裂者的错乱，把慕容嫣当做自己的大嫂来爱抚。他和她都知道，心里想的是另一个人，闭上眼睛放纵的暗夜，情愿互相配合着，把枕畔的她/他，当作朝思暮想的她/他。

她问，告诉我，你最爱的女人是谁？他说，就是你！曾经有人问过他同样的问题，他没有回答，换了黄药师的身份，他发觉这个肯定的答案并不是很难说出口。

她是他离乡万里，自我放逐，却依然割舍不去、魂梦相依的那朵桃花。

爱的迷乱纠结。每个人都坚守着自我，遗失了自我。清醒纯真的只有一个洪七。他会为了一个鸡蛋帮一个贫女开罪太尉府的一帮刀客，哪怕代价是失去一根手指，也在所不惜。只要他认为是对的，只要痛快，他就去做！

事后他说，我觉得我的刀不够快了。因为我的信念动摇了，不再直接，不再痛快。洪七伤口感染差点死掉，原本坚贞不肯卖身的贫女，为救洪七放下了自己的坚持。她爱上了他，为他筹措医药费，甘愿付出自己最难付出的贞操。知道他是有妻子的，她默默离去。

洪七是救赎她的桃花，她是洪七救命的桃花。

纯真的洪七决定离开欧阳峰，护持自己的信念。欧阳峰看着洪七带着自己的乡下老婆闯荡江湖，看似百毒不侵的他由衷地羡慕、嫉妒。

他想起自己一意孤行的年少时光，为了扬名立万抛下爱人，当有一天他想回去的时候，他发现已经回不去了，她怀着对他的爱，恨恨地嫁给了他的哥哥。

心知这是刚硬的、成型之后就无法转变无法挽回的关系。她大婚之夜，他潜回白驼山，内心是恐慌的，才会声声逼问她，跟不跟他走。她硬起心肠说不跟，就是要他后悔。迁就了他这么多年，她终于厌了，不肯再迁就。

要很久、很久、很久以后才知道，后悔的那个人是自己。她倚着小轩窗，手中花开正好，她眼神迷离地望着窗外，幽幽地说，我一直以为是我赢了，直到有一天看着镜子，才知道自己输了。在我最美好的时候，我最喜欢的人都没有在我身边。如果能重新开始该多好!

花容寂寂，凋零在即。肝肠寸断没有声音。她一直希望借黄药师的口告诉他，我在这里等你啊！希望他回来却倔犟地不肯明言。

他是她放不下的那朵桃花。一旦她放下了，她的呼吸也停止了。

黄药师是心怀嫉妒的，因为嫉妒，他始终没有告诉欧阳峰她在哪里。其实他们都害怕被拒绝，迷信得不到的才是最好的，情愿因此耽误一生。

她是他得不到、忘不掉的那朵桃花。

她死之后，黄药师带着她给的一坛酒去见欧阳峰。他独自饮下她酿的酒，咽下心头的苦涩。前尘尽忘，只记得自己喜欢桃花。后来，他隐居东海上的一个小岛，自号桃花岛主。

第二年的春天，欧阳峰去到盲武士的家乡，一心要回乡下看桃花的他，发现家乡并没有桃花，只有一个徘徊在水潭，终日与马相伴，叫桃花的寂寞女人。当欧阳峰看到那名叫桃花的女人哭泣的时候，他突然懂得了，一个失去爱人的女人能有多寂寞，多伤心。

他想到她，想回去，来不及了。

当年桃花结婚后不久，遇上了前来做客的黄药师，她不能抵抗这俊逸邪气的男人，不由自主地背叛了丈夫。短暂停留的黄药师离去后，深爱她的丈夫也离去。她一个人守着一匹马，等在乡下。她以为他们中总有一个人会回头，不承想他们都没有回来。

当她看见欧阳峰身上的汗巾，她知道，丈夫永远回不来了。看不见桃花，她曾经为之迷恋的男人也不会回来了。

雁渡寒塘，她不过是他路过的桃花。她却因他错手放过了真心相待的人。

又或许，即便代价如此惨痛，桃花亦是不悔的。她爱的是黄药师，不是她的丈夫。她嫁作人妇，只为了在那个时候遇见他，而后开始一生漫长无望的等待。

就像慕容燕（日后对影练剑的独孤求败），若容她再次选择，她是会选择和这个人擦肩而过永不相识，还是宁愿选择为他心碎，终生不忘呢？答案藏在心里，不得而知。

就像那只着火的鸟笼。透过竹篓透射的光影，一如爱情给予我们的千疮百孔。所有的爱恨缠绵，都消磨在时间里，成为灰烬。往事在那坛“醉生梦死”的酒中浮浮沉沉，是感情太重，一生太轻。情重认真如你我，竟当不起一个轻浮玩笑。

很多人会以为我是对《东邪西毒》念念不忘，错了，我是对那贯穿始终的桃花念念不忘。要命的桃花呀！不经意间，我们可能遇见了命中无法躲闪的桃花，为之千回百转心神俱伤。又是不经意的一个驻足，一个注目，一个微笑，一句轻言，转身成为别人命中的桃花。

谁是谁的劫数，谁又是谁的救赎？

金庸的武侠世界里，我终是纠结于小郭襄来迟一步。年少时遇见了杨过这样绝世的男子，太华彩的开始，注定了后来的心如止水。毕生流连在他带来的幻象中，不能走出。一朝明了连他也如梦幻泡影，世间还有什么割舍不下？

王家卫的电影世界，我始终纠结于《东邪西毒》中诸色人等的遗憾、等待、错失。全心地爱，坦然地忘，说得容易，做到多难。爱是一场多败俱伤的轮回，每个流亡的人都是辜负者和被辜负者。如果我们不赦免自己，没有人能赦免我们。

那年，在西藏阿里的冈仁波齐脚下，饮过王家卫送的“醉生梦死”，想起他又开了这个玩笑，忍不住笑。感受着时间不动声色地流失，想你的拥抱，谁给我拥抱？

又有谁知道，我转山转水转佛塔，只为今生与你相见。

桃花落影，碧海潮生

温柔和冷清

一面镜子永远等候。让她坐到镜中常坐的地方，望着窗外，只要想起一生中后悔的事，桃花便落满了小岛。

那天在机场看见《东风雨》的宣传海报。豪华卡司里曾江的名字赫然在列，勾起了我对这个老戏骨、老男人的一番相思。

在我小的时候，曾江演了桃花岛主黄药师。先是他未出江湖，众人口中传扬已引人神往，其后惊鸿一现，一袭青衫，横一支玉箫，森冷面具，摆明了姿态拒人于千里之外，那份冷傲更添神秘。

虽然他出场是阴森的场景和音乐，小小的我竟满心雀跃半点不怕。待到他除下面具现出真容，宛如梦中情人走到眼前，简直帅得让我顶礼膜拜啊！所以我后来看到郭襄见杨过除下面具的一段，心领神会那种极磅礴的喜悦。他予她华丽的精神冲击，此后漫漫岁月不可复制，不可再现，无可取代。

“皎皎白驹，在彼空谷；生刍一束，其人如玉。”其时他人到中年，正沉郁沧桑，风华正茂。情劫磨砺得他越发沉着。而她初入江湖，视江湖为游园会，是那邻家欢喜赏春的少女，暗自要去淘气。十六年前的一段因缘，而今骤然交会。如那淡白流星滑过幽蓝海面，注定有事发生。

那一年，将一生改变。他是世无第二，又这般举重若轻，慷慨侠义。少女钦慕英雄，其他人自动沦为无关紧要的背景，她眼中看不见别人，唯见他青衫萧瑟，掩不住灼灼之态；他为她襄阳庆生三件大礼，惊动天下豪杰。后来又见他携小龙女飘然而至，击退蒙古大军，救苍生于危难。好男人亦需好女人来映衬。他身边的女子皎若梨花，浑似姑射真人，益发衬得他举世难得。

有生之年狭路相逢终不能幸免。怪只怪他出现得太早，她太小，太年少就遇见了太出色的人，叫她以后拿什么比较？其后天涯思君不可忘，是理所当然。此花开尽更无花。虽然心花葳蕤，却是寥落无措。总不能叫她将就，辗转余生。他成了她心里不可到达、不可逾越的高峰，后来，她浪迹天涯，走过那么多地方，见过那么多的人，爱的却只有他。

亦是他的不凡，成就了她的传奇。

我所说的这些人，从不曾真实存在过，但这无关紧要。经过这么多年，我再看曾江，依然心花怒放。自知是很固执坚持的人，喜欢的东西会一直喜欢，喜欢的人更是如此。譬如，曾江、江华、吴彦祖，不在乎他们红不红，还活不活跃，重要的是情怀不改。

我不过是个俗人。我爱的正常女人都爱——中意的男人一直是亦正亦邪的，修长眉目，轮廓分明，不经意间，眼神流露不羁，下巴的弧度坚毅中透着温柔，眼角眉梢自有一段抹不去的风流。

这世上有一等男子，不管岁月如何洗涤，依旧昂然如碧树，红尘中穿身而过，身边桃红柳艳，他自内心笃定，亦是温柔酷冷，浅浅一笑，误尽多少红颜年少。

有些人不是用来爱的，仅仅供人慕恋。许你知晓，他山还有风光艳绝，甚或你用心修炼，也难以到达的境界。

那天看新华书店的排行榜，一看就笑，武侠小说类还是金庸独占鳌头，这世上恋旧的人真不少。

我是从来不敢去看金庸修订的大作的。虽然年纪不大，心脏也受不了那个刺激。我还是愿意记得，在东海的桃花岛上，有一个男人叫黄药师。他爱过的女人叫冯蘅，他生了个女儿叫黄蓉。这是属于我的记忆，连给予我这记忆的原创者也不可褫夺、擅改。

桃花影落，碧海潮生。他的故事，无须再重复。我只是发现，去读一些旧作，就像是故友万里，归来对影，你去探探他，总会有不一样的感觉。

小的时候，虽然也能读出黄药师的孤独，感慨却不很深。如果现在问我，你愿意成为黄药师那样绝顶聪明的人吗？你愿意被那样绝世难得的男人爱上吗？我的回答是坚定的：不愿意。

原因很简单，我宁可把自己修炼成游戏人间的神仙，体验柴米油盐的烦恼和乐趣，也不愿把自己打造成一个餐风饮露的世外高人。就算有幸被这样的人爱上，我也会压力过大，日日担心情深不寿，好物难坚。

太聪明并不是什么好事，会很容易感受到孤独无趣。以超过一百八的智商去看待身边的人事，很容易就有快感，却很难真正快乐。你转眼就看明白了别人的前因后果，知道他症结所在，他却抵死搞不清楚你在想什么——高处不胜寒。

自己遛自己的影子，清风冷月的，多寂寥。

黄药师几乎已经无所不能，琴棋书画、天文地理、奇门遁甲无所不晓。大多数人做起来倍感困难的事，于绝顶聪明的人，不过眨眼工夫。太出类拔萃了，所以大部分的时间里，他只能跟自己玩，漫不经心地研究着别人可能一辈子只能入门的东西——吹吹箫，练练武。多余的时间，要做些什么才好呢？

他心里的凄清，只有黄昏的海浪、月下的桃花知晓。

重出江湖找回女儿，算是他给自己的理由，他给自己安排的任务。真的找到了，也没见他怎样。他只要知道她过得很好，很快乐。聪明如他，比痴愚的父母更清楚，女儿是要长大的，离开是不可避免，他只能目送。疼爱她的方式就是成全她的选择。

再深的情感都只能静默、折回，插入心底。她已经和别人生死相许。他不能拉着她相伴终老——女儿再乖巧可人，不是她留给他的私物。

黄药师的孤独，不在于冯蘅死去，而在于这样聪明温柔的女人死去之后，再没有人跟他过柴米油盐的生活。她的离世，将他生之乐趣抽走大半。他并非不需要生活的琐碎温柔，也不是没有七情六欲。只是他有感情洁癖，清高到不屑再去寻找另一个某某某耗费精神。

一生一人，一人一生，于愿足矣。她给予他的短暂光阴，抵得过别人冗长乏味的一生。

别人总说，面朝大海，春暖花开。可他面朝大海，只看见孤帆远影，海浪无休止地翻卷着，倦怠地诉说着谁也听不懂的心事。

举世难寻一知己，谁人解我曲中意？他的知己都是敌手，总不能时时拉着敌人秉烛夜谈、把酒言欢。没有人知觉，连他自己也不承认，整个人被活活地吊在半空，回忆是他慰藉自己最好的方式。往事能给他最深的慰藉，他宁愿被往事控制，重复地思念。

谁说死者已矣，记忆总是日复一日卷土重来，不可毁灭，不肯罢休。

他的女儿承袭了他俩的聪明，长成桃花般明艳。她长大了一样会去寻觅自己的幸福。甚至于，因为父亲在她心中如神一般，可敬不可亲，她宁可远走高飞，找一个忠厚老实资质平庸的人相爱终老。他的孤傲清高，惊怕了她。

金庸的精妙在于，他没有细述黄药师如何恋上冯蘅。当冯蘅出现的时候，他们已经结为夫妻，成为别人眼中的神仙眷侣。这段恋事，怎么写都俗，唯有通过第三者的口中闲闲道出，引发了多少精彩想象。

事实上，两个绝顶聪明的人相爱，反而会甘心静默，此时无声胜有声。不屑去花费心力斗智斗勇。爱情说穿了不就是你来我往那么点事吗?

心意相映是闲花照水，不要征服，只须契合。一眼看过去，就知道你是我的宿命，是我寻找的人，像等待重逢的镜子天衣无缝团聚在一起。

假如是天作之合，遇见时男未婚女未嫁，何必兜兜转转，自己折腾自己？只有性格略有差异，又互相吸引、互有索求的人，才会在爱里辗转，求知求解。爱得波澜壮阔，荡气回肠，多少精彩的爱情，都拜普通人万死不辞的苦心演绎。

他在岛上遍植桃花。想必她或他、他和她都是深爱桃花的人。想那嫁娶之时，她如桃花般静婉，他心似桃花般悠闲。两人必然想过岁月静好，此生偕老。与许多劳碌的人不同，他们有避世的心愿，也有避世的能力，远离尘嚣，守着一方净土，不被打扰。

古人说情深不寿，强极则辱。这话用在黄药师身上最合适不过。若不是太好强，他也不会对《九阴真经》念念不忘，巧计谋夺。以他的武功，纵然不是天下第一，第二、第三，第四总是轮得到。真正的高手到那个级别，差距只在毫厘。

黄药师心思吊诡。事实上你知道，《九阴真经》到手之后，他也没正经看过，连累爱妻丧命之后，他就更不看了。如果当年他能放一放执着之心，就不会有日后半世负疚之心。

有一阕《清平乐》这样叹道：

> 桃花开了，流水余香绕。镜里朱颜惊未老，却问比花谁好?
>
> 朱颜不似花红，花红毕竟无情。若是桃花情重，纷纷红泪飘零。

桃花岛本是忘忧岛，现在却成了满是伤心的回忆之城。他固守在此，不忍离去。外面也没有他看得上的人。睡不着的夜，他应该是这样，孤独而温柔地对着大海，对着桃花，对着月亮，内心如夜海沉默，箫声悲切悠凉。

就算没有知己来和，就算永远没有知己来和。

他是刚强到无泪可落。满树桃花凋零，是他心里的血泪，无处言说的温柔、悔痛。

桃花岛上还困着一个心如顽童的男人。他与黄药师不一样，似乎终其一生，他都不为情爱所困，心如赤子，毕生爱武成痴。他平时玩玩闹闹，好像也不大记得当年在云南大理皇宫，有一个艳若桃李的女子为他情动，为他情伤。

别人终生不忘的邂逅，于他只是孩童间的游戏一场。当他的师兄唤他，他惊觉，哦，闯祸了！师兄叫我回家了，那我就走啦，拜拜再见。心无挂碍到叫你恼他不得。唯在他命悬一线，昏迷不醒的时候，心底的旧事翻上来，听他喃喃念道："春波碧草，晓寒深处，相对浴红衣。"你才知道，原来他也是在意的、挂念的，他也用了情。

暗恋桃花源

——乌镇西栅

悠然与迅疾

春水明如镜，桃花雨带香。江南春色明净姣美，看着桥上的行人，光阴就这样随着行人的脚步悄悄地溜走了。

住进西栅临水的屋子里，窗外就是幽幽绿水。夜深沉，艄公和渔夫都消失在河面上，水面是一面光滑如丝的黑色镜子。温软的橘色光影，微微摇曳，看起来像一朵朵莲花。

我趴在阳台上，抽了一支烟。夜风吹过来，丝丝凉意。想起白天他们从河面上经过，相遇，打招呼，相视一笑，亲切得就像一家人。现在他们都归家，也许早已进入梦乡。我也掐灭了烟，躺回床上，抬头看见乌木的横梁，心里觉得，这就是人间的桃花源，而我是那武陵渔人。过客的惆怅又弥漫心中。

住的房间是刘若英来乌镇宣传时住过的，作为乌镇民宿的样板间，很多人慕名前来。我是第一眼就被这临水的洒满阳光的木制露台吸引，坐在儿时那种小藤椅上，对着水发呆。阳光晒在脸上，痒痒的，好像被人逗弄，轻啄亲吻一样。

来到乌镇几天，我的作息变得正常了许多。每晚最迟十二点也就睡了，这在北京，是很难办到的事情。可知一个地方，对人的影响真的很大。

睡梦中，听到河面打桨的水声，就知道有船经过。坐到堂屋的八仙桌边能喝到房东叔叔磨好的咖啡。早餐中西合璧，任君选择，丰富得让人想哭。可爱的房东阿姨会一直很体贴、很热情地问，要不要加点小菜？粥够不够？不怕你吃得多，就怕你吃不好。多年出差在外，习惯了星级酒店欧陆式早餐，彬彬有礼不过不失的服务，似这等亲情式的，反而会让人放松、亲切，又因着陌生，生出浓浓的感激。

乌镇民宿的经营者多半就是房子的主人，西栅整修之后他们由镇外返迁回来，回到熟悉的生养之地。房子里沉淀下来琐碎温柔的生活气息，如旧梦，妥帖如旧衣。生活在此处，自身就有了归属感。几乎每一栋民宿的阿姨和叔叔都是一样的热切体贴。

我喜欢他们妥帖的人情味，江南人特有的细致、热络。就像《桃花源记》里的村民：“余人各复延至其家，皆出酒食。”淳朴而热情，见到远客来会倾其所有招待。每当我吃得很满足的时候，阿姨和叔叔也露出很满意的表情。如果说有什么让他们介意和失落的事情，那就是客人对他们的招待不满意。

信步在老街上，走累了就坐在河岸边，喝一杯胎菊，看身边年轻的男女追逐嬉闹。他们是很幸运的，很年轻的时候就能拥有一个淡泊安宁的环境。出生、成长在这里，生活清淡喜人，享受着很多成年人在外苦心寻觅的宁静。

我总是在想，这里的人是不太适应去外面的，就像桃花源的人不能适应外界激烈的生活。心里会疲累，觉得不甘。有了一个美好的标准比较，会觉得有些奋斗不值得。但也许现在他们自己并无意识，还想着要出去看一看，闯一闯。

民宿倒映在河面。杨柳如丝，乌灰木屋灰白门窗，简约饱满的色调，浓郁质朴的生活气息，偶尔有人撑船经过，遗下一线涟漪，波影如碎金。

春水明如镜，桃花雨带香。江南春色明净姣美，看着桥上的行人，光阴就这样随着行人的脚步悄悄地溜走了。喝着茶，唇齿里丝丝余香。有那么一个瞬间，觉得自己提前成为了养老族，在一个山明水秀的地方静静老去也很好。

乌镇，西栅。是一个适合回忆的地方。抑或它更适合一些有故事的人，安静地生活，忘却启程。一段故事的开始和结束。

这两天去黄磊的酒吧“似水年华”拍照、蹭网，和管事的厮混得熟了。前几天乌镇巨冷的时候，这个酒吧是全镇最温暖的地方，就恋上了。

偶然地，在书架上找到《暗恋桃花源》的剧本。这是我非常钟情的一部话剧。它有如新径，我得以由此进入古老的桃花源，看见别样的风景，挖掘到更深邃的意念。在西栅这个如桃花源般静美的地方重读，委实别有意趣。在一个气场投契的地方，思想得也会更多。

暗恋，桃花源

放下与舍弃

放下，并不等同舍弃、忘却，而是为了更好地纪念。风起，每一阵桃花飘零，都承载着对故人、旧事的思忆。

容我来为你们复述：台北。某个管理混乱的剧场。有两个话剧剧组同台排戏，一个剧组是《暗恋》，一个剧组是《桃花源》，两个剧组交杂在一起排戏，互为经纬，上演了一场荒诞深刻、悲喜交集的故事。

《暗恋》讲述的是一个关于情结的故事。流亡的一代，于时代的动乱中遗失了自己的爱情，年老时相逢，依旧耿耿不忘却只能默默无语。《桃花源》则翻新了陶渊明的故事，为武陵渔人设置了一个丰饶的前生。

暗恋是一种漫长摆荡的情愫，它可能终其一生都会存在，桃花源如禅意般吸引，是遥远的乡愁所系，梦中想要抵达的地方。

武陵渔人老陶，是个懦弱的男人。一个本就碌碌无为的男人被生活磨折了意气，难以找到自信。和尘世中无数困顿的男人一样，老陶陷入和妻子春花琐碎的争执和对自己深深的失望之中。他明知妻子春花和邻居袁老板有奸情，却又自欺欺人，不肯揭破真相，情愿得过且过下去。

这被生活阉割的男人，终于不堪忍受妻子与情夫越来越昭彰的偷情，抱着一死的决心愤然到激流汹涌的上游打鱼。这种冒险行为，于一个懦弱的人而言，也许是解脱，也许是超越。假使成功，他给人懦弱无能的印象可能会得以改观。

结果，老陶无意之间闯入了另外一个世界，这里和陶渊明笔下描绘的一模一样：“芳草鲜美，落英缤纷”，“男女衣着，悉如外人”。

失意者陡然来到桃花源，无所适从。命运如此乖蹇，你不知道自己会经历什么。闲逛之间，老陶看见了一个长得和春花一般无二的女人和一个和袁老板长得一般无二的男人。他大为惊恐。他们是挥之不去的梦魇吗？竟然追到这里来。

令他更加惊恐的是，这两个人居然像孩童一样天真无邪，他们身着象征纯洁和宁静的白色长衫，举手投足间对身边的事物充满关爱。对老陶没有讽刺，没有言语伤害。他们对他的不设防，耐心开导——开始的时候，这让老陶百般不适。他并不愿直面自己的失败。

而在世界的另一边，扫清障碍，成功生活在一起的春花和袁老板同样陷入了无休止的争吵和对对方的不满当中，积怨像癌细胞一样侵害了他们的生活。一对原本以为从此逍遥快活的男女看到的是生活的满目疮痍。男人嫌女人不像做情人时那般温柔体贴了；女人看出男人志大才疏、好高骛远、整天只会说嘴，有时想起来，还不如老陶，这真是一蟹不如一蟹。

原来不幸的婚姻真有这样的摧毁力，拉近了距离，却让彼此变得面目可憎。连对方的眼屎和呼吸的口臭都能见到闻到，也成功地终结了浪漫和梦想。婚姻生活就像高倍放大镜一样，看见对面的那个人都已经失真，成了面目狰狞的变形人。

等到老陶再度出现的时候，他已经换上了象征纯洁和宁静的白衫。如同唐僧脱去肉骨凡胎一般，老陶疲惫的心灵经过桃花源的洗涤，已经焕然一新，充满自信和包容。

老陶从桃花源里出来，觉得这个地方太美好了，他要回去带春花来。如果袁老板不介意的话，他也可以一道来。因为老陶已经放下了关于情敌和伤害的执着。他可以全然地接纳春花和袁老板，接受他们的不完美。

你还记得吗？在陶渊明的寓言里，有这样一句话："乃不知有汉，无论魏晋。"桃花源有一种魔力，进入桃花源的人就要学习告别过去，遗忘历史。

回过头来，才发现陶渊明无意间早把获得快乐和宁静的秘诀传授给后人。那就是遗忘、舍弃、放下。

如果过去意味着伤害、耻辱、羞惭，那就不要再作茧自缚。怨恨就是拿别人的错误来惩罚自己。只叹过往众生，如盲如聋，参悟不透文字大道。知易行难，古往今来更没有几人能真正做到。

可想而知，属于失踪人口的老陶出现在为生活所困如盲如聋如痴如醉的春花和袁老板面前，会在那个原本已经混乱不堪的家庭中掀起怎样的轩然大波。老陶失踪或已死，正是他们能够顺理成章走到一起的理由，现在他居然回来了！怎么办？他为什么还要回来呢？

春花和袁老板执迷地觉得，阴魂不散的老陶是来破坏兼复仇的。纵然老陶已经化身为天使来接引他们去幸福的地方，他们的双眼仍被一望无际的怨怼遮蔽。任老陶连比带划说得天花乱坠，他们不会相信世上有桃花源这样与世无争的地方，更不会相信，老陶是来接引他们去那个地方的人。

幸福只差一步便触手可及，却要被悍然推翻。有太多的人被生活折磨得失去想象力。丧失了对人的信任，怎能再拥有美好的信心？他们情愿凶悍地龟缩在困顿里止步不前。

争执中，春花和袁老板只知抱紧怀中的幼儿，却不知拥抱内在的孩童。

众生难度啊！难度众生！我在经典中看见无数圣贤者这样感慨。因你所指向的，他都视之为虚妄，而虚妄的幻象，他又矢志不渝地抱紧、相信。

你手指月，他着意手指。无可奈何。

相信觉悟后的老陶也是同样的苦恼无奈。一片鸡飞狗跳中，他只得黯然转身离去。他们还与过去的恩怨纠缠不清，而他若不想再夹缠其中，回到桃花源去，就必须释然。

在另一个世界静静守望混沌的红尘，这世间充斥着相聚和别离。接受世界的不完美，就是接受改变不了的现实。

放下，并不等同舍弃、忘却，而是为了更好地纪念。风起，每一阵桃花飘零，都承载着对故人、对前尘旧事的思忆。

只是，你们不知道，我将重重心事写满了桃花。

我在这里，等着你们来团聚。

我爱桃花

真心与假意

人人都爱桃花，爱桃花的纯美，爱桃花的柔媚。爱桃花粲然无害，一如初见时捧出的真心。我们渴望在桃树下长梦酣眠，什么挣扎苦痛都没有，睁眼时就是地老天荒。

如约去保利看了邹老师的话剧《我爱桃花》。之前看剧本时，已深为邹老的才气折服，文字已叫人几番低回，何念导演得相得益彰，看过演出感觉更是震撼。

简约但非常美的布景。白色纱幔，桃花细柔开在净空。开场便是细雨夜。张妻与冯燕床上缱绻，偷情已近尾声。冯燕下床吟诗："帷飘白玉堂，簟卷碧牙床。楚女当时意，萧萧发彩凉。"抒情毕，男人准备拔脚开溜，结束今夜的缠绵。

张妻恋恋不舍，几番着意挽留。看得出男人只是贪恋风流，急于脱身。女人却是真心眷恋，不舍心上人走脱。春宵苦短，妙人留得一刻是一刻。

两人拖拖拽拽情意绵绵之际，正主儿张婴归家。

饮醉的张婴借醉在家里捉奸，阴错阳差间被张妻敷衍过去。冯燕躲在米缸里心急如焚。一个不慎，他遗落的巾帻被张婴坐在屁股底下。冯燕担心明晨张婴起身看见巾帻，发现奸情，一时竟不敢走，想取了东西再撤。他连比带划，张妻却会错了意，取了张婴的刀来。

“秋水一般的宝刀，秋水一般的宝刀啊，借你一用，杀出个幸福来！”这是张妻狂喜之下的告白。一心要与情人杀出个未来的她，以为情人总算坚定了心念，愿意为她一搏，文弱书生不惜杀人。这正是她求的，磅礴足以颠覆生命的爱意！此夜，在她的情话、情泪的催化下，这段纠结了三年的婚外情，就此能修成正果。

男与女在感情中求索的不同，经纬分明，男人要的是花开的过程，女人求的是结果的结果。

冯燕接刀在手，又惊又怕。他从未想过为这个女人去赴汤蹈火，为她杀人更是敬谢免提了。他从来只视她为生活的调剂。一朵开在别家小院的桃花，看起来分外妖娆。因为是别人的老婆，翻覆在别人的床上，云雨起来别有激情滋味。

此时她竟递过刀来，声声逼他杀人，犯得着吗？这不是颠覆他精彩安定的生活吗？冯燕陡然自这情意蹁跹的桃花中觉出深浓的杀机来。她妩媚的眉眼看起来如此狰狞。眼前这个女人蓄意谋害亲夫，还要拉上他做垫背，他才不做这帮凶呢！

“结发的夫妻一丝情意都不讲，她自己不动手杀人，让我杀。今天让我杀张婴，明儿个还指不定让谁杀我呢，背不住将来我也要死在她的刀下。”冯燕心潮起伏。这般水性杨花蛇蝎心肠的恶妇，要来何用，不如就此一刀了结。

情节陡转，冯燕手起刀落，将张妻杀死。一幕唐朝的话本就此打住。初初看去，这不过是一出因奸杀人的戏。待时光转回现代，才发现另有玄机。却是一个剧团在排练。每每到杀张妻这一幕，就卡壳了。戏演不下去，饰演张妻的演员英子不干了。她总会死而复生，将角色带入，质疑演冯燕的演员假戏真做，对她起了杀心。现实中他是要断绝与自己的关系。

两人争执不休，一段现实中的婚外情被剧情牵扯出来。戏外的两个演员夹缠不清，戏里饰演张婴的演员反倒成了最不相干的局外人（他亦有自己的心事，婚姻潜藏着危机，只是还没到暴露的时候）。

穿梭在角色之间，梅婷的演出非常出彩，时而妩媚，时而痴狂。她将古代少妇对情的执迷和现代女性对情的疑惑表演得丝丝入扣。一面不依不饶地追问，一面又不肯直面。若然在他心中，她只是墙外一朵桃花，而非真正的心上人，叫她情何以堪？

无从得知他们之间从何开始，往日风光在言语之间若隐若现。可以将这故事看做是前世今生在延续，一段唐朝的公案，透射出现代人的感情问题。面对喜欢的人，明知不该开始，亦不能拒绝。开始了之后，想结束时却百转千回，无从下手。这问题在唐朝无解，到现在依然无解。

桃花的旖旎，是多情的引子。桃花树下的浪漫，意乱情迷之下，人会丢盔弃甲，单纯渴望恋爱的发生，捧出一片真心来。心似柔软春风，拂动情感的波澜。不计因果，亦不问对错。

人在生活中辗转，剧情还要继续。这致命的一刀要落在谁身上，是个难解的问题，每个人都有不该死的理由。

适才耳鬓厮磨，如今就要痛下杀手，这转折不能为张妻接受。张婴是无辜的，他一直装聋作哑，如此隐忍的一个人，不该突然间不明不白死去。他死了观众不干。这戏就落了俗套。

思来想去冯燕只能挥刀自杀，照这么演着又出问题了。用张婴的话来说："听着！你在我这儿接了刀，不忍杀我也不忍杀她，自杀了，那你就变得对她有情，对我有义。情义两个字都让你占上了。那你还不是英雄吗？你是英雄，那我算什么东西？"

冯燕自尽了，他就成了义士了。人性熠熠生辉，前罪一笔勾销。张婴觉得不值。无论谁死，这戏都无法演下去。讨论出来最自然的结果就是将抽出的刀插回去，将饱满的杀机用冰冷的刀鞘包藏住。

张婴继续昏沉睡去，冯燕带着肌肤上的温存走回深夜，张妻怀着来日的期盼入梦，妙人明夜再来相会。天下无事，皆大欢喜。

冯燕第二天来到张家。经过日常走惯的那条小巷，入眼是如此陌生，他怀疑往日的一切是癫狂的梦。情怀不再，枕边人也陌生如路人，隔着千山万水的路人。他敲门，居然恭顺守礼，只说自己是来取东西。

附着在桃花上的幻境消失，凄艳的伤口迸裂。一夜之间两人生分了。他们都清楚地意识到，昨夜那一刀已经斩下。宝刀出鞘不见血不回。冰冷的刀锋劈碎桃花，情根断灭。他们不能重新开始，一切都回不到最初了。

我在台下看张妻肝肠寸断，看冯燕犹疑不舍，欷歔不已。

翩翩桃花，独守空床，独对银灯，空叹凄凉，张妻的一舞将此生的热情都耗尽。为什么当他们拿出真心相对的时候，也到了他们必须了结的时候？

一念缘生，一念缘灭。你摆正了眼前人的位置，也就摆正了人生的位置，可取舍是多么不易，人有多么不甘。

三个人回到各自的生活轨迹中。像现实中许多寻常夫妻，出轨了再回来，彼此都心知肚明，也都若无其事。和这个人闹哄一场，换一个人地老天荒。每个人的人生都需要波折经历，不是这样不会懂得珍惜。

如果不是真的前世冤孽无法挽回，我相信没有几个人愿意刀兵相见，拼个你死我活。张妻还是张妻，和张婴相敬如宾，对冯燕以礼相待。这样的结局对三个人而言是好的吧！虽然遗憾。没有血溅五步的惨烈，免却了日后天涯零落的峥嵘。不管人心是多么桀骜、癫狂，现实总是有办法逼人就范。

当我们不再任性，不再为情癫狂，也就难再衍生等量浪漫。只是那男声的吟诵、张妻的自叹使我心生悱恻：

> 桐叶惊飞秋来到，芭蕉着雨，隔着那窗儿敲。听天边一声一声的雁儿叫，明月高，杵砧声中盼郎到。盼郎到，郎不到，害得俺对银灯独自斜把那鸳枕靠。薄命的人啊，可是命儿薄……自己的名字……自己叫，自己的名字自己叫。

爱不到，已放掉。舍弃了心爱的人，也许是最爱的人，绝不是丢失了一副头面那样轻易。剔亮灯烛，闲谈着别家的伤心事，自家的伤心事又有谁知？

最痛的伤口，总是埋在最深的地方，谢绝观赏。能说出口的事，已经释然了一半。深知身边的人，虽然朝暮相对，实不能让自己如愿以偿。可是再选择的代价太高，高到让人望而却步。

杜甫心情不好的时候说：“肠断春江欲尽头，杖立徐步立芳洲。癫狂柳絮随风去，轻薄桃花逐水流。”我为桃花叫屈。情事悠悠随水逝，轻薄的不是桃花，是迷乱的人心——有人在桃花下想着爱，有人在桃花下想着恨。情欲爱恨交织，桃花亦变得不洁。人心癫狂摆荡，故而波澜不绝。

人人都爱桃花，爱桃花的纯美，爱桃花的柔媚，爱桃花粲然无害，一如初见时捧出的真心。我们渴望在桃树下长梦酣眠，什么挣扎苦痛都没有，睁眼时就是地老天荒。

不要玷污桃花。假爱之名做下错事，还振振有词。张妻和冯燕不过是我们，都自私，都寂寞。渴望被惊艳，却不愿被惊动。喜欢走马观花，互相撩拨。拒绝泥足深陷，搞到自己狼狈不堪。

虽然大家都高唱着“爱的代价”，一副为爱冲锋陷阵的样子，但假使能够事先预知爱的代价如此高昂，视死如归甘为烈士的还有几人？

我的文笔太浅薄，写不出邹老戏中的跌宕起伏，心思百转，波澜壮阔。他是真的功底深厚，遣词造句精准，思想通达自在，身体里仿佛住着千万个性格各异的人。有大智慧的人，方能写出通透深刻的戏。他的戏就像潘多拉的盒子，不同的人走进去看见不同的风景，找到自己的位置。我听见观众不时发出会心的笑声和经久不息的掌声。这是对一个作者最真诚、热烈的回应。

“好日子就是好日子，吵归吵，闹归闹，真有一天劳燕分飞各自东西了，那些好日子也变不了！”

若盛开之后只待凋残，情愿半开不谢，留得情长意久。就让情事随风，愿你常驻我梦。你是缱绻春风，引我终生追逐，我是炫目桃花，招你注目停留。相爱，寂静。默然，欢喜。彼此不惊不扰，兴许有一日能同归桃源。

放生吧，莫再不依不饶。一心作无谓的强求，结局只能两败俱伤。幸福不只是我得到你。若然能恒久地爱着你，即使不能长相厮守，也没有人能褫夺我的幸福。我想起你，不论如何苍老都会心似少女。心有桃花，爱意不绝。

人总是试图用短暂的一生去衡量永恒。要多辛苦才能领悟：爱在当下，即成永恒。

这八个字如生如死，亦幻亦真。不是欺哄。

世有美人

牺牲与背叛

她出现在吴宫，莲步轻移，罗裙微动，明眸善睐。一株新桃皎然盛放，是他抵挡不了的艳美。她是隐而不发——越国复仇的最后一把利器。

在《美人何处》里，不知出于什么样的心理，我绕过了四大美人之首的西施。但昨夜，去国家大剧院看了邹静之老师的原创歌剧《西施》之后，忽然有了新的感觉，我决定再落笔写一写这个传奇得有些模糊成符号的女人。

有很多女人，她们在历史上的褒贬不一，且以贬居多。西施算是一个特例。也许文人们对于为国献身的女人们潜意识里还存了一丝敬意，是以在落笔时，宽容了许多。

没有人见过她，这吴越山水滋养出的灵秀女子。在传说中，她是一个美得无法形容的女人，你只可用文字去描摹她的美态，沉鱼落雁，闭月羞花。她一愁，水为之荡漾；她一笑，山为之青碧。

而她只是每日在这苎萝山下，浣纱江边，静静地浣纱。对着清澈的江水，梳洗着清丽的容颜。吴越争霸的战场上干戈未止，烽烟不息。吴王沉浸在不断传来的捷报和为父复仇的巨大喜悦里，越王勾践还在吴宫里做着马夫，尝着粪便，掩藏着自己复仇的火焰，做吴王乖顺的奴隶。

整个越国沉浸在朝不保夕的动荡和漫无止境的悲伤中。可在远远的世外桃源般的小村落里，一个村女的生活还是恬静的。

时光这样静远。有谁想得到，她这样一个弱不禁风、时时心痛蹙眉的女子，有朝一日会成为国之重器，化作一把无坚不摧的匕首，一点一点割去吴国的血肉，耗损吴王的雄心。她一身足以抵得过百万雄兵。

她出现在吴宫，莲步轻移，罗裙微动，明眸善睐。一株新桃皎然盛放，是他抵挡不了的艳美。她是隐而不发——越国复仇的最后一把利器。

勾践不知道。西施自己不知道。在范蠡没有遇见她之前，范蠡也不知道。

在传说中，年轻俊美的大夫，满心忧愁地打马从溪边过，一眼看到了浣纱的少女，立刻觉得春光耀眼，桃李绽放。她是河岸耀眼的明花。一心为国出谋划策的他，灵感迸发，找到了克敌制胜的法宝。男人的直觉让他立刻喜欢上了这个纯净如清溪的少女，同时也让他意识到这个少女具备让世间一切男人臣服的本领。

最美好的是，她自己并无意识。一个女子若然知道自己身负绝色之姿，必然滋生一种傲慢、一种骄矜。可西施并不知道。她纯美如月光下饮水的小鹿，如水边的一朵青莲，浑然不知人世险恶，她是这世间最美好的一块玉，任凭雕琢。

在歌剧里，西施一早出现在迎接越王归国的人群中，她目睹了越王所受的侮辱，深深地为越国忧伤，且听她深情地吟唱："越国啊，我为你忧伤，深深地为你忧伤。"

从张丽萍的歌声飞出的一刹那，我知道，邹老师赋予了西施全新的灵魂。她的高贵，并非不谙世事的清纯。她是忧国忧民的少女，从一开始，她就不是为了私情，为一个男人踏上了复国的险途。她说："倘若一缕光能把黑夜刺破，倘若一万次的牺牲能使伤口弥合，我愿为你被流放到天边啊，我要看到你的复活。"

散戏后，我和邹老师在回程的车里继续谈。我说，是否为了这样一个主题性的东西，伤害了细节。譬如说，很多的细节没有展开，西施内心的挣扎和矛盾没有体现。在歌剧里，西施是一个忠贞的爱国女英雄的形象。她为了她的祖国，献出了自己的身体，十年的青春。但她最终被无情地遗弃了。越国的执政者们为了自己的利益，将她冠以妖孽祸国的罪名，将她沉于江底。

这不是个纠结于爱或不爱的故事，这是个忠诚与背叛的故事。爱国者最终成了孤儿，被驱使自己的人遗弃。祖国的人民热切地护卫着他们，依然改变不了强权的意志。西施之沉，亦如屈原之沉般壮烈可悯。

邹老师是个极度热爱歌剧的人，他亲自设计唱腔、唱词。歌剧和话剧的艺术形式差异，使得创作颇费周折。他为这个剧耗费的心力，不亚于任何一个经典的电视剧，甚或更多。收入与付出不成比例。这些他毫不计较，一如罗瘿公或齐如山、翁偶虹他们介入戏剧创作中，不为名利，只是执拗地喜爱、迷恋。

我们戏称他为歌剧骨灰级的发烧友。兴致浓时，邹老师即兴高歌了一段，又细道歌剧之雅妙。一种好的艺术形式，形同一个好的容器，可以承载住东西，让不同的人体味出它的价值。歌剧作为一种已经成熟的艺术形式，如果可以将中国的文化、古老的精神，更流畅地传递到西方，这是一件多么好的事情。

我又说，两个半小时太短了，意大利的歌剧都是一看五六个小时。邹老师笑，你还觉得短啊。我说，京剧、昆曲，一看三个小时太正常了，我坐习惯了。

我们会意而笑。现在的年轻人都太躁性了，很难定下心来在剧场里不说话，默坐数个小时。这是个快销的社会，而我们在提倡慢生活，难度可想而知。

我所仰慕的，是他的渊博。他拥有深厚的文化底蕴。同样的题材，被他锻造出更高贵深刻的主题。他写出的唱词如《诗经》一般优美，如诗歌一般雄浑，不似我，艳媚轻浮。跟随在这样一个人身边，我每一次的学习都深有所得，纵然是熟悉的题材，譬如桃花、美人，都能让我想到更深刻的东西。

我喜欢歌剧里勾践的咏叹（“我回来了”）：“像风吹着草籽在荒野上奔波啊，我飞翔的心，终于回到越国；我的越国啊，在晨雾中鹿鸣的越国，在七彩的溪水上飘动着素手的越国，砍伐着檀木和剥开春笋的越国啊，我的像蚕吐出的丝，永拉不断的越国！我回来了，一个使你蒙羞的孩子，用破烂的丝绢擦着流泪的山河。我竟然回来了，越国啊，我是划伤你美梦的碎片，我回来了，我的越国啊，请原谅我！”

失败者的心是这样灰冷，唯有故国的明月可以照拂；失败者的耻辱，唯有故乡的清溪可以洗涤。

被放逐和回归，是一个永恒的概念。离开了母体，每个人都可以被看做流离在故园之外的孩子，只有死亡才可回转。我不禁想到，现在在城市里生存维艰的人们，他们何尝不是物质强权的放逐者，不能回归故里。所不同的是，勾践是被迫的，现在的人，是自愿地违心。我们沉沦在物欲里，一面痛不欲生，一面甘之如饴。

邹老师提示我，你注意到郑旦了吗？我有意将郑旦写成西施的另一面。我恍然大悟。郑旦的活泼正是西施的忧郁的反面，她原也是这样无忧无虑的少女，面对吴王的爱宠厚赐心神摇曳、动荡，几乎忘了自己的任务。郑旦欢欣地唱着："女人都喜欢闪闪亮的东西，都喜欢闪闪亮、闪闪亮的东西。"

她的喜悦是那样真，没有人觉得她不可爱。西施在旁心忧不已，因为郑旦是她的影子。郑旦彰显的欲望，是她潜藏的欲望。幸而伍子胥及时出现，一剑杀灭了她的欲望。她必须义无反顾了！可是她抱着郑旦的尸体哭得那么痛，那是另一部分的自己啊！正常的自己啊，就这样被杀灭了！她的体温，在她的胸口一点点流失，她必须站起来，舍弃那个身为女人的自己，做回一个女英雄。

作为一件凶器，是不应该有感情的。这是她的荣耀，亦是她的悲哀。

我想我明白了！西施对吴王的感情必须建立在对等的基础上。若她只是他美丽的囚徒，她心怀着屈辱，她视他为仇敌，心心念念只想着她的祖国，她是无法爱上吴王的。

也许要等到她被背叛，自沉于江的时候，她才能放下重担，爱上这个仇敌般的男人。他倾其所有地爱着她，她倾其所有地爱着她的祖国。他们都一样，是义无反顾的人。

"流云翻卷着波浪，连天的青草已变黄，仓皇的雁阵转身而去，命运啊，对不幸的人你现出了慌张……”

国仇、家恨阻碍了真心。他，失去了天下，掩面而死；她，倾覆了他的天下，可是，自己的家在哪里？国在哪里？

她完美地利用了他，亦被彻底地利用了。她被驱使她的君王遗忘，被嫉妒她的越后处死。听西施最后的挽歌：“亲人啊，请告诉一个不辨方向的人，我的越国在哪里。我的家乡苎萝山在什么方向？”

西施的咏叹“请你用手指向越国”：

请你用手，指向越国，
请你将心，朝向越国，
越国，越国，我的祖国，
梦里春花，开满山坡。

请允许我，轻声吟哦，
请允许我，最后的歌，
越国，越国，我的祖国，
女儿的心，没有变色。

我要化成炊烟啊，飘摇在你的山坡。
我要化成春柳啊，在母亲的脸上婆娑。
我是点染四季的鲜花，

是那缠绵的溪水，围绕在你的身侧。
我将跟随着姑娘们的笑声，
在你春天的门前打扮穿着，
我还是那个女儿，
我将在水边浣纱唱歌。

越国啊，我的祖国，
飞回的燕子即使在归程中坠落，
它的方向未改啊，我的祖国，
请你张开怀抱吧，请接纳我。
越国啊，我的祖国，
请你张开怀抱接纳我！

被冤枉的屈辱和对故国的眷恋在歌声里沉浮……十年艰辛，甘苦谁明？她为国生，为国死，不是君王的奴隶，所以无怨无悔。

山河梦碎。胜利，是血腥、肮脏的。失败，是高贵、坚毅的。同为失败者的她和他，可以心无憾恨地在一起了。

英雄沉没，美人已随江波去，岸上的百姓犹自凄歌。世间留下的，只是哀艳传说。

天生圣者

自由与自在

一路眠霜宿雪，终于从自身的叛逆，走向悲悯天下的大情怀。一个人的自在逍遥，转成愿世人离苦得乐。茫茫天下，回首都是家。

最近得空看了浙版《西游记》，比想象中好太多，不该被埋没。编剧是有功底的，用心熟读了原著的人，尊重原著，且深明佛理，看得出也认真读了《大唐西域记》。改编时丰富了诸多细节，却未胡乱着笔改变角色的性格，台词深具个性，符合年轻一代的口味。谈禅论道却能深入浅出，我看了深得教义，是近来名著改编难得的诚意之作。

看到镜头里花果山嫣然盛放的桃花，我忽然想到了这只猴子的前世今生。我怎么能忘了他呢，爱吃桃子的孙猴子，他与桃花的关系哪里浅了？我知道，我势必要为这只猴子写点什么。

在六小龄童的塑造下，我们印象中的孙悟空是懂事的、天真的、仁义的、怀才不遇受了委屈的，他又急公好义，勇于反抗，是天生地养一等一心无挂碍的大英雄。

事实上是如此，又不尽然。我看网友评论说浙版《西游记》孙悟空妖气多过于仙气，对此颇有微词。殊不知这才接近孙悟空的本来面目：天真、狂妄，自大、迷惘，无拘无束，好勇斗狠。

偷蟠桃，盗仙酒，偷食金丹，好一场天宫大闹，只有别人的不是，没有他的不对。不听劝说，不服管教，这才有了五行山下五百年受难。那时的他，还是个任性妄为、不懂事的孩子。

法不孤起，必仗缘生。因果，因果，因缘化生，环环相扣。有果必有因，自作的还须自受，无人代领。我欣赏如来佛说的，不是如来的手掌压住了孙悟空，是他的心被“贪、嗔、痴、慢、疑”所困，这五毒化作五行山困住了他。在他没有意识到这点之前，他不可能脱困。这番说法，叫我豁然开朗。

五百年。时间凝固的五百年。

被镇五行山下，手脚不得动弹，生生只露出个头来。饥食铁丸，渴饮铜汁。周围花草繁盛，叶落果熟都与他无关，他只可眼看，不可伸手摘取。有什么比原本天不管地不收的人骤然失去自由更让人心碎？英雄落陷，更堪悲。

寒来暑往，朝来暮去。春色年年如旧。时间的流逝对他来说已没有意义。我想，他肯定无数次地想回到花果山，回到那桃花盛开的地方。

那里是他温暖的家乡，与世无争的宁静，有他闲云野鹤般的少年生活。那里有奉他为王、对他敬若神明的猴族，它们与他真心亲近，是任时光变换也不会改变立场和心意的亲人。那里有他不曾受过伤害、欺骗的过往。

这天生天养的石猴儿，原本在花果山这块天赐福地一直过着无忧无虑的生活。直到有一天，目睹身边老猴死去，他突然从迷梦中醒来，陡然发现快乐如此轻薄短暂，经不起推敲。生存充满威胁恐惧，天灾人祸、生老病死无处不在。生命到底是由什么主宰掌控？他像一个哲人，开始思索生存的意义，却发现想得越深，迷惘越多，最后所有的问题纠结成一团乱麻，他找不到线头在哪里。

苦思不得其解的石猴儿毅然决定放弃优渥的生活，告别故乡，漂洋过海去学艺，为未来寻一个方向，为心中的疑问找一个答案。他要寻到的是，真正的自由自在！

他造筏出海，从东胜神洲漂流到西牛贺洲，游历过南赡部洲、北俱卢洲。一路上学说人语，以人的方式说话行事。时而饥寒交困，经历风霜雨雪，他不以为苦。

他像一位苦行僧，只身穿行世间。清澈的眼睛望见的是世人被贪、嗔、痴、愚所扰，被酒、色、财、气所困，还兀自流连醉乡，红尘颠倒，沉迷不醒。诸般种种，他深以为苦。世人望他若禽兽，他叹人身难得，世人却自甘堕落，凶蛮狡诈连禽兽都不如。世人对他嘲笑逗弄，不解他心中大志，他可以一笑置之，寻仙访道的念想却始终不曾放下。

寻到了灵台方寸山斜月三星洞，拜在菩提老祖门下修道。因灵性天成，他获得特别对待，学成了长生道术。

那时的他呀，仍是一脉天真轻狂的本性。所以师兄们一夸赞一撺掇，立刻忍不住显示本领，被师尊从旁看出劣根来，逐回花果山。果然是立了名望，也果然闯下大祸。闯龙宫，闹地府，他由着性子来，我要的我就一定要要到，我不要的就不要！

被拽上天宫做了弼马温，不免让人有大材小用之憾。天帝诚然有识人不明、用人不当的过错，孙猴子何尝就做得全对了？那时的他不懂，一切可以从低做起，既然一切都是修行，何必恋栈，何必计较一个名位？他不忿，反下天宫，自封“齐天大圣”。

这时的他，心已不如当初寻道时洁净天真，有了名欲之念，故此有了斗争之心。上天再次纵容他，许他“齐天大圣”的名位。这真是勇于反抗的草根英雄的重大成功，历来受人称道。

群众看得大呼过瘾，是因为孙悟空无形中为我们出了一口恶气：规矩都是人定的，规则就是用来打破的，对许多怀才不遇饱受委屈的人而言，真是精神上的重大鼓舞！他做了我们想做却不敢做的事情。

实际上，孙悟空再上天庭之后，尊崇和新鲜感并没有维持多久，失落感反而与日俱增。虽然说不清道不明，他也恍惚意识到自己没有真正值得称道的地方，没有普救世人的功德，倚仗的只是法术高强。周围的人对他只是冷淡的客气，虚与委蛇的敷衍，没有真心的尊重。对一个自负自重的人而言，被人轻慢真是致命的打击！历史上许多有才识的人，也是这样愤然出走的。

看似逍遥，却无所事事。他不快乐，很难快乐起来！糟糕的心绪郁积起来，才有了后来的大闹蟠桃会。他再次感到侮辱和伤害，毅然——也是自知大祸铸成后——反下天宫。

第二次下界之后，他的野性全然迸发，成了目空一切的草头王。天界诸神的无能，更让他自信心爆棚，直至得意忘形。五月天的《倔强》中的歌词非常适合形容最初的孙悟空："当／我和世界不一样／那就让我不一样／坚持对我来说／就是以刚克刚。"

从汲取天地灵气的灵石中孕育而出，孙悟空的命运从一开始就注定不凡。不凡，不仅是指日后惊天动地的作为，还包括修行之路上必须经历的大喜悦与大苦难。

天才注定不会被埋没。此时的孙悟空需要的已经不是道术上的修为，而是精神上的历练。所以如来佛出马，将他镇于五行山下。

这对他并不是侮辱和伤害，而是强迫他去静思、反省。

仅仅是如来佛的手掌压不住他，必须佛法封印，亦即正义。真正的正义充满了智慧。这智慧如来掌握，所以他前来，不是来跟孙悟空斗法，是斗智慧。

孙悟空是聪明，可惜，彼时他仍欠缺智慧。如来佛代表的智慧大获全胜，他几乎是兵不血刃，转眼就制服了桀骜不驯的孙悟空。

五百年前的孙悟空，依纯然的天性行事，从一无所有到只身敢与天斗。被驯服看似是失败了，可是妥协之后，得到的是更宽广的进步余地。若孙悟空一路无敌手，他只会被自己的狂妄毁灭。若生命只有刚毅、勇猛而无妥协、忍让，注定无法修成正果。如来佛的出现，让那个唯我独尊的孙悟空认识到强中自有强中手，天外有天。真正的高手是不动如山。

五行山压下，他的世界坍塌。周围生机盎然，越是欣欣向荣，越是反衬出他的沧桑与孤苦。世界向他显示了一个残酷实在的道理：天人五衰，诸佛寂灭，世界离了谁都运转如常。就连花果山的猴子们，没有美猴王的日子，也照样生生不息地繁衍。孙悟空再怎么厉害都不能为所欲为，依然要顺服于天道，亦即无所不涵的智慧。

没有尝试过快乐，也就无所谓痛苦；失去了自由，才知自由可贵。斗转星移，花谢花开，在他眼中已无分别。

喜怒哀乐，俱化为孤独。再没有一种情绪，比寂寞更深入骨髓。经过了五百年的磨砺，孙悟空已经意识到自己不对，但仍不知超越困境的机缘在哪里。

这时候，前往西天求经的唐僧出现了，孙悟空无奈且悲哀地认识到，眼前这弱不禁风、手无缚鸡之力的和尚既是他的救命恩人，又是他必须躬身以侍的师尊。以他无所不能的能力，他必须听命于这个一无是处的和尚。

如果说，菩提老祖是上天安排来发掘他的人，那么唐僧就是上天派来悉心打磨他的人。

如来比玉帝更会识人用人，他知道孙悟空堪当大任，绝非一个养马看园的闲职可以糊弄。他不但对孙悟空委以重任，还安排唐僧来做他的师父。唐僧的以柔克刚正好用来克制孙悟空的躁性。他安排孙悟空保唐僧取经，既让他建功立业，也让他在漫长的十万八千里路上，一步一步打磨自己的心性。

西行路漫漫，无论是唐僧，还是孙悟空，抑或是八戒、沙僧、白龙，他们都必须一步一个脚印走过来。无人可偷懒，无人可替代。

没有获得真经之前，唐僧只是个有理想有觉悟的普通人，他自幼受佛法熏陶长大，慈悲为怀到几乎善恶不分。而火眼金睛在某种程度上使孙悟空成了先知，能看透一切妖魔鬼怪的本来面目与他们制造出来的障眼法，实质上这是一种洞悉层层包裹下的狡诈人心与混沌世事的能力。

孙悟空处理的方法就是斩杀，杜绝后患。唐僧不能识辨，也不能认可他的做法。

先知和后觉认知上的差距造成了他们之间数次重大分裂，取经团几至分裂。曾经我希望，唐僧能有自知之明，一切都听孙悟空的，八戒也不要那么多话，那不就省了很多麻烦？后来我知道，如果那样一帆风顺，也就不存在所谓的磨难和超越自身心性的限制了。一路平安到西天，我们还要看《西游记》做什么？

取经团师徒四人，每个人都身负前罪，分别指代了不同的根器。孙悟空意味着开创、破除，唐僧是坚忍、守成，八戒是懒惰、机巧，沙僧是勤劳、笨拙，白龙马意味着始终低头沉默地前行。他们打打闹闹，争执不休。可正是因为不断的磨合、考验，师徒四人才愈见亲厚。

相信所有人都和我一样，认为孙悟空的可爱在取经的千难万险的历练中更为显现。一开始孙悟空是勇者无惧，而后他是仁者无敌。他愈加坦荡大气，急公好义，大仁大勇，不计前嫌，不念旧恶。即使很多次，都是因为猪八戒从旁挑唆才使得他跟唐僧决裂，事后也未见他记挂心上与猪八戒计较。他变得更机巧从容，更懂得退让和容忍，不再是一味恃强斗狠。他甚至肯为了营救唐僧去跪拜妖怪，去恳求以往他根本不放在眼中的神仙、菩萨帮忙。

他不是实力变弱，而是性格成熟后的收敛。他懂得了一个人的成功需要获得太多人的帮助。一个人的战斗，到最后不是精疲力竭，就是孤立无援。现在，他拥有了更多的责任、牵绊，包括紧箍咒的禁制，他已不要，也不能一个人战斗。

这时，他惊喜地发现，漫天神佛对他的态度也悄然有了改变，他们不再视他为无所事事的妖仙，而是尊敬地称他一声大圣，或是亲昵地叫他一声猴子。

一部浩瀚的《西游记》，孙悟空是当之无愧第一男主角。妖怪们诡计多端，防不胜防。猪八戒最大的特点就是永远处在自我斗争中，时而良心发现幡然悔悟，一遇挫折就怀疑，吵吵着要散伙。唐僧肉眼凡胎，优柔寡断，加上谗言的搅扰，孙悟空常常出力不讨好，被误解、被训斥是常有的事。

明明洞烛机先却要饱受闷气。西行路上随处可见的烦恼和愤怒，是教孙悟空获得忍恕的力量。

一个真正的修行人，光有勇猛精进的心远远不够，还须有随机应变的智慧。一路上，被外力所扰，被内在的感情牵绊。那些象征自然灾害或者人世险恶的妖精不断骚扰、打击，企图摧毁他，他依靠自身的信念不屈不挠，不断地自我超越。

接受各种挑战，忍受疲惫和挫折，他必须拥有勇气和信心，去完成自己的使命。每个难关，漫天神佛只能提供指引和帮助，若他自己放弃了，那一切就宣告失败、终结了。

是否可以这样理解：孙悟空被他两个师父先后赋予的名字，是对他两个精神层面的解读。行者即行路，途中有磨难挫折，但他必行无疑，这是他的命运。悟空，虽然他的内心本来就是空空如也，但观察、自省、了悟，仍需要时间与契机。

一路眠霜宿雪，终于从自身的叛逆，走向悲悯天下的大情怀。他同情弱小，扶持笨拙，一个人的自在逍遥，转成愿世人离苦得乐。

看人间处处有情。应无所住而生其心。茫茫天下，回首都是家。西边的晚霞灼灼燃烧，桃花也灼灼如火，英雄回到生命的起点。

花果山依然风景如画，猴族昌盛。他完成了使命，晋升为斗战胜佛。最难战胜的不是别人，是自己。他成就了别人，也成就了自己——此时他得到的，才是究竟的解脱，向往已久的真正的自由。

战场古桃花

明媚与沧桑

春光惨淡，人事凋残。怎么一想到你呀，我依然会心无畏惧，勇往直前。浑然不觉自己老去了……纷繁沉堕，花影婆娑。而我只是一心追随你的女子。

听一出《穆桂英挂帅》，竟然听得我掉下泪来，自己都觉得不可思议。

穆桂英太强势了，强势得让人忘记了她是个苦命的女人。五十多岁了还要披挂上阵，为国杀敌，是英烈，却也悲哀。

你听她唱："猛听得金鼓响画角声震，唤起我破天门壮志凌云。想当年桃花马上威风凛凛，敌血飞溅石榴裙。有生之日责当尽，寸土怎能属他人！番王小丑何足论，我一剑能挡百万兵。"

我听了总是悲哀。一个家族几代人，忠心耿耿为一个不识好歹的朝廷卖命。一代一代人前赴后继，甘心被再三利用。是忠贞，是愚忠，难以定论。

因为《杨家将演义》，我对北宋的印象不好，看了《说岳全传》，我对南宋的印象更不好。这个昏昧的朝廷总是不识好歹地驱策忠臣良将，却又不知珍惜。每每让奸臣得逞，忠良寒心。真是狗屎运，才苟延残喘维持了这么多年。

杨家从北宋初年投宋开始，就征战沙场，全心全意扶保大宋，从杨业开始，杨六郎、杨宗保、杨文广，一路与奸臣潘斗，与庞斗，与张斗，没有一刻安生。

杨业碰死李陵碑。杨家儿郎真正归来的只有六郎杨延昭一个。四郎流落塞外，五郎出家为僧。

宋朝廷历来“有事钟无艳，无事夏迎春”，必要到强敌犯境，慌张失措，偌大朝廷举目无人时，才想起杨家的好处，涎着脸来相求。杨家却总是忠厚心软，抹不开面子。不念着君王，亦要念着百姓，家可弃，国不可弃，是忠臣的软肋。

穆桂英是在杨家征辽被阻天门阵时出现的。穆柯寨有破天门阵必备的法宝降龙木，杨宗保前去求取降龙木。阵前对敌却被穆桂英所败。但见这威风凛凛、英气夺人的女将，胯下桃花马，手中梨花枪，人比花娇，出手却是武艺不凡。

杨宗保明索不成，落败而去，心有不甘。穆桂英算定了他必暗中来盗取，在寨中设下埋伏。杨宗保被擒，穆桂英言明降龙木是镇寨之宝，是自己陪嫁之物。要得降龙木，先娶穆桂英。

这骄昂的公子哥，遇上了比自己更强势、更桀骜不驯的山野女子。一见钟情，擦出火花。有一种爱，是棋逢对手将遇良才，遇上了就缠斗，就不休。他望向她明亮清澈的双眼，那里没有含羞带怯欲语还休，只有干脆利落的坚定。

她笑吟吟地瞧着羞愤的他。她自来是这样爽利的姑娘。我看上你了，我瞧你也未必对我没有意思。我们是登对的！她心中有这样的笃定。

穆姑娘本是山野女子，她不同于凄凄怨怨的深闺少女。她的爱带着生猛的新鲜扑面而来。有一点胁迫，更多是柔情。她一样有桃花般的好颜色，惊动了他，她感情的强势，就势征服了他。

杨宗保同意与她成亲。两人并辔而行，从穆柯寨打马出来。一路山光水色明艳耀眼，战火流离并未影响一对浓情蜜意金童玉女的好心情。一路上看花花开，见水水欢。虽是前往战场厮杀，却似陌上游春。身边有爱人做伴，心里就是这样喜悦无畏。

她的人明艳端丽，恰如前人诗赞的“红粉青娥映楚云，桃花马上石榴裙”。她胯下那匹桃花马，亦神骏不凡，似马诗所赞：“批竹初攒耳，桃花未上身。他时须搅阵，牵去借将军。”

一路欢欣。归家拜见公婆才是大事一场，柴郡主犹可，杨延昭不满杨宗保阵前招亲，私娶民女，一番勃然大怒，要拿宗保治罪。穆桂英不忿，与杨延昭对阵，枪挑公爹下马。她就是这样无拘无畏，罔顾礼法。这下事情闹大，多亏佘太君出面平息事端。虽然初相见，佘赛花对这个孙媳欣赏备至。

佘赛花在穆桂英身上看见了自己的当年。她年轻时也是在阵前相中了杨业，她的武艺也比丈夫高。看着年轻的穆桂英英气勃发，她就像看见了另一个自己来相会。佘赛花出面调停，允准了这桩婚事。她深知这个女孩不可多得。杨家需要的正是这样勇敢坚毅的女子。亦只有这样的女子，才可在夫君征战疆场时打马跟随，暗自承担随时可能失去他的压力痛苦。

想当初，痛失丈夫和亲儿的佘赛花何尝不是肝肠寸断，却依然要收拾悲伤，挂帅出征，继续保家卫国的大业。这佘太君也是刚烈得凄凉。

穆桂英的命运同样惹人欷歔。小夫妻恩爱不得长久。杨宗保不久在战斗中死去，杨家一门都成了战争寡妇。我在写穆桂英时，不由会想到花木兰，她们都是不见史册，只在民间传扬的巾帼英雄。

花木兰的爱情历来少被传扬。女英雄脱下戎装，回归乡里，安心做一个孝女，做一个妇人。她的爱情从她牵起骏马离乡的一刻就注定是寂寞的。经历了多年征战，在精神上亦渐渐变成另外一个人。战场上浴血搏杀，看淡了生死名利。也许，更看薄了情爱。

“可怜无定河边骨，犹是春闺梦里人。”半生戎马，满身风霜，在她的心里住着一个男人——需要多巧的机缘、多深的相处、多投合的契机才能让一个惯以男儿身出现的女儿家开启心扉？不是她没有了女儿情，而是她不自觉地忘记了自己是女儿身。亦须多强大多温厚的男人才可来担当她多年的寂寞，明白她的不易。如果没有，那她只能孤独终老。

穆桂英是幸运的，虽然她后半生都在战场上流离不断南征北战，足堪慰藉的是，在她正当年纪的时候，遇上了一个正当年纪的他。

白马银盔，铿锵小将，他是她眼里悠然展开的风景，她也有幸成了他唯一的风景。自此之后，不管前途如何险恶，回望来时路仍可庆幸有他相伴一程。

当其他女孩只懂得望穿楼台，娇弱地哭泣，在庭院里独立斜晖，揣测着爱郎的行程，默数归期的时候，她一早打马上前，与他携手共创无限江山，许天下一个太平，还百姓一个安居乐业。即使在他死后，她一样继续着他的事业，追随他的步伐，捍卫他保家卫国的信念。

凭山俯海古边州，旆影翻飞见戍楼。
马后桃花马前雪，出关争得不回头？

穆桂英的故事，终于十二寡妇征西。就如那戏中开头所唱，穆桂英不顾自己年过半百，再度踏上西征之路。“有生之日责当尽，寸土怎能属他人”是她的信念，“番王小丑何足论，我一剑能挡百万兵”是她的自信，是众人的期许。可是，谁怜她年老，谁怜她不易？

桃花马、石榴裙的艳烈早已不复当年。马老矣，人亦老矣。“不信比来常下泪，开箱验取石榴裙”——谁人敌得过时间，连石榴裙都不再鲜艳。夫已丧，子尚幼，一家女流。她一肩担当了万民安危，她的孤苦又有谁来分担？

我不是不会老，我不是不会累，你看我的眼角已有了憔悴的痕迹。年过半百，心情自然比不得年少飞扬。她体内开始有衰老的气息，她要赶在彻底衰老之前再下一城。

京剧里另有一出《杨门女将》，唱的即是此事。“风萧萧雾漫漫星光惨淡，人呐喊胡笳喧山鸣谷动，杀声震天。一路行来，天色晚，不觉得月上东山。风吹惊沙扑人面，雾迷衰草不着边。披荆斩棘东南走，石崩谷陷马不前，挥鞭纵马过断涧，山高万仞入云端。九回环峰俱寻遍，一夜辛劳未下鞍。四面八方再察看，难道说识途的老马待扬鞭？”

好句如好音，好音衬好句。不见其人，但闻其声已觉苍凉慷慨，恰如那唐人边塞诗的壮阔深情。前途晦暗凶险难行，幽谷深涧，桃花马姗姗而行，梨花枪遥映着星光淡月，半老的穆桂英正如那夜奔的林冲行在山道上，举目茫然，报国无门，唯剩一腔热血一腔激情一腔怨愤。

今夜，她再次感觉到天地寂寥，如在梦中，内心流离失所，无人知她的这种发自骨髓的仓皇和惊悚。那只有在失去他的时候才有的恐惧，今夜又卷土重来。她落泪，知道定然有事发生。

穆桂英率十二女将出征，在虎狼峡遭遇西夏兵狙击。作为一个身经百战经验丰富的将领，穆桂英敏锐地察觉到，从绝谷中辟出一条新径，从后杀敌人一个措手不及是绝佳的战略。只可惜，她想到的西夏人也想到了。西夏人在绝谷之内埋伏了兵将，就在穆桂英率众探路攀上绝崖的时候，放冷箭要了她的命。后来佘太君率众寻到此处，百岁老人放声大哭。泪滴之处，山石塌陷，此崖又名“滴泪崖”。

我心下只是恻然，却又欣然。谁人可不老不死不败？对穆桂英而言，马革裹尸也许是最好的结局。她毕竟不是普通女子，相夫教子安然终老便是一生的幸福。她死了之后，可以卸下重担，不必再为这个千疮百孔的国家劳心劳力。战场是他的长眠之地，如今也成了她的。

胡笳悲歌，吹奏着千年的悲音；冷月清霜，照抚着无数亡魂。战场上孤坟处处，那桃花饮血灼然盛开。纷繁沉堕，花影婆娑。

没有人能阻挡我归来，就像没有人能阻止你离去。让我随你长眠此地。

杨郎，三十年后，魂归一处，这是我许给你的生死相许。

生活在别处

辗转和沉默

老歌是昨天的情书，回忆是旧了的时光。有一天，我们都会老去。当昨天落幕了，我心记取的，仍是过往的温柔。

写桃花，想起一首老歌《在那桃花盛开的地方》，算是一代人的情歌。时至今日，偶尔看见蒋大为叔叔出现在舞台上，依旧孜孜不倦热情洋溢唱着这首歌。说实话，这歌真是老得掉牙，老到“80后”摇头，“90后”“00后”直接闻所未闻。假如一不小心听了，看了歌词，一准发笑，觉得那腔调是土里刨出来的古董。

那个时代情意静默，表达质朴。那些话，今时看来，激情澎湃得让人浑身发毛，深挚得简直是刻意煽情。这首歌不是这个年代的年轻人可以遭遇的，当年却结结实实感动过一代人。

古人有诗词，今人有歌曲。这两者当然不可等值而观。诗词在流传的过程中，经岁月打磨，被历史润泽。因其简静，愈见深邃。古人写诗词，没有商业的考量，为抒情言志，为比拼才华，加上对时光万事固有的崇敬之心，势必比今人郑重。言语格律的限制也使得雕琢成为必然，容易出精品。而流行歌曲，尤其是眼下的流行曲目，多半是商业的产物，潦草之作，往往不知所云，上品难得。

但亦不必一味厚古薄今。每个时代有自身的表达习惯，技巧意境或有高下之别，情意却别无二致。不可否认，这些歌里也有经典传世之作，伴随我们许多年华，悄然附着了浓重记忆。

谁不曾拿着一本笔记本，一字一句认真抄下那些曾令人身心温暖、荡漾的话语——珍而重之收藏，真心以为会留存到老。我们都曾那样年少。那些听着情歌流眼泪的年纪，从遥远的歌声里，捕捉到自家的情愫。少年人幽盛如芳草的心思，星星点点，春风吹又生。横竖撇捺间书写的，是当时自觉沉重却无力言说的心事。

昨天和今天，像两片依偎在一起的花瓣，难以轻易割舍。岁月潋滟如流光，长河泠月，亦远亦近。与时光对望的姿态本身就令人怅惘。如果还能忆起细琐旧事，偶然还会被一首歌触动心肠，默默失神，即使丢弃了当年的笔记本，亦会明白，旧日虽逝，情怀不远。

我至今仍会不断被许多歌打动。不与人对话的时候，许多情绪从心底探出头来又缩回去，它们需要被引诱。音乐就是我设下的诱饵，随我跋涉在写作之路上。有时，歌曲与文字的纠缠，暗藏灵契，是写作的助力。音乐或妖娆或庄严，文字或凝洁或辽远，情绪盘结在一起，暗中指向未明的境界。指引我写完一篇篇文字的，正是我这些年收藏的许多音乐。

那么多辗转而沉默的时刻，内心沉寂又万马奔腾，无言以表。那些无处安放无处言说的情绪在融进文字之前有了安置。

陈旧老歌犹如古老的桥梁，虽然不再新鲜，亦不再常用，仍不失为一种亲近了解、重新面对过往的方式。看到影像，会恍悟，会失笑，哦，原来时光真的爬过了皮肤，无声却有痕地溜走了。

晨钟暮鼓催人老。当年的他们、当年的我们这么清纯，这么天真，这么幼稚，这么土气啊!

我听很多父母跟我抱怨孩子难教，不愿和父母沟通。代沟横亘，隔代人之间彼此质疑，疏于沟通，各自固执己见，强硬的态度增添了表达的难度，似是而非的言语不单不能佐证观点的正确，反而更让矛盾激化，互不相让。

也许，留神听听对方偶尔哼唱的曲调，会被触动了心弦。捕捉到眉眼的温柔，言语的闪光，才是彼此真正相似和交相辉映的地方。我们的人生和他们没有那么多截然相反，没有必须做的激烈对抗。

我们的长辈、父辈年轻的时候，曾从歌里听到了属于自己的理想，要展翅高飞，担当责任；壮怀激烈，赴汤蹈火在所不惜，也有对未来的向往——远方存在着另一种生活的可能。我们总说，生活在别处，可知那是另一种形式的生活在别处。我们的长辈也曾憧憬，也曾付诸努力。

《在那桃花盛开的地方》是军人创作的歌，有大爱，有抱负。那个时代的特色是不屑去谈个人，是忽视自身的幸福的。好男儿要保家卫国，用自身的寂寞和艰辛换取家乡的宁静、家人的幸福，守护心中如桃花般美好纯洁的姑娘，不语柔情，但柔情自溢。

古老的传说中，氏族的首领夸父带领众人披荆斩棘追寻幸福，遥不可及的太阳代表高高在上的理想。夸父逐日，最终力竭而亡，临死前将手杖抛出，化作桃林，成为他守护世人的方式。桃林丰饶凄美，果实累累，是他对人世的祝福及眷恋。

尘世的喧嚣明亮，世俗的快乐幸福，如同清亮的溪涧承载着桃花瓣，从心底悠悠流过。要你快乐，不被打扰的幸福。你的笑容明艳无双，你的双眸璀璨如星，成为我命途中最美的点缀，为此粉身碎骨也是值得。

《潜伏》的结尾处，余则成受命在台湾继续潜伏。天津解放后，王翠平回大后方。她一直守在那座小镇，带着初生的孩子等待余则成回来。余则成不可能回来了。回来也找不到她，王翠平的真名叫陈桃花。他们都是为信仰奉献终生的一代人，奉献巨大却注定默默无闻的人。

那汉朝的将军说“匈奴未灭，何以为家”。承平年代，军事战争离普通人的生活越来越远，这已不是一个国家会大力号召你扛枪献身的时代。话题更多转向生活本身——物质和精神的矛盾。然而，有些事不能松懈，更不能遗忘。中国的历史，尤其是宋的历史，再三证明，一味孱弱退让只会导致更深重的屈辱。

宋词艳美得让人失神，宋的历史却苍白得让人羞耻下泪。国破之际，文章不能当枪使。华美的文字抵挡不了野心勃勃的侵略者。血流成河日，多凄婉的悲歌也唤不醒一具长眠的尸体。居安思危，和平需要强有力的守卫，而非清词玄谈，苟安一隅。宽仁不是懦弱，宽厚若没有强大的实力做支撑，只能任人欺凌。

正义来之不易，需要经历战争洗礼，获得持久美好的结果，其过程势必有人流血牺牲。政治如是，爱情如是。许多事物看似面目全非，本质却无差异。我在这首歌里又看见了桃花源。那宁静的开满桃花的地方，藏住了中国人生生世世相守渴望安宁美满的愿望。

现实和理想差距如此之大。从“蜗居”到“裸婚”，从“蚁族”到“柜族”，一个个新鲜名词被迅速传播、广为传诵的背后，代表着一个个渴求生存的群体的集体心酸。

夜宿桃花村，踏歌接天晓

停泊与追逐

桃花开而不绝，就像是宿命的继承。血脉中的传承，一代代人无论怎么身经流离患难都心存安宁的美好憧憬，这种坚定，让人心生暖意。

城市冰冷无情，幻化为钢铁丛林，与自然隔绝。高楼广厦万千，一个普通人却难有立锥之地。生存空间日渐逼仄，压力与日俱增，距离上一次真心的大笑仿佛隔了十几年。终日奔波在路上，加班加点，追不上物价飞涨的速度。

压力使人产生逃避心理。古人避秦之战乱、苛捐杂税，今人避经济危机、通货膨胀——这些进化生存危机，威力大到叫人避无可避。

灵魂高高在上，肉身却服役在下。现实梦断，生活的隐痛，叫人们越发念想那自给自足、守望相助的桃花源机制。就算是如武陵人都好，捕鱼为业，也好过房价过高，娶不到老婆，工作压力过大导致过劳死或跳楼。

有一个地方，湖南常德，应是《桃花源记》的原型之地。常德旧称武陵，那捕鱼的人就是从沅江到达桃花源所在的。

现往此地，若是抱着访古踏幽之心，势必要失望的。桃花源是被无数人用了千年时间放大的美梦，本身就是一种梦幻的产物。此处有太深的人工雕琢的痕迹，与其他的旅游胜地并无区别。竖石碑，引清渠，植桃花，建高举厅、桃花观、陶渊明祠，处处以桃花源、陶渊明做话题，反失了隐逸真意。岂不知，陶公在《桃花源记》里写桃源中的老人殷殷叮嘱渔人，此中事，“不足为外人道也”。

有一种可能，渔人正是因为违背了诺言才寻不回桃源。今人不单要道明，还要将文人臆想之地大张旗鼓整修，整治出许多似是而非的玩意，惹人心凉。生活在那里的人，一样为生计所扰。垂垂老矣的人在旅游区辛苦兜售纪念品，卖农家菜和擂茶。他们需要谋生，不是避世的人。

站在桃花树下，阴阴冷雨冷风扑面，当时空脱节的混乱感消失，不知何处涌起的惆怅盘绕心间，感受到丝丝凉意。夕阳西下，日暮的苍茫，平添了凄凉，看不出丝毫桃花源的意境，与那世代传颂的悠长美梦没有任何关联。

桃花一季，繁花沉坠。开在枝头，不在心间，故而容易凋零。

陶公文中的村人尚有避世之所，现今找一个安居宁静之地不啻追寻乌托邦。想诗意地栖居，现实的无力感却侵蚀人心，如怨鬼缠身，驱之不离。

唯有文字还可供人撷取一捧暖意。妙语清词涤荡身心，可暂忘现实严酷烦忧。顾况有一首诗《听山鹧鸪》：“谁家无春酒，何处无春鸟。夜宿桃花村，踏歌接天晓。”

窃以为，这是历代写治游村野之趣的上品。顾况此诗情思绵邈，浅显中别有深意。虽简短只有二十字，却深得桃源真意，那股自由自在、无拘无束的感觉扑面而来。

以天地为亲，桃花春鸟为契友。唐人诗气韵磅礴，意态潇洒，虽言村事亦自有超拔气度在。

仰首见花光，低头见月明，一饮山河尽，余生自荡荡。顾况诗中有智者之惑，无愚夫之悲。读其诗，只想追随其后，夜宿不知名的桃花村，半梦半醒微醺之际，与君踏歌作别。

说起踏歌作别，不免想起李白曾于我家乡泾县桃花潭处与好友汪伦作别，写下《赠汪伦》：“李白乘舟将欲行，忽闻岸上踏歌声。桃花潭水深千尺，不及汪伦送我情。”

这是一首普通的赠别诗，因其浅显而广为传唱。以李白的才气来说，作这种诗也就是须臾之间的脱口而出，在他的诗集中也算不得上乘之作，实不必深究其诗意，强说高妙精巧。倒是这首诗的创作背景，还值得一说。汪伦是泾县桃花潭畔的隐者，善造佳酿。李白好酒，游历至我家乡，闻听有一人善酿酒，有意寻往。恰好汪伦亦久仰李白诗名，遂写信相邀：“此地有十里桃花，万家酒店。”李白欣然往之。两人相见，汪伦捧出自酿美酒相待，为其解惑：“桃花者，一潭之名也，并无桃花十里，万家者，店主人姓万也，并无酒店万家。”

李白对汪伦一见如故相谈甚欢，早不以受骗为意，闻言，欣然大乐。李白临行之际，汪伦在岸边踏歌相送。我想他踏歌的状态应与顾况无异，都是潇洒疏狂之人。

唐人的疏狂，宋人的优雅，今人的滞重，其实各得其妙。日光照耀，桃花牵引，我们携带着生之沉重，跋涉在梦之幻境中，延续着同一个梦想执着前行。

清歌浅唱，情意沉着。每每想到桃花开而不绝，就像是宿命的继承。血脉中的传承，一代代人无论怎么身经流离患难都心存安宁的美好憧憬，这种坚定，让人心生暖意。

只要寻梦的人一直孜孜走在路上，那遥远的地方就不遥远。

跋

——桃花，青团

桃花开放的时候，我又吃到了青团。

这清明的食物，在多雨的江南吃到，别有情味。

那天在东栅的街上正游荡，闻到一阵食物的香味，看到街边一家店，正端出一笼青团。圆圆的，乖乖的样子，冒着腾腾热气，像是在对我微笑招手。我立刻走不动道了，眼巴巴瞧着。

企图太明显了。朋友说，你刚吃过饭。我执着地摇头。我似乎能感觉到饱满的青团里面活泼的豆沙馅在欢快流动。它们正召唤着我的亲吻。

他说，好吧，我去给你买。要几个？

我伸出一根手指，喜笑颜开地说，一个。

一个，一个就可以了，一个小小青团，一口咬下就能牵连起我童年所有的温暖。我不是要吃，我要的只是回忆的味道。

我的外婆是个厨艺很拙的人。她做家常菜很好吃，可是做点心就基本不会。为此我很失意，因为得不到，益发坚定了点心比主食好吃的信念。馋嘴的习惯，对美食的贪恋，大约就是那时孕育的吧。我的记忆中，她米糕做得好吃，和面的时候往里面加了甜酒。蒸出来，撒上一小撮桂花，还没出锅就闻到甜香四溢。好幸福的味道。

再有就是青团。早上从河边摘来嫩艾草。那时候没有榨汁机，就放在锅里蒸，加入一点石灰水，直到蒸烂了。小时候没有耐心，长大了才懂得，等待和被等待都是很奢侈的事情，无论是人、食物还是物件。你等待它起变化，最终成为你要的那个样子，过程是很悠长的。缓慢变化的过程中，你的心也在悄悄起伏，微妙地起了感应。

蒸好之后，要拿细白的纱布小心包起来，仔细地过滤掉叶渣。我对这种安静的仪式特别着迷。看清汁一滴滴流进碗里，凝聚成一小碗精华。那被包裹丢弃在一旁的艾草，又让我觉得难过、惋惜。它就好像是为我牺牲了，而这一小碗绿水，就是它一生全部的眼泪。人的眼泪是无色的，植物的眼泪是有颜色的，藏着它还没来得及对我说的秘密。

外婆在忙碌着。做青团要准备馅料，猪油的、豆沙的、芝麻的、山楂的。馅料的香味，变化多端的白色水汽，迅速转移了我对不幸的艾草的悼念。我喜欢吃豆沙和山楂馅的，这两种味道或浓郁或清淡，留有余地。猪油就太油腻了些，芝麻又稍显浓稠，霸占着味蕾，好似不让你记得不罢休。我喜欢情深却不那么痴缠的东西。

要洗干净手。手心残存一点湿意，糯米温柔地覆盖过来，将馅料安放在里面，像安抚它们睡去那样温柔地掩藏起来，温存地搓揉。我最喜欢这个过程，一个年少时的我，被允许踊跃参与的部分。

看似轻松，却要用心。不可放多，不可放少，也不可急躁。

生死之间的奥秘，人的一生都在参悟着。艾草借着和糯米豆沙的联姻重生了，它经历了水和火的洗礼，重生为碧绿如玉、芳香柔软的青团。

来年外公的忌日，我要为他亲手做一碟青团。也许就用桂花吧，我亲手种下的桂花。

暖暖的青团握在手里，是故乡的明月、回忆的苍凉。

我不能忘记他老人家，但我甚少特意为他写下文字——将感情演变成文字的过程太伤人。我未曾刻意回避过，却不堪一再回忆的重负。我记得是外公教会我背第一首苏轼的诗《惠崇春江晚景》：

竹外桃花三两枝，春江水暖鸭先知。
蒌蒿满地芦芽短，正是河豚欲上时。

我是在日本第一次吃到河豚，是朋友请客，席间言笑殷殷。第一口鲜美的河豚入口，我心里泪如雨下。

我知他从未远离，他深藏在我心底。很多时候，忙碌的我，忙碌得以为自己忘记了，他会在某个深夜回来看我。

每一件细小的事情，只要和他、和我们的曾经相关，仍会牵动我。那天，我坐在临河的露台上晒太阳，坐在幼时常见的那种小藤椅上。

一直对太过喧闹的环境厌烦，对陌生人亦有隐约抗拒。但看见老人，心存亲近。

人在孩童时，生活单纯，性格未经磨砺，不露棱角，与人与己均无计较；及至年长，在千丝万缕、错综复杂的社会关系中历练，渐渐锋芒毕露，棱角分明；唯有临到老来，一生所求所望差不多俱已到手，即使心有缺憾，却乐天知命，心态转为慈和，棱角又自行磨折消退。到此时，心境思想又是另外一番天地。

他高高的身影、清瘦的面容，在我的眼前出现，在这么多人中间，我依然轻易地看到他。他看着我，伸出手，宽大、瘦、温暖、有力。我站起来，决定和他一起走。

南方的夏天，有充沛的雨水，每年如期而至的汛期。很小的时候，是很喜欢涨水的，觉得满大街汪汪混浊的水，每个人都湿漉漉地在水里奔来跑去，景象可爱而新奇。自己可以堂而皇之坐着木盆，在自家的厅堂院子里划船，玩得不亦乐乎，大人也顾不上管。

退了水以后，他带我到河边去，玩沙子、淘各色漂亮石头、捉癞蛤蟆煮汤。夕阳把河水浣成一道金色的纱，华丽夺目。他站在河边看着我，对我微笑。

我骑的那辆小车，那些画本诗集，一首一首的唐诗宋词——“人间四月芳菲尽，山寺桃花始盛开”，“停车坐爱枫林晚，霜叶红于二月花”，“缺月挂疏桐，漏断人初静”，“拂墙花影动，疑是玉人来”……

他说家乡的黄梅小调优美婉转，是我们特有的灵韵，我就学。是七岁，我听见自己唱的“郎对花，妹对花，一对对到田埂下”。他于是欣慰满足到不可言喻。

那样晦涩暗淡的童年，因为他，我从没有觉得寂寞。在那条小路，他牵我的手，带我回家。

他在年老的时候，听力衰退得厉害。刚开始会偶尔听不见身边略小的声音，而后越来越严重，最终近乎失聪。因他是不可以戴助听器的，只能一个人留在那片深海里。

我不知道他如何面对如此巨大的寂静，会如何地恐惧。

他是寂寞的，却依旧宽和，对任何人都是如此。我不知道他的爱，为何会如此绵长，不计代价，把惠泽给到身边的人。他死时，有法师从九华山下来，为他超度，覆上陀罗尼被。法师说他前生是佛门中人，能受此功德。我是相信的。轮回或许虚无，他的爱和恩慈，却是真切的事实。

他走了，留我一人独自与虚无记忆对抗。空间时间的错位，太强烈的疏离感，我感到深不可测的倦怠。后来我自己读佛经，知道一些善良的人，生前经受病痛折磨，是犹如涅槃的重生，偿清了最后一点未知罪孽，带着清静的灵魂飞升。如是才释然许多。

他躺在阳台的藤椅上，看着书。我坐在他身边，帮他捶腿，有时握着他的手。我在他脸上依稀可以搜寻到清晰的线条，确定他年轻时必是一个英俊的男人，到老依然很有魅力。

他坐在我旁边，翻着一本《金刚经》：“一切有为法，如梦幻泡影，如雾亦如电，应作如是观。”心似被轻敲，我闭上眼，记下这首偈子。

黄昏时起风了，我说回房吧，他笑着答应。我拿走他的佛经，不让他过于沉迷。等他躺下，我为他掖好被角，在床边待他安睡。在黑暗中触到他的手，宽大粗糙，厚重的暖意。别过脸去，脸庞湿润。

我知这世上诸法无常，灵魂寄居于易朽皮囊。若有一日，连他也如梦幻泡影，我还有什么割舍不下？明知他一天一天离我远去，我就是心恋尘缘，不甘放下。于我而言，不管他逝去的过程多缓慢，对我都是遽然的事。

外公死后，眼泪变得稀少。想流的时候，一滴也无，却总在不经意时有流泪的冲动——它似已渐渐脱离我的掌控，有自主的意味。

我看见许多和他相似的老人，只要神情气质有一丝相似，我就恋恋不舍。我在那些人的身上找寻他的气息，却愈发确定他不会再回来。

我发觉我在做很绝望的事情。对他的记忆潮水一般涌来，我只能后退。于是，在初春的清晨，在令人微醺的阳光下，我对着潋滟的河水，泪流满面。

许多人问我：你自觉是个幸运的人吗？我说是。他们问我：那你有什么遗憾吗？我想了想，是没有让外公放心，至他辞世之前我都未能自立。他为我将来担忧，我知道。

我仍是在想，我还没来得及给他做过一餐饭。他总以为我是需要人照顾、长不大的孩子。他不知我能做温软的米饭，香甜的点心，我可以将他照顾得周全。

生活慢下来，时间的流动几乎不存在。一起坐在院子里，用春水煎茶、松花酿酒，一起留心观照四季，看桃花初夭、夏荷沐雨、桂子飘香。只要想起一生中后悔的事，梅花便落了下来。

我最想要的，不过是守着他，让他在我身边老去。只是，他离去的时候，我还来不及长成。

暗中的我，避世之心越来越强烈。我深知根源在他。他让我了解到人身微渺，功业徒劳。

总跋

——如是我闻

2012年，是我出道以来的第六年。是冥冥中的巧合亦是注定，我自己所看重的作品，《人生若只如初见》《当时只道是寻常》《思无邪》《观音》《陌上花开》《美人何处》《世有桃花》七本书，都在这一年内陆续再版。当你们翻开这一页，看到再版序言的时候，应该是2013年。

一个传说中万事已然终结的年代，而乐观如你我，却不妨将其视做新的开始。这个启程，与世界磅礴澎湃、变革不断的大进程无关，是独属于自己的私密仪式。

启程，是结束旧的情境，也是接纳新的事物。印度有四句广为流传的圣言：

“无论你遇见谁，他都是对的人；无论发生什么事，那都是唯一会发生的事；不管事情开始于哪个时刻，都是对的时刻；已经结束的，已经结束了。”

让我们以此为念，学会释然，善待自己和他人。

再版旧作，亦是一个面对自我、检点得失的过程。跳出既有的境地，以旁观者的角度去看待，得失分明，悲欢俱现。些许诧异、喜悦，而又惭愧，还能回忆得起写这些文字时的细节和感受。

于我这种对工作有偏执的人而言，再版的工作量实不亚于写一本新书，甚或更难。提升原先的境地，在既有的言语迷宫、思想密林里寻找出路，要取得突破比原先无知无畏辟出新道路更为不易。

从准备到完成的过程，不是不辛劳的。一度累到抑郁，要靠中药来调理。这当中甘苦，业已沉淀于心，成为内心跋涉、成长的见证。我只是确定，我的书不会频繁地再版。六年是可以接受的时限，一个可以用来面对的过程。

再版亦绝不是形式上的改头换面，新瓶装旧酒而已，必然要有新的内容补充进去，成为亲手烙上、不可否认的印记。不单是我，还有我身边所有参与此事的师长和朋友，我的好姐妹，你们一起为之努力付出，陪着我彻夜不眠。你们的出现，是我最大的福报。

读者是聪明醒目的，一个作者，若是心存慢待读者之心，最终亦会被读者厌弃。

每一本书，从《人生若只如初见》到新近出版的《日月》，对我而言，都有独特而警醒的意义。我无法去衡量孰轻孰重，亦不能为文字那端遥遥相望的你或他判断和定义价值，只可以坦坦荡荡地说，是日已过，命亦随减。生命如此短暂、无常，我们无需耗费光阴在无用之事上，既肯花费大量的时间和心血去书写，必然有深切触动的缘由。也希望这份感知，能与更多的人有共鸣。

是有期许，亦无期许。文字修行，本就是这样凝聚，消散，从无到有，又从有到无的过程。写作是最好的明辨自己的方法。一个人对世界的认知，价值观，对人生的态度，内心是否慈悲深广，无法掩饰，无法巧言诡辩。即使短时间可以瞒天过海，日久亦必露出马脚。如果我们在现实中无可避免带上面具，贴上身份标签，扮演各种角色，至少，我们在文字中应该活得更自在、真实。

故而，我对自己的要求，从不是文学上的地位和成就，不是要写出什么巨著。实而言之，目前的时代，难以出现真正有传世价值的作品。当我认识到这点时，就更加心安理得地缩回到故纸堆里，与故人旧事相伴。

旧时月色，算几番照我，梅边吹笛？

我的坚持，是年华流转，斯人渐老，而不忘春风词笔；是常怀赤子之心，写出的文字一定要有感情和味道。那些字句，它的感情如月明山涧，照亮荒芜，它的香气，似竹外疏花，香冷入瑶席。

在光阴中浪荡，在故事中辗转，这些书的完成，如命中必然要行经的方向和地点，抵达之后，即落成为生命的驿站。我不断地与之告别，相会。这漫长的循环过程，绵绵无绝期。我知这不同于其他，此生必将钟情于这个轮回，一次次投入，不言倦怠。

点亮文字，擦亮诗句。悄会故人，遥对旧事。骊山语罢清宵半，每次再会都有日见日新的感觉涌动。我知它们生命力强盛，其存在远胜于人。

心深处，缱绻的光明和温暖。它们扶持着我，令我相信迢迢尘世尽头，有光明守望，有归宿可栖。

以诗词作舟筏，这温暖的依持。我多么庆幸自己一开始就能找到回归的契机，见证传统文化的深广和从容。这并不是说，我已经超然到不是忙碌浮躁的现代人，而是说，从传统文化中汲取的信念，让我明白，人世会有许多波折，亦可以有很多选择。精神的困惑，究其本质并无不同，甚或，文明的演进，就是人在试图解决这些问题时，不断证得的成功。今人所经历的事情，前人必定已经经历过，此刻他们隐匿于光阴之中，微笑相看，默然不语。

流浪在人间烟火里的我们，真正欠缺的，不是经历，而是看待得失的智慧和取舍的勇决。人生，梦如路长，若不明了这一点，千山踏破，亦只是画地为牢。

我没有获得真正的平和与强大，还是会迷茫的，在每一个短暂微小的喜悦之后，继续烦恼不断，所以要不断书写，提出一个个问题和观点，不断去论证、解答。我依然会困惑纠结，自寻烦恼，但不会那么地绝望、孤独、无助。因为我知道，真正的答案一直在某个地方等我。到那个时候，也许真的可以明心见性，不立文字了吧。

物质世界日复一日繁盛，不劳我等添砖加瓦。若一味沉迷，只会沦为拾荒者，劳碌倦累而少有所得。

春归陌上，好时光总是翩若惊鸿。桃花映衬尘世荒芜，明月照亮千年孤独。一个人，命中真正的期许和惆怅，往往是无法用言语企及和抵达的，这是无常的缺憾，人力不可挽救。但我们终是孜孜不倦做着这样的事，不断期待，不断告白。以梦为马，夸父追日。

要相信，内在的力量，深沉博大，向内探寻的渠道亦不曾消失，寻找到并开启它却需要合适的机缘和方法。那些诗句辞章，是故人的心血印记，如星闪耀，如玉温润。那里有隐秘的桃源，无论重逢或告别，都是情意款款的感觉，仿佛，人生之丰裕慢缓，足堪挥洒，当中意境开阔清新，令人怦然心动，悠然神往。

我至今仍会忍不住将它们摘抄下来，在纸上落笔，心存窃喜和感怀，与之相对的过程，是一期一会，相知相许的美好。

《陌上花开》《美人何处》《世有桃花》，每一个明媚书名，都牵连古今，昭示着不相忘的过往。那些诗句记号，代表曾行过的路，遇着的人事，感受过的感受，而我们所经历过的一切，可视作过往的再现和重生。我们的人生是一帧慢慢显影的底片，真实而逼近虚空。

我们都渴望让自己活得更舒服。让心柔软、从容下来的方法有很多，比如，想念爱人或孩子，听一支悠扬的曲，看一部喜欢的电影，读一本契合心意的书，想着不久之后即将开始的旅行和相会。愿这些书，可以成为你柔软从容的助力，让你更懂得他人，珍爱自己。

做一个心存古意的守望者，自得其乐，并不是众人以为的那么寂寞。关于处世、立身的智慧，林语堂先生有一段妙论，我深以为喜：

“理想人物，应属一半有名，一半无名；懒惰中带用功，在用功中偷懒；穷不至于穷到付不出房租，富也不至于富到可以完全不做工；古玩也收藏一点，可是只够摆满屋里的壁炉架；书也读读，可是不很用功；学识颇广博，可是不成为任何专家；我相信这种中等阶级生活，是中国人所发现最健全的理想生活。”

若说野心，这是我日渐清晰，不肯磨灭的一点小野心。山河浩荡，岁月悠长。它令人愉悦，值得坚持。

2012年 冬

安意如

作家

古典诗词赏析独树一帜

影响广泛

私家标签

文字修行、避世之心、无常、远游、隐居、诗茶相契、西藏、云南

代表作品

《人生若只如初见》

《当时只道是寻常》

《思无邪》

《观音》

《陌上花开》

《美人何处》

《世有桃花》

《惜春纪》

《日月》

《再见故宫》

《聊将锦瑟记流年》

安意如微博：http://weibo.com/anyiru

世有桃花

产品经理 | 孙雪净　　封面设计 | 余一梅
技术编辑 | 顾逸飞　　策 划 人 | 瞿洪斌

图书在版编目（CIP）数据

世有桃花 / 安意如著. -- 杭州 ：浙江文艺出版社，2013.7（2019.12重印）
ISBN 978-7-5339-3722-5

Ⅰ. ①世… Ⅱ. ①安… Ⅲ. ①散文集－中国－当代 Ⅳ. ①I267

中国版本图书馆CIP数据核字(2013)第102862号

责任编辑　金荣良
封面设计　余一梅
内文设计　白咏明
封面绘画　少　华
封面题字　刘少白

世有桃花
安意如　著

出版　浙江文艺出版社
地址　杭州市体育场路347号　邮编 310006
网址　www.zjwycbs.cn
经销　浙江省新华书店集团有限公司
　　　果麦文化传媒股份有限公司
印刷　天津丰富彩艺印刷有限公司
开本　880mm×1230mm　1/32
字数　258千字
印张　10.75
印数　122,001-127,000
版次　2013年7月第1版　2019年12月第23次印刷
书号　ISBN 978-7-5339-3722-5
定价　39.00元